AF564320

Le Crime d'un aviateur

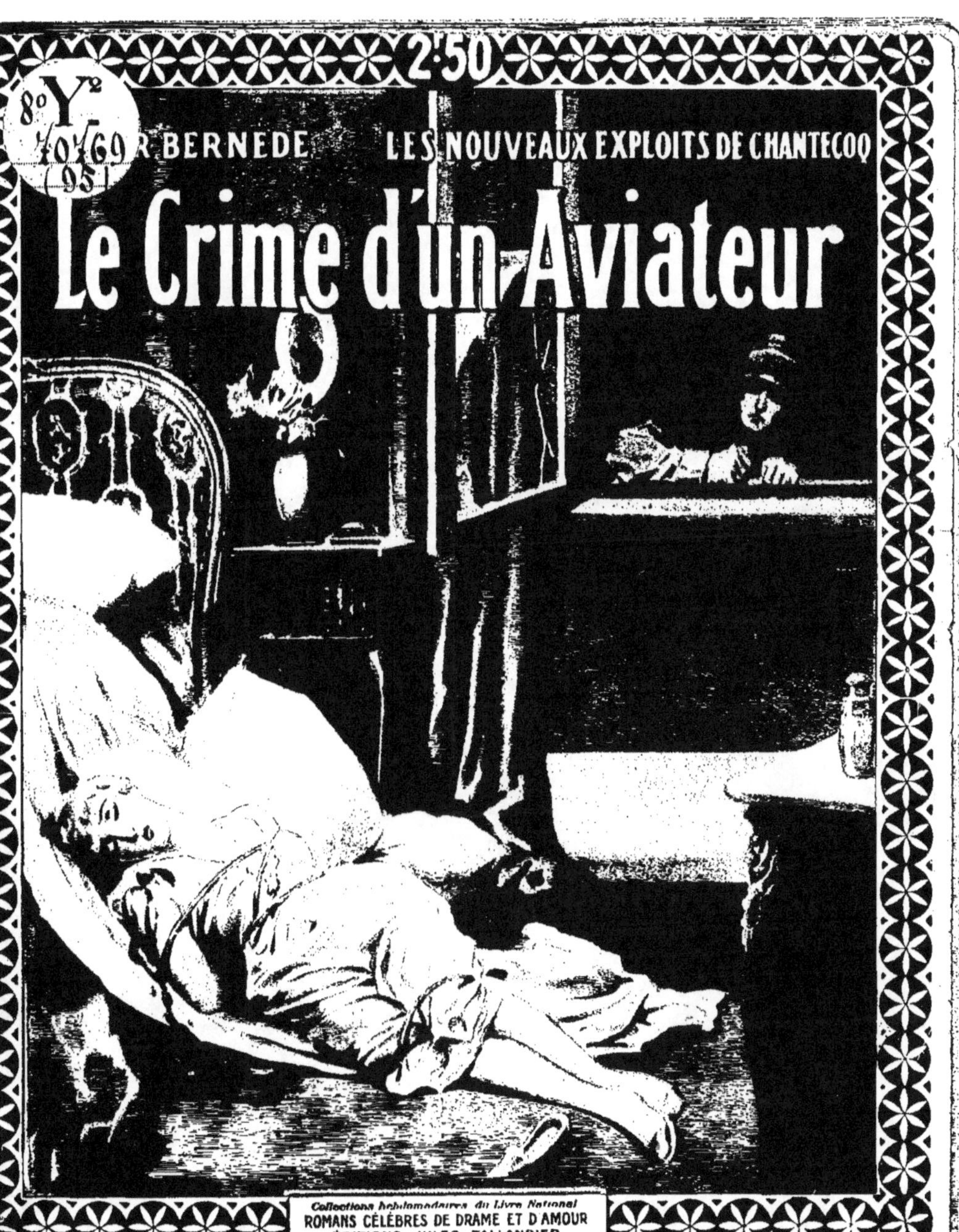
2·50
R. BERNEDE
LES NOUVEAUX EXPLOITS DE CHANTECOQ
Le Crime d'un Aviateur
Collections hebdomadaires du Livre National
ROMANS CÉLÈBRES DE DRAME ET D'AMOUR
ÉDITIONS JULES TALLANDIER
75, Rue Dareau, PARIS (XIVᵉ)

ROMANS CELÈBRES DE DRAME ET D'AMOUR

ARTHUR BERNÈDE

LES NOUVEAUX EXPLOITS DE CHANTECOQ

Le Crime d'un aviateur

ÉDITIONS DU LIVRE NATIONAL

75, Rue Dareau, PARIS (XIVe)

QUELQUES MOTS AUX LECTEURS

L'histoire que nous allons vous raconter aujourd'hui et que nous tenons de la bouche même du grand détective privé Chantecoq, ainsi que les deux précédentes : Le Mystère du train bleu et La Maison hantée, est de celles qu'on n'invente pas et dont on peut dire qu'elles sont vécues entre toutes.

Cette fois, ni l'argent, ni un intérêt matériel d'aucune sorte ne sont en jeu.

Il s'agit d'un drame exclusivement personnel, qui s'est déroulé il y a fort peu de temps, et qui n'est pas, d'ailleurs, toutes proportions gardées, sans offrir certains points de ressemblance avec une autre affaire sensationnelle qui, il y aura bientôt près d'un siècle, bouleversa littéralement l'opinion publique, tant par l'horreur qu'inspirèrent le crime commis, que par la qualité des gens mêlés directement à cette ténébreuse et terrible aventure.

Ce qui prouve une fois de plus que les mêmes causes produisent souvent les mêmes effets.

En l'occurrence, tout en transcrivant fidèlement le récit de notre ami Chantecoq, nous avons dû, forcément, changer les noms des personnages, puisque, fidèle au secret professionnel avant tout, notre merveilleux inspirateur s'est bien gardé de nous les révéler à nous-mêmes.

Mais, ce que nous pouvons vous affirmer, c'est que cette histoire, qui, pour des raisons que vous ne tarderez pas à connaître et que vous comprendrez immédiatement, n'a pas été connue du grand public, est rigoureusement vraie, jusque dans ses plus petits détails.

Nous aurions pu la corser davantage, en imaginant des épisodes sensationnels et en y ajoutant des péripéties impressionnantes.

Si nous n'avons pas usé de ce droit que possède tout romancier, c'est parce que nous avons pensé que la vérité était toujours préférable à l'invention, surtout lorsqu'elle mettait en jeu des sentiments aussi intenses et qu'elle provoquait non pas des, *mais* une *situation aussi poignante que nouvelle et inattendue.*

Voici donc, chères lectrices et chers lecteurs, l'histoire en question, telle que je la tiens de Chantecoq.

Que l'illustre détective me pardonne si je ne la transcris pas aussi brillamment qu'il me l'a racontée.

ARTHUR BERNÈDE.

Le Crime d'un aviateur

I

LE BAL DES « AS »

Ce soir-là, le grand constructeur d'avions Florent Avrillé donnait un grand bal dans les somptueux salons de son hôtel de la rue du Ranelagh.

Cette fête, où se pressaient non seulement toutes les gloires et notabilités de l'aviation française, mais encore toutes les célébrités mondaines du haut snobisme parisien, était offerte en l'honneur du raid magnifique Paris-Buenos-Ayres que venaient d'exécuter, aller et retour, le jeune pilote, le lieutenant Jacques Moret, assisté de l'enseigne de vaisseau Jean Leneveu, qui remplissait à bord de *l'Oiseau de France* les fonctions de navigateur aérien, et de son fidèle mécanicien Brifonneau, dit Pierre Nu-Tête.

Le monde entier avait acclamé ce splendide exploit, accompli avec cette simplicité, ce calme, ce mépris de toute publicité préventive, cette absence totale de bluff qui caractérise les véritables héros.

Il ne s'agissait pas, cette fois, d'une de ces épreuves uniquement sportives, dont le succès est dû, très souvent, beaucoup plus à une série de circonstances heureuses qu'à la virtuosité de l'instrumentiste et à la qualité de l'instrument... manifestations, soit dit entre parenthèses, que l'on devrait bien interdire, car loin de servir la cause de l'aviation, elles la retardent en allongeant chaque jour la liste funèbre des victimes.

L'aviation ne doit pas être un sport !

Moret et Leneveu, par leur double traversée accomplie sans accidents et même sans incidents, en un rythme aussi puissant que régulier, avaient obtenu un résultat pratique tangible qui, pour être moins retentissant que certaines acrobaties tapageuses, d'ailleurs non renouvelées, n'en était pas moins infiniment glorieux pour ceux qui l'avaient atteint et pour le pays qui ne pouvait manquer d'en récolter d'importants avantages.

C'était, en effet, la route commerciale de l'air ouverte, établie, jalonnée entre la France et l'Amérique du Sud. Notre aviation nationale avait le droit d'en tirer une légitime fierté, ainsi que le constructeur de l'appareil, qui, malgré le faible appui qu'il avait rencontré dans le monde officiel, et toute la campagne de dénigrement systématique qu'avaient menée contre lui certains de ses concurrents, ne s'était pas laissé décourager un seul instant et avait inlassablement poursuivi son œuvre.

Aujourd'hui, il était récompensé de ses efforts, de sa ténacité et de la confiance que lui avaient inspirée ces deux jeunes gens qui se complétaient si bien l'un et l'autre.

Sa marque *Excelsior* était la plus cotée de France ; ses actions, un instant quelque peu défaillantes, avaient fait un saut énorme et paraissaient devoir monter encore pour se maintenir à une cote qui quintuplait environ le taux de souscription.

Et tandis qu'il regardait autour de lui tous ces gens qui, s'il avait été vaincu, ne lui eussent pas ménagé leurs sarcasmes et leur médisance et qui, aujourd'hui qu'il était vainqueur, n'avaient pour lui que courbettes et sourires, son mâle et énergique visage de capitaine d'industrie resplendissait d'une joie sans mélange qui ne lui était pas inspirée uniquement par le formidable développement qu'allaient prendre ses affaires, mais par le légitime orgueil d'une victoire qui était mieux que la sienne, c'est-à-dire celle de son pays.

Tout en parlant avec plusieurs de ses amis qui l'entouraient, Florent Avrillé ne pouvait s'empêcher de diriger fréquemment son regard sur sa femme et sur sa fille, qui, toutes deux, l'une avec une souriante expérience et l'autre avec une grâce un peu timide, se multipliaient auprès de leurs invités.

Alors, une furtive et douce émotion se lut dans ses yeux, révélant tout l'amour que lui inspirait sa femme, toute la tendresse qu'il portait à sa fille.

Jamais, peut-être, Florent Avrillé n'avait [illegible] bien compris ce qu'était le vrai bonheur, et lui, si fort, si pondéré, si maître de lui-même, en éprouva comme un rapide vertige.

Mme Avrillé était un de ces êtres qui semblent avoir été mis au monde pour incarner à la fois la beauté et la bonté.

Dans tout son épanouissement, — elle n'avait pas trente-cinq ans, dix-huit à peine de plus que sa fille, — celles qui la jalousaient le plus, et Dieu sait si elles étaient nombreuses, ne pouvaient s'empêcher de l'appeler la *belle Antoinette*.

Jamais épithète n'avait été mieux méritée. Elle eût été aisément une ambassadrice, une présidente de la République et même une reine... Dans ces hautes fonctions, loin d'y être déplacée, elle n'eût fait qu'en grandir l'éclat.

Toute jeune, elle avait épousé Florent Avrillé, lorsque celui-ci n'était qu'un simple petit ingénieur attaché à une usine de Saint-Denis. Elle était la troisième fille d'un officier d'infanterie d'une valeur mesurée, qui n'avait que sa solde pour vivre et élever les siens, et qui n'avait jamais dépassé le grade de commandant, obtenu d'ailleurs, non sans peine, à la veille de sa retraite...

Il est superflu d'ajouter qu'elle n'avait pas eu de dot.

Le jeune ménage avait connu des heures assez difficiles... Florent était fort peu rémunéré et gagnait certainement beaucoup moins qu'un contremaître, un [illegible] point ou un ouvrier spécialisé.

Déjà, à cette époque, les intellectuels n'étaient guère protégés.

La situation se compliqua encore, à la suite de la naissance, au bout de dix ans d'union, de la petite Martine.

Animé d'une énergie que [illegible] encore son ardent amour pour sa femme et son enfant, qu'il avait adorée dès qu'il avait entendu son premier cri vers la vie, il se jura que ni l'une ni l'autre ne végéteraient dans ces situations obscures qui usent lentement les cœurs et dessèchent promptement les consciences.

Il tint son serment d'autant plus [illegible]ment qu'il n'était pas seulement [illegible] mais qu'à de rares et précieuses qualités techniques, il joignait un réel sens des affaires, basé sur une incomparable loyauté.

C'est une grave erreur de croire que, suivant un vieux et stupide dicton : *Il faut être une fripouille pour réussir*. Non, être honnête, c'est encore le seul, le vrai moyen, — sauf de rares exceptions — de préparer solidement son avenir, d'établir [illegible] destinée... C'est peut-être plus long, mais c'est beaucoup plus sûr.

Construire sur l'équivoque, c'est bâtir sur le sable... Chaque jour, ne voyons-nous pas des fortunes conquises rapidement, brillamment, bruyamment, s'effondrer au premier choc d'une bataille.

Pourquoi ?...

Parce qu'elles ont une origine douteuse, qu'elles portent en elles la tare, le germe de pourriture qui les conduira fatalement à une décomposition plus ou moins rapprochée.

Féru de ces principes, Florent Avrillé sut inspirer confiance à un groupe de financiers qui n'hésitèrent pas un seul instant à le mettre à la tête d'une société au capital de dix millions et ayant pour but la fabrication totale — moteur et appareil — d'un avion dont Avrillé avait établi lui-même tous les plans.

Deux ans après, la firme *Excelsior* s'affirmait comme l'une des plus sérieuses de France.

Pendant la guerre, ses usines travaillèrent à grand rendement pour les armées alliées et leur fournirent d'excellents avions de combat et de bombardement qui nous permirent de lutter avec avantage contre les fameux *fockers* ennemis.

Mais Florent n'était pas homme à s'endormir sur les lauriers d'une victoire à laquelle il avait contribué.

Il obtint facilement de son conseil d'administration que les bénéfices réalisés pendant la guerre fussent entièrement réemployés au développement de la maison qu'il dirigeait si brillamment, et il continua son labeur avec une intelligence et une intensité d'action qui n'avaient pas d'égales.

Le succès ne pouvait que répondre à un si superbe effort. Il fut complet. Mais cela n'alla point sans valoir au triomphateur de puissants ennemis.

Une nuit, une main criminelle mit le feu à son usine de Sartrouville. Grâce à un service de secours remarquablement organisé, l'incendie fut vite éteint et ne causa que quelques dégâts matériels, insuffisants pour arrêter le travail et même le retarder.

Quelque temps après, une tentative de sabotage contre un appareil dans lequel l'as célèbre Halher-Deroy devait tenter de battre le record de la durée, échouait lamentablement.

Le coupable était arrêté au moment où, après avoir réussi à pénétrer nuitamment dans le hangar où était enfermé l'avion et s'être glissé dans la nacelle, il s'apprêtait à accomplir son œuvre abominable.

C'était un ouvrier monteur qui faisait partie de la maison depuis deux ans et dont on n'avait jamais eu à se plaindre.

Après avoir refusé de parler, il finit, habilement cuisiné par Florent Avrillé, par lui avouer que, pour accomplir son forfait qui aurait fatalement abouti, s'il eût réussi, à la mort de trois hommes, une somme de vingt mille francs lui aurait été versée par un individu qui s'était refusé à lui révéler son nom.

Florent Avrillé ordonna au misérable, sous peine d'être immédiatement dénoncé à la police, de rester en rapport avec celui qui l'avait soudoyé.

Trois jours après, l'industriel, qui aimait à régler ses affaires lui-même, surprenait ce mystérieux gredin en conciliabule avec son ouvrier et, sous la menace de son browning, il le forçait à lui déclarer qu'il était l'agent de la maison Decouroux, qui n'avait pas hésité à employer un procédé aussi abominable envers un trop heureux concurrent.

Très dignement, le directeur d'*Excelsior* écrivit à l'instigateur de cet infâme complot :

« Monsieur,

« Je suis au courant de la façon dont vous avez cherché à saboter un de mes appareils...

« Je pourrais vous déférer à la justice.

« A quoi bon ?... Vous nieriez et feriez retomber sur vos complices tout le poids de votre crime.

« Qu'il vous suffise de savoir que je suis sur mes gardes et qu'ainsi que vous devez vous en apercevoir, je ne crains ni les incendiaires, ni les assassins. Voilà pourquoi je vous engage à ne pas récidiver, car cette fois cela pourrait vous coûter fort cher.

« FLORENT AVRILLÉ. »

A partir de ce jour, aucun attentat ne se produisit plus dans les usines du grand industriel, qui put travailler en paix, sans la moindre inquiétude, en sécurité parfaite, et pour la satisfaction de plus en plus vive de ses actionnaires.

La réussite du *raid* Paris-Buenos-Ayres-Buenos-Ayres-Paris, victoire aussi éclatante que profitable, achevait de hisser sur le pavois la firme *Excelsior* et son directeur, et celui-ci, dont le regard se posait avec une tendre émotion sur sa fille, qui dansait précisément avec le pilote Jacques Moret, autre héros de la fête, eut un sourire de joie en songeant qu'il pourrait donner trois millions de dot à sa fille.

Trois millions de dot. Martine Avrillé n'en avait nullement besoin pour épouser le fiancé de son choix. Elle était, en effet, de celles qui se marient sans argent, tant elle avait de charme, de jeunesse, de séduction et de grâce.

Sans avoir rien de ce que, jadis, non sans cruauté, mais avec tant de justesse, on appelait une oie blanche, Martine n'était nullement tombée dans ces exagérations, ces libertés d'allures et de langage, ces attitudes plus ou moins déhanchées que nos jeunes filles modernes doivent adopter si elles veulent être sacrées « bien sport ».

Elle était demeurée souple, naturelle, et il émanait d'elle un véritable rayonnement de pureté qui en imposait aux plus audacieux et la préservait de ces privautés, de ces familiarités qui, de nos jours, semblent réglementer trop souvent les rapports de jeunes gens et jeunes filles.

Aussi était-elle âprement convoitée.

Mais nul encore parmi ses nombreux soupirants, dont quelques-uns étaient sincères, n'avait osé se déclarer.

Florent Avrillé, qui adorait sa fille et redoutait l'instant où il devrait, sinon s'en séparer tout à fait, mais du moins la voir s'envoler vers une destinée dont il ne serait plus le maître, avait à plusieurs reprises répété avec fermeté que Martine était encore trop jeune pour se marier, et l'on savait que lorsque le grand industriel prenait une décision, à moins qu'il ne se convainquît lui-même qu'il avait tort, il était impossible de le faire changer d'avis.

Or, dans l'occurrence, personne ne pouvait lui donner tort, y compris sa femme, qui, en plus de la véritable peine qu'elle eût ressentie en voyant sa fille lui échapper aussi promptement, tenait à ce que Martine acquît une plus grande expérience de la vie.

D'ailleurs, la principale intéressée ne paraissait pas plus pressée que les siens de s'unir par les liens du mariage à l'un des fils à papa et à maman qui papillonnaient autour d'elle.

Elle était si heureuse ainsi, non point qu'elle fût gâtée ainsi qu'on aurait pu le croire, mais parce que ses parents l'avaient élevée d'une façon très intelligente et avaient tenu à ce qu'elle eût une instruction aussi complète, aussi soignée que son éducation, et qu'elle ignorât ainsi ce vide du cœur et de l'esprit et surtout cette satiété de plaisir qui sont les pires conseilleurs de la jeunesse.

Bonne musicienne, adorant les lectures intéressantes, qui augmentaient l'apport de ses connaissances acquises, Martine Avrillé, bien que très sérieuse, n'était jamais triste. Elle ignorait entièrement ces crises de cafard, avant-coureurs d'une neurasthénie préterie, dont souffraient déjà plusieurs de ses amies qui étaient douées d'une nature moins privilégiée que la sienne ou avaient reçu de moins salutaires directives.

Si Martine désirait conserver pendant quelque temps encore cette indépendance dont elle faisait un si charmant usage, parmi ses admirateurs, il en était un qui déplorait amèrement que la délicieuse enfant n'eût pas déjà fixé son choix sur lui.

C'était le capitaine aviateur Alban de Monthermé, un « as » qui s'était engagé à dix-huit ans, pendant la guerre et, promptement devenu l'un de nos pilotes de chasse les plus remarquables, avait continué, la paix une fois signée, à servir dans une arme où il s'était si noblement illustré.

Issu d'une très vieille famille des Ardennes, à la tête d'une importante fortune, que lui avaient laissée ses parents, disparus quelques années auparavant, il ne pouvait entrer aucun calcul dans le sentiment que lui avait inspiré la fille de l'industriel.

Agé de trente ans, ayant vécu comme peut le faire un homme jeune, riche, beau et surtout paré d'une auréole de gloire indiscutable et indiscutée, ayant connu et savouré les succès féminins les plus flatteurs, blasé même sur ce genre de conquête dont certaines lui avaient laissé quelques rancœurs et très peu un agréable souvenir, Alban de Monthermé avait vite compris que jusqu'alors il n'avait jamais aimé et que c'était seulement à partir de l'instant où il avait senti son cœur battre pour Martine que l'amour véritable, le grand amour, celui qui ne tarde pas à se transformer en une passion dominatrice, venait de s'emparer de lui et d'en faire son esclave.

Il ne chercha pas à réagir.

Pourquoi l'eût-il fait ?... Martine Avrillé ne représentait-elle pas aux yeux de tous, aussi bien que des siens, la fiancée idéale.

Il attendit son heure, tout en cachant avec autant de prudence que de pudeur le secret dont la divulgation l'eût à jamais banni de la présence de celle qu'il aimait. Il fit appel à tout son courage, à toute sa patience pour demeurer calme, tout en ne négligeant rien de ce qui pouvait le faire distinguer parmi les autres et, qui sait, peut-être le faire aimer.

Jusqu'alors il avait vécu cloîtré dans son rêve. Sa meilleure garantie de quiétude résidait non pas seulement dans la volonté que Florent Avrillé avait manifestée de ne pas marier sa fille avant qu'elle eût atteint sa vingtième année, mais encore et surtout dans le fait nettement avéré que Martine n'éprouvait encore aucune inclination pour personne.

Son absence totale de coquetterie ne prouvait-elle pas qu'elle ne cherchait nullement à plaire et que, par conséquent, son cœur n'était menacé d'aucun esclavage.

Or, ce soir-là, Alban de Monthermé s'était senti, pour la première fois, attaqué par la morsure de la jalousie.

C'était en regardant Martine danser avec le héros de la fête, le lieutenant Jacques Moret, qu'il avait éprouvé une gêne subite qu'il ne s'était pas tout de suite expliquée.

Mais en continuant à contempler les deux fox-trotteurs, ce malaise s'était vite transformé en un dépit qui, presque aussitôt, était devenu de la douleur.

Il lui avait semblé que l'expression du visage de Mlle Avrillé s'était étrangement transformé, que son sourire toujours si candide s'entr'ouvrait en un frémissement de discrète, mais inquiétante volupté et que ses yeux, surtout, dans lesquels s'était allumé une flamme qu'il n'y avait jamais vue, s'arrêtaient avec une sorte de complaisance admirative et prolongée sur la figure très mâle, mais très racée, de son jeune et charmant partenaire.

Alors le soupçon s'installa en maître dans son cerveau enfiévré.

Une pensée lancinante le bouleversa :

— Pourvu, se dit-il, qu'elle ne s'éprenne pas de Moret?

Et il songea :

« Après tout, il n'y aurait rien d'étonnant à cela, Moret n'est-il pas le dieu du jour ? Les journaux du monde entier n'ont-ils pas publié son portrait, vanté sa hardiesse, son intelligence ? Dès qu'elle l'aperçoit, la foule l'acclame. Toutes les femmes veulent l'embrasser. Tous les hommes cherchent à lui serrer la main. Il me disait lui-même tout à l'heure qu'il avait reçu plus de deux mille déclarations d'amour et qu'il était demandé en mariage par trois filles de milliardaires américains.

« N'y a-t-il pas de quoi faire perdre la tête à une femme encore mieux équilibrée que Martine !

« Sans compter que c'est un fort beau garçon, qu'il est aimable, enjoué, spirituel, pas crâneur, distingué, élégant, et que, sans descendre de la cuisse de Jupiter, il appartient à une excellente famille.

« Son père, comme M. Avrillé, est un important industriel... et les établissements Moret, Renard et Cie sont comptés parmi les premiers de la métallurgie française.

« Jacques Moret et Martine Avrillé, ce serait un couple remarquablement assorti, et si, comme je le crains, Martine se toquait de lui, qui sait si son père, revenant sur sa décision, ne s'empresserait pas d'accorder son consentement à un mariage si bien fait pour lui donner toutes les garanties ? »

Une voix féminine, au timbre harmonieux et clair, s'élevait tout près de lui :

— Comment, capitaine, vous ne dansez pas ?

Alban de Monthermé se retourna... Mme Avrillé était devant lui.

Avec l'amabilité enjouée qui la caractérisait, la femme de l'industriel poursuivait :

— N'est-ce pas cependant ce soir le bal des as ?

— Dites plutôt d'un as ! répliquait l'aviateur.

Mais s'apercevant qu'il avait peut-être prononcé ces mots avec un peu trop d'amertume, il reprit aussitôt :

— D'ailleurs, il n'est que trop juste que Moret ait les honneurs de la soirée. Tous ne doivent-ils pas s'incliner maintenant devant lui ?

— C'est gentil, ce que vous dites là, approuvait la belle Antoinette. Cela ne m'étonne pas d'ailleurs, car je sais que vous êtes le meilleur et le plus loyal des camarades.

Monthermé reprenait :

— Serais-je indiscret, madame, en vous demandant qui a bien pu vous faire de moi un éloge aussi exagéré ?

— Mais tous !

— Je ne croyais pas avoir une si bonne presse.

— Elle est certainement meilleure que vous ne le pensiez.

— Vraiment, madame, je suis confus.

— Il n'y a pas de quoi, souriait Mme Avrillé.

Et elle continua :

— Avant que je les connaisse, les aviateurs, je vous l'avoue, ne m'étaient pas très sympathiques. On m'avait raconté, en effet, que beaucoup d'entre eux étaient poseurs, encombrants, prétentieux, insupportables, qu'ils ne songeaient qu'à faire la cour aux femmes, à se vanter ensuite de leurs conquêtes, et même à s'en attribuer de fausses, afin de plastronner devant la galerie.

« Aussi, je ne vous cacherai pas que c'est un peu à mon corps défendant que je les ai reçus chez moi. Il a fallu, pour que je les admette à mes réceptions et à ma table, que mon mari insistât vivement et m'affirmât, avec la brutale franchise dont il est coutumier, que, sous leurs apparences parfois un peu trop en dehors et même assez tapageuses, ils étaient, sauf de rares exceptions, de très braves garçons, dont l'éducation ne le cédait en rien à la valeur professionnelle et à ce que vous appelez d'un nom si bref mais si caractéristique et qui dit si bien ce qu'il veut dire : le cran.

« A ma profonde satisfaction, j'ai vite constaté que mon mari, comme toujours, avait raison, et je me suis rapidement prise d'un sentiment de sincère sympathie et de réelle admiration pour ce corps qui représente à mes yeux l'élite de la jeunesse française.

« Placée mieux que toute autre pour bien connaître les vraies causes de la crise d'ailleurs exagérée que traverse l'aviation française, j'ai ressenti un indicible écœurement en apprenant toutes les gabegies, toutes les tractations malsaines, toutes les combinaisons louches, tous les marchés véreux qui étaient à la base d'un système où les responsabilités deviennent impondérables, parce qu'elles sont invraisemblablement dispersées, et je me suis mise à prendre en haine toute cette coterie de véritables assassins qui, non pas aveuglément, mais délibérément, envoyèrent à la mort nos plus grands pilotes et nos meilleurs navigateurs aériens.

« Voilà pourquoi, capitaine, j'ai été si heureuse du triomphe de Moret et de Leneveu. Car, sans vouloir diminuer en rien leur part de succès, je n'en ai pas moins le droit d'affirmer que l'appareil inventé et construit d'après les plans et dans les usines de mon mari a prouvé d'une façon péremptoire que désormais nos aviateurs peuvent ambitionner les raids les plus audacieux, puisqu'ils auront désormais à leur disposition un modèle d'avion grâce auquel ils ne risqueront plus de s'écraser sur le sol ou de disparaître dans la mer.

Avec une émotion discrète qu'il ne cherchait pas à dissimuler, Alban reprenait :

— Vous ne pouvez vous imaginer, madame, combien les paroles que vous venez de prononcer m'ont été droit au cœur et combien aussi elles toucheront mes camarades lorsque j'aurai l'honneur et la joie de les leur rapporter.

Mme Avrillé protestait :

— Pourtant, elles n'ont rien d'extraordinaire. Elles sont uniquement l'expression sincère de ma pensée.

— Il serait à souhaiter, madame, appuyait Monthermé, que toutes les femmes de France, au lieu de nous considérer comme des danseurs plus ou moins accomplis, des cabotins plus ou moins brillants ou des flirteurs plus ou moins avantageux, raisonnent ainsi que vous le faites.

Et, gravement, le jeune officier articula :

— C'est en prenant les hommes au sérieux qu'on leur fait souvent le mieux comprendre la nécessité de l'être. Nous ne demandons pas qu'on fasse de nous des idoles éphémères comme toutes celles vers lesquelles s'élèvent les nuages exagérés d'un encens vite dissipé.

« Nous ne tenons même pas à être ce qu'on appelle les hommes du jour, ni à éclipser ceux dont les efforts et les manifestations, pour être moins en vue que les nôtres, n'en ont pas moins une utilité souvent plus grande, telle, par exemple, celle des savants, des inventeurs, qui, dans le silence de leurs laboratoires ou de leurs cabinets de travail, poursuivent inlassablement leur œuvre appelée à améliorer, à grandir, à purifier l'humanité.

« Non, nous demandons que l'on nous permette de lutter avec des armes qui ne se retournent pas sans cesse contre nous. Nous voulons des ailes ! des ailes qui ne se cassent pas, des ailes solides, grâce auxquelles nous puissions, utilement et sans sacrifices inutiles, accomplir la tâche si belle à laquelle nous nous sommes attachés.

« Certes, nous n'avons pas plus la prétention d'être des saints que des demi-dieux... Nous sommes des hommes avec leurs qualités, avec leurs défauts.

« Mais ceux qui, au contraire de vous, madame, nous tiennent en méfiance, ont bien tort... Car s'il y a eu et s'il y a encore parmi nous des crâneurs, des cabotins, et même, hélas! quelques brebis galeuses, c'est une erreur, doublée d'une injustice, que de vouloir juger l'ensemble de l'aviation sur quelques individualités suspectes, sujettes à caution, telles qu'il est si facile d'en découvrir dans d'autres corporations.

« Voilà pourquoi, madame, moi, qui suis si fier d'appartenir à cette arme, je vous suis profondément reconnaissant de l'intérêt et de l'estime que vous voulez bien lui porter, et je ne vous dirai jamais assez combien, parmi nous autres aviateurs, le nom de Florent Avrillé est vénéré. Il devrait être inscrit en lettres d'or sur notre drapeau et en caractères de feu dans tous nos cœurs.

— Bravo! mon capitaine, s'écriait une voix juvénile, vous venez d'exprimer magnifiquement ce que nous pensons tous et que je traduis plus familièrement par ces mots : M. Florent Avrillé est un grand bonhomme.

Des applaudissements chaleureux saluèrent ces mots que, tout d'un trait et avec un élan fougueux, venait de proférer Jacques Moret.

Monthermé s'aperçut alors qu'il était entouré par un véritable cercle, dont, avec Mme Avrillé, il occupait le centre, et qui se composait de tous les as de l'aviation, parmi lesquels s'essaimaient de gracieuses et jolies jeunes filles.

— Mon cher camarade, répondait Alban, un peu intimidé, je ne me doutais pas que tant d'oreilles m'écoutaient, sans quoi, j'eusse certes mis une sourdine à mon diapason.

— C'eût été dommage, déclarait Martine, qui se trouvait auprès de Moret, car vous êtes, capitaine, un excellent orateur.

Monthermé pâlit légèrement. Il avait cru discerner, dans le ton généralement si bienveillant de la jeune fille, une légère pointe d'ironie.

— Mademoiselle, affirma-t-il, en s'efforçant de sourire, je n'ai aucune prétention à un art qui m'est complètement étranger, et si je viens de me montrer quelque peu éloquent, c'est uniquement parce que j'ai été sincère.

— Capitaine, ripostait Martine, avec un peu de nervosité, croyez que cette sincérité, je ne l'ai pas mise en doute.

L'orchestre attaquait un « one step »... Moret s'avança vers Mme Avrillé, et la pria de lui faire l'honneur de cette danse. Elle accepta.

Alors, presque avec dépit, Martine, si réservée d'ordinaire, prit le bras de Monthermé et lui dit :

— Conduisez-moi au buffet, capitaine, car notre héros national a entièrement oublié, tout à l'heure, de me demander si je ne désirais pas me rafraîchir.

Monthermé, subitement rasséréné, s'empressa de conduire la jeune fille au somptueux buffet installé dans une pièce voisine.

Jamais encore il ne s'était senti aussi troublé, aussi peu maître de lui.

« Pourvu, se dit-il, que je ne me trahisse pas... car, je le pressens, ce serait la fin de mon beau rêve. »

II

OÙ L'ON VOIT LE CAPITAINE DE MONTHERMÉ PASSER DE LA PLUS VIVE INQUIÉTUDE A LA PLUS DOUCE ESPÉRANCE.

Tandis que l'on dansait dans les deux vastes salons en enfilade que Martine venait de traverser au bras de Monthermé, le jardin d'hiver où ils venaient de pénétrer et au fond duquel, parmi les arbustes exotiques, les plantes rares et les fleurs précieuses, s'entassaient, sur un vaste tréteau drapé de velours rouge frangé d'or, d'innombrables pyramides de pains au foie gras, au jambon, au caviar, et de petits fours de toutes sortes, était presque vide.

Plusieurs maîtres d'hôtel s'occupaient à réparer les brèches qui avaient été faites dans les assiettes.

D'autres rangeaient sur des plateaux les coupes à champagne qui avaient déjà servi et les remettaient à des commis, qui les emportaient à l'office et les rapportaient toutes miroitantes.

Un vieux général, très loquace, et un jeune diplomate fort silencieux, fumaient un cigare dans l'embrasure d'une porte-fenêtre à demi entr'ouverte, qui donnait sur un jardin.

Le diplomate, qui étouffait à grand'peine les bâillements de plus en plus rapprochés qui menaçaient de lui décrocher la mâchoire, avait, à plusieurs reprises, tenté de se soustraire à l'éloquence de ce guerrier implacable.

Mais, à chaque tentative d'évasion, celui-ci l'avait attrapé, tantôt par le bras, tantôt par le revers de son habit, le forçant à écouter jusqu'au bout l'intarissable récit, non pas de ses campagnes militaires, mais de ses conquêtes amoureuses.

En effet, si le général du Vary du Bressard de la Volte n'avait jamais été très heureux sur les champs de bataille, il avait remporté, auprès du sexe faible, une série de succès qu'il prétendait à soixante-quatre ans bien sonnés, poursuivre sans la moindre défaillance.

Le diplomate, qui était un homme bien élevé, s'exclamait d'un ton poli :

— C'est tout simplement merveilleux !

— Mais non, rétorquait le général, c'est tout naturel... Il suffit d'avoir le secret.

— Le secret ?

— Eh oui... Voulez-vous que je vous le révèle?... Je sais bien qu'à votre âge on peut s'en passer, mais vous n'aurez pas toujours moins de quarante ans, et, dame, un jour viendra où vous ne serez peut-être pas fâché d'employer un moyen qui m'a si bien réussi... Il est d'ailleurs d'une simplicité surprenante. Tous les matins, en vous levant...

Le général du Vary du Bressard de la Volte s'arrêta brusquement... Il venait d'apercevoir, près du buffet, Martine Avrillé, buvant à petites gorgées une coupe de champagne que, d'une main un peu tremblante, Alban de Monthermé lui avait offerte.

— Oh ! oh ! grommela-t-il... des oreilles chastes !... Il fait un temps magnifique, allons finir notre cigare dans le jardin...

Et sans attendre l'avis de son interlocuteur, il saisit celui-ci par le bras et l'entraîna au dehors.

Martine, qui avait à demi vidé sa coupe, demandait tout à coup à Monthermé :

— Dites-moi, capitaine, que pensez-vous du lieutenant Moret ?

Interdit par cette question si directe, à laquelle il était si loin de s'attendre, surtout de la part d'une jeune fille aussi prudente que Mlle Avrillé, Alban ripostait :

— Mais, mademoiselle, j'en pense beaucoup de bien.

D'un air un peu pincé, Martine reprenait :

— Il est entendu que c'est un héros, ou plutôt un pilote de tout premier ordre... aussi n'est-ce point sur ses qualités professionnelles que j'entends vous interroger, mais plutôt sur son caractère, son genre d'existence, ses habitudes.

Le cœur de l'aviateur se contracta.

« Mes craintes étaient fondées, se dit-il... Moret l'a subjuguée, et je dois dire adieu à toutes mes illusions. »

Par un intense effort de volonté, il parvint à se dominer et à dissimuler le chagrin voisin du désespoir qui s'était emparé de lui, et ce fut d'un ton presque dégagé qu'il fit :

— Je vous avouerai, mademoiselle, que vous me prenez un peu au dépourvu... Le lieutenant Moret n'a jamais fait partie de mon escadrille, je me suis rencontré quelquefois avec lui à des meetings d'aviation ou à des banquets corporatifs... je n'ai donc eu que très rarement l'occasion de lui adresser la parole et encore moins de l'étudier.

« Tout ce que je puis vous dire, c'est qu'il a une excellente réputation et que, tout en étant d'un caractère plutôt exubérant, il est extrêmement sérieux et considère comme un sacerdoce la carrière qu'il a choisie.

Bien qu'il lui en coûtât fort de faire l'éloge de celui en qui il flairait un rival, Monthermé, trop loyal pour dissimuler sa pensée, dût-il lui-même souffrir cruellement de sa franchise, continuait :

— De famille riche, il aurait pu, comme tant d'autres, se laisser griser par ses premiers et réels succès et succomber aux tentations qu'il n'a pas manqué de rencontrer sur sa route. Il n'en a rien été.

« Il a, paraît-il, eu toujours en horreur ce qu'on appelle vulgairement la noce. Jamais on ne l'a rencontré dans ces bars, dans ces boîtes de nuit, dans ces endroits louches qui coûtent si cher, moralement, physiquement et pécuniairement à notre génération.

« En dehors de ses heures de présence au champ d'aviation, il consacre tout son temps à l'étude et à ses devoirs familiaux, si bien que certains de ses camarades, qui ne partagent ni sa façon de penser, ni sa manière de vivre, l'ont surnommé le *Trappiste de l'air.*

— Ça, c'est plutôt rosse ! déclarait la jeune fille.

— C'est simplement stupide, rectifiait Alban, et je suis sûr que Moret aura été le premier à en sourire.

Martine reprit sa coupe, but deux ou trois gorgées, puis demeura silencieuse.

Monthermé, de plus en plus angoissé, n'osait l'interroger.

Il se disait :

« Maintenant, impossible d'en douter ! Si elle ne l'aime pas encore, elle va certainement l'adorer. »

Martine dirigea vers le jeune aviateur un regard un peu voilé. On eût dit qu'instinctivement elle cherchait à dissimuler l'intimité de sa pensée et qu'elle n'entendait donner à ce qu'elle allait dire qu'une portée tout à fait superficielle.

Puis, d'un ton enjoué et un peu taquin, elle reprit :

— Vous devez vous demander pourquoi je vous ai interrogé ainsi sur le lieutenant Moret ?

— Mais non, mademoiselle, déclarait Alban. Jacques Moret est l'homme du jour. Il vient de conduire à la bataille et à la victoire un appareil qui est l'œuvre de votre père ; il n'y a donc rien d'étonnant à ce que vous vous intéressiez à lui.

— Oh ! fit Martine, en rougissant légèrement, cet intérêt ne dépasse pas les limites d'une curiosité toute féminine.

Monthermé crut remarquer que l'expression du visage de Mlle Avrillé démentait cette affirmation qu'elle avait faite sur un ton de détachement plus artificiel que sincère.

Et, secrètement déchiré, il se dit :

« Pourquoi m'a-t-elle choisi, moi, pour me tenir un pareil langage ? Aurait-elle deviné mon amour et voudrait-elle le décourager à tout jamais ? »

La fille de l'industriel reprenait :

— Je suis très contente de ce que vous m'avez appris au sujet du lieutenant Moret, car vous avez dissipé l'impression plutôt fâcheuse qu'il m'avait causée.

— Comment cela ? s'exclamait le capitaine.

Martine, qui semblait glisser avec rapidité sur la pente des confidences, continuait :

— Tout à l'heure, en dansant, le lieutenant Moret n'a cessé de me faire un éloge dithyrambique de ma mère.

— Mme Avrillé ne le mérite-t-elle pas ? observait le capitaine.

— Certes ! appuyait la jeune fille avec

force... mais il a tellement insisté, que j'en ai été offusquée.

— Vous m'étonnez ! déclarait Alban... Le lieutenant Moret a la réputation d'être un parfait gentleman.

— Ne croyez pas, déclarait Martine, qu'il ait prononcé une seule parole qui ne fût pas d'une correction parfaite... Mais cette insistance admirative m'a d'autant plus choquée, qu'il ne m'a pas adressé un seul compliment.

« J'ai beau ne pas être coquette, mais cependant je vous avouerai qu'il ne m'eût pas été désagréable que le lieutenant Moret me dît, ou même me fît comprendre qu'il me trouvait jolie.

Et déposant sa coupe sur le buffet avec un petit geste rageur, elle scanda :

— C'est évidemment un as, mais c'est un rude gaffeur.

« Elle est jalouse, se disait Alban... Je me trompais donc tout à l'heure lorsque je pensais qu'elle allait l'aimer ; elle l'aime déjà. »

L'orchestre s'était tu.

Le buffet fut envahi par une cohue brillante.

Parmi les arrivants, Martine aperçut sa mère... Elle parlait gaiement à Jacques Moret, qui lui répondait avec non moins d'entrain.

Sans rien dire, elle quitta Monthermé, et comme si elle voulait éviter tout contact direct avec Jacques et Mme Avrillé, elle se faufila à travers la foule, du côté opposé, et gagna insensiblement la porte-fenêtre qui donnait sur le jardin.

La nuit était admirable, une de ces nuits tièdes et douces de juin, exempte de toute menace orageuse, et faite de l'épanouissement nocturne de la nature vivifiée durant le jour par un soleil aux ardeurs bienfaisantes.

En quelques pas, Martine se trouva dehors.

Evitant avec soin le reflet des lumières intérieures qui nimbaient les alentours immédiats de la maison d'une clarté assez vive, elle gagna une allée en charmille qui traversait cette véritable miniature de parc à la française.

Deux lueurs perçaient les ténèbres environnantes : celles du cigare du général et du diplomate.

Martine entendit la voix du général qui se rapprochait, puis des pas qui faisaient grincer le gravier.

Elle se jeta dans une petite allée et se cacha derrière le feuillage.

Comme les deux interlocuteurs passaient près d'elle, sans soupçonner sa présence, M. du Vary du Bressard de la Volte s'écria :

— Et voilà comment, mon cher, on peut, à mon âge, prendre encore d'assaut toutes les forteresses.

— Mes compliments, général, fit une voix sonore, bien timbrée, et que Martine reconnut pour celle de son père.

C'était, en effet, Florent Avrillé, qui, désireux, lui aussi, de prendre un peu l'air, venait, en sens inverse, accompagné du commandant Trestin, chef de l'escadrille à laquelle appartient Jacques Moret.

Le général, plein de son sujet, lançait à l'industriel :

— Mon cher, bien que vous ne soyez pas encore d'âge à mettre le mousqueton au crochet, il faudra qu'un jour où vous aurez le temps, — moi, je l'ai toujours, — je vous explique mon truc. Demandez à notre futur ambassadeur.

« N'est-ce pas, monsieur de Vitrac, que c'est une trouvaille ?

— Certainement, certainement, acquiesçait le jeune diplomate, qui ne paraissait nullement partager l'emballement du vieux militaire.

L'industriel, peu soucieux d'entamer avec ce dernier une conversation dont il lui eût été impossible de prévoir la fin, répliquait, sur le ton cordial d'un homme de bonne compagnie :

— C'est entendu, général, un de ces

jours, au cercle, en deux tours de bridge, vous m'expliquerez cela.

— Avec plaisir.

Le général s'éloigna, toujours rivé au bras de M. de Vitrac, dont l'impassibilité diplomatique commençait à se transformer en un agacement des plus compréhensibles.

Alors, s'arrêtant à la hauteur de sa fille, qui, cachée derrière l'épais rideau feuillu de la charmille, était pour lui entièrement invisible, M. Avrillé dit au commandant Trestin :

— Ce que vous m'apprenez là m'ennuie beaucoup.

— J'en suis moi-même très affligé.

— Et vous croyez qu'il n'y a rien à faire ?

— Rien. J'ai essayé tous les moyens : la persuasion, la menace, je me suis heurté à une force d'inertie contre laquelle s'usent les forces les plus puissantes.

« Ce pauvre Moret est englué, et, à mon avis, pas pour longtemps, mais pour toujours.

— Et sa famille ?

— Elle ignore... ou fait semblant.

— Cette femme est donc si séduisante ?

— Oui.

— Une vicieuse, alors ?

— Non ! cela vaudrait mieux.

« C'est une divorcée.

— Ah ! ah !

— Une divorcée d'ailleurs des plus honorables.

« Ses parents, le père, un ancien baryton mué en professeur de chant ; sa mère, une ancienne choriste de théâtre provincial, l'avaient contrainte à se marier, à seize ans, à un financier véreux qui ne se contentait pas d'avoir dépassé largement la cinquantaine, mais était encore l'une des brutes les plus odieuses que l'on pût imaginer.

« La petite, qui était ravissante, — elle l'est encore d'ailleurs, — supporta pendant deux ans le plus atroce des calvaires... A dix-huit ans, elle demanda le divorce et l'obtint sans peine, à la grande fureur des siens, qui, n'ayant jamais eu qu'un sac d'écus à la place du cœur, prirent parti contre leur fille et refusèrent de la recevoir.

« Elle ne se découragea pas.

« Foncièrement honnête, elle se mit à travailler... Elle connut des heures très pénibles, celles où une jeune femme seule sur le pavé de Paris se trouve dans l'alternative ou de rouler dans la boue ou de se jeter sous une rame de métro.

« Elle lutta. Elle fut victorieuse. Au bout d'un an d'efforts surhumains, elle entrait comme vendeuse dans une célèbre galerie de tableaux, où, grâce à son amabilité, à son intelligence et à sa distinction naturelle, elle ne tarda pas à se faire une jolie situation, qui n'a fait que grandir à un point que son directeur se repose presque entièrement sur elle pour tout ce qui est vente, et la consulte souvent au sujet de ses achats. Et elle n'a que vingt-deux ans !

— Comment le lieutenant Moret l'a-t-il connue ?

— Je ne saurais vous le dire. Voilà deux ans qu'ils sont ensemble et qu'ils s'adorent... J'ai la conviction qu'ils ne se quitteront jamais.

Florent Avrillé, qui avait pour principe de tout simplifier, observait :

— Alors, pourquoi ne se marient-ils pas ?

— Moret le désirerait vivement, répliquait le commandant... C'est elle qui refuse.

— Pour quelle raison ?

— Parce qu'elle sait que les parents de Jacques sont des gens à principes et que jamais ils n'admettront que Jacques épouse sa maîtresse.

L'industriel appréciait :

— Cette jeune personne m'a tout l'air d'avoir des sentiments très délicats... à moins que ce ne soit par calcul...

Il prit un temps, puis il fit :

— Alors vous croyez que le lieutenant ne quittera pas son amie ?

— On ne peut juger de rien, déclarait le

commandant, mais cette liaison me paraît très sérieuse... Ils s'aiment tous deux d'un réel et profond amour.

« Elle, d'après ce que j'ai entendu dire, se sacrifierait peut-être pour lui, mais lui ne le voudra jamais.

« Je suis même sûr qu'il aimerait mieux rompre avec sa famille et renoncer à la fortune considérable qui doit lui échoir un jour, plutôt que se séparer de celle qu'il considère comme la compagne définitive de sa vie.

Florent Avrillé et son interlocuteur s'éloignèrent vers la maison.

Martine était demeurée figée sur place... Si aucune larme ne brillait dans ses yeux, une déception immense, une réelle douleur se lisaient sur son visage. Un long soupir gonfla sa poitrine... Et ce fut tout.

D'un pas alerte, elle regagna le buffet, où le général, se cramponnant toujours au diplomate, continuait à lui corner aux oreilles les conseils les plus désintéressés, mais les plus superflus.

Dans les salons, l'orchestre attaquait une nouvelle danse.

Martine aperçut Monthermé, qui s'entretenait cordialement avec un de ses camarades, le capitaine Duvaloir, recordman de la hauteur.

Avec une hardiesse que personne ne lui connaissait, la fille de l'industriel s'en fut vers Alban, et, sur un ton de familiarité qui ressemblait presque à un début de flirt, elle lui lança :

— Capitaine, faut-il que ce soit moi qui vous invite à danser une *bleue ?*

Palpitant d'émotion, Monthermé se précipita vers elle le bras en arc.

Martine s'en empara et elle se mit à chantonner l'air entraînant que rythmaient les instruments.

L'aviateur sentit que, peu à peu, Martine, les paupières à demi closes et les lèvres entr'ouvertes en un étrange sourire, s'abandonnait à lui.

Jamais il ne l'avait vue ainsi. Il ne savait plus que penser... que dire...

Cette enfant, jusqu'alors si naturellement chaste, paraissait, non pas s'offrir, mais se laisser aller silencieusement au charme d'une étreinte à la fois timide et passionnée.

Il s'était donc trompé lorsque, tout à l'heure, il avait cru comprendre, à l'accent de sa voix, à l'expression de son visage, lorsqu'elle le questionnait sur Jacques Moret, qu'elle avait un sentiment pour ce dernier...

Peut-être avait-elle voulu le taquiner, l'éprouver.

En ce cas, elle l'aimait donc ?...

Mais aussitôt il se disait :

« Non, ce serait trop beau ! C'est impossible ! »

Il redoutait tellement une rapide désillusion, qu'il n'osait s'arrêter à son rêve. Il se contentait de la joie présente qu'il éprouvait à tenir dans ses bras cet être adorable et adoré.

Une voix un peu ironique l'arracha à son extase.

— Ah çà ! s'écriait Martine, il faut que je vous gronde.

— Pourquoi donc ? tressaillait Alban.

— Parce que, tout à l'heure, répliquait la jeune fille, vous m'avez donné des renseignements tout à fait incomplets sur le lieutenant Moret.

— Moi, mademoiselle ?

— Mais oui, capitaine. Je suis certaine que vous n'avez agi que poussé par un sentiment de très louable camaraderie ou que vous avez craint de m'effaroucher en me révélant certains faits que vous ne pouviez pas ne point connaître.

— Mademoiselle, je vous assure que je ne saisis pas très bien...

— Capitaine, capitaine, tançait gentiment la fille de l'industriel, ne vous laissez pas égarer sur le chemin de l'inexactitude. C'est encore plus dangereux qu'une chute en avion, car on ne peut pas se rattraper.

— Je vous assure, mademoiselle, que je vous ai dit la vérité.

— Oui, rectifiait Martine, mais pas toute la vérité.

— Cependant...

— Voyons, vous ne me ferez pas croire que vous ignoriez que le lieutenant Moret avait une amie, que celle-ci était une jeune personne fort belle, qu'elle était la sous-directrice d'une importante galerie de tableaux, qu'elle adorait son lieutenant, que son lieutenant l'adorait, et qu'il y avait quatre-vingt-dix-neuf chances sur cent pour qu'ils ne se quittassent jamais.

Avec sa franchise habituelle, Monthermé répliquait :

— Je savais tout cela, mais ce n'était pas à moi de vous le dire.

— Pourquoi ?

— Parce que ce ne sont pas des confidences à faire à une jeune fille de votre âge et de votre éducation.

— Vous me prenez pour une petite dinde ?

— Oh ! mademoiselle, je vous considère comme la plus exquise et la plus respectable des jeunes filles que j'aie jamais rencontrées.

— Je suis très sensible à la bonne opinion que vous avez de moi, affirmait Martine avec une nuance d'émotion, mais je n'ai aucun mérite à être ainsi. J'ai un caractère, ou plutôt une nature qui m'éloigne irrésistiblement de ce genre d'existence qu'on adopté tant de mes amies...

« Je déteste fumer, j'ai horreur des cocktails. Le tennis ne m'ennuie pas, mais à la condition de ne pas en abuser, et je n'ai jamais aspiré à être championne en quoi que ce soit.

« Je n'ai jamais voulu apprendre à conduire une auto, parce que je préfère savourer à mon gré les beaux paysages que je découvre au cours de mes randonnées plutôt que d'avoir l'œil fixé sur la route et le pied sur l'accélérateur.

« En musique, en peinture, en poésie, en littérature, j'aime ce que je comprends, ce qui m'émeut ou m'amuse, et non pas ce qui m'étonne.

« En un mot, je ne suis pas snob pour un sou...

« Mais si j'ai conservé une âme... comment dirais-je bien... une âme...

— Candide ?

— Non, disons plutôt naturelle, j'ai tout de même un peu progressé depuis ma première communion, et je ne suis plus une petite fille.

— D'accord, admettait Monthermé, mais il est cependant des sujets de conversation que l'on doit éviter.

Brusquement, Martine s'écriait :

— Et si, me contentant des renseignements que vous m'aviez donnés sur Moret, je m'étais emballée ?

Elle s'arrêta. En un geste impulsif, Alban venait de resserrer son étreinte, qu'il relâcha d'ailleurs aussitôt.

Martine poursuivait :

— Oui, si je m'étais emballée... quelle responsabilité eussiez-vous assumée dans le réel chagrin que m'eût causé la désillusion qui, fatalement, m'était réservée ?

— Mademoiselle, balbutiait le capitaine, tout décontenancé, pardonnez-moi, jamais je n'aurais osé... je ne me serais permis... je n'aurais cru...

— Rassurez-vous, reprenait la fille de l'industriel avec un sourire plein de douceur et de gentillesse, c'est une éventualité qui ne s'est pas produite et ne se produira pas... car, à vrai dire, loin de me sentir attirée vers le lieutenant Moret, je ne vous cacherai pas qu'il m'inspire plutôt une certaine antipathie.

A ces mots, Monthermé sentit son cœur vibrer d'une allégresse jusqu'alors pour lui inconnue.

Non seulement Jacques Moret n'était pas pour lui un rival, et quel rival ! le plus dangereux qu'il eût à redouter, mais encore il n'inspirait à celle dont il avait fait la souveraine de sa vie, qu'un sentiment d'instinctive hostilité.

— Pourtant, mademoiselle, crut-il devoir dire, Moret inspire toujours à ceux qui l'approchent cette sympathie que, spontanément, vous lui refusez.

— C'est fort possible, reconnaissait la fille de l'industriel. Mais est-ce parce que je suis douée d'un esprit paradoxal et que je cède trop facilement à mes impressions premières, pour employer un terme usité même dans les cercles les plus raffinés, je ne puis pas *encaisser* le lieutenant Moret.

Et mettant le comble à la joie de son danseur, elle ajouta :

— Autant avec vous, capitaine, je me sens en sécurité, je ne dis pas en avion, mais dans la vie, autant, avec lui, je ne suis pas tranquille.

— Vous me flattez infiniment.

— Vous, vous êtes un gentleman... et lui, c'est un jeune homme. Vous ne pouvez vous figurer à quel point j'en apprécie la différence.

L'orchestre se tut.

Comme si elle regrettait de s'être montrée aussi expansive, Martine quitta brusquement Monthermé et se dirigea vers un groupe de jeune filles qui s'était formé aussitôt après les danses.

Ces demoiselles, le verbe haut, échangeaient leurs impressions.

Elles parlaient, naturellement, du héros de la fête. L'impression était unanime. Toutes le trouvaient *épatant*...

Il ne s'agissait d'ailleurs aucunement de ses exploits, mais de ses avantages physiques.

Marthe Chemilly, la fille de l'administrateur des *Aciéries d'Auvergne*, proclamait avec emphase :

— Il porte merveilleusement l'uniforme.

— Et il a les cheveux collés, s'extasiait Nicole Montperron, dont le père possédait presque toutes les actions de la *Compagnie générale d'Electricité de l'Est.*

— Au moins, celui-là, il n'a pas l'air d'un mécano, appuyait Raymonde Vulaines, unique et richissime héritière du célèbre fabricant de produits pharmaceutiques et spécialités diverses.

— Tu as dansé avec lui ? demandait Marthe à Nicole.

— Oui, et toi ?

— Moi aussi.

— Mais nous toutes !

— Il est très souple, très élégant.

— Très.

— Mais je ne le vois plus.

— Où diable peut-il bien être passé ?

— Il est peut-être au buffet.

— Non, j'en viens.

— C'est bizarre.

— Ah çà ! est-ce qu'il les aurait mis ?

— Non, son navigateur Leneveu est toujours là. Et, comme les frères siamois, ils sont inséparables.

Florent Avrillé, la figure animée, joyeuse, accourait, demandant :

— Vous n'avez pas vu Moret ?

— Non, père, répliquait Martine au nom de toutes.

— Je le cherche parout, déclarait l'industriel. J'ai une bonne nouvelle à lui annoncer. Le ministre de la Guerre vient de me téléphoner qu'il s'excusait de ne pas pouvoir faire même une courte apparition à notre bal, et il m'annonce en même temps que Moret est nommé capitaine. Seulement, par exemple, je me demande ce qu'il est devenu. Peut-être est-il allé fumer une cigarette.

L'industriel s'en fut à grands pas vers une porte-fenêtre qui donnait dans le jardin.

Raymonde Vulaines, brune capiteuse, coiffée à la garçonne, s'écriait, d'une voix que l'absorption de trop nombreux « martini » n'avaient pas précisément rendue très claire :

— Il faut le dégoter pour fêter sa troisième ficelle.

Et, sauf Martine, toutes allaient se précipiter sur les traces de Florent Avrillé, lorsqu'un jeune homme au visage glabre, au regard mauvais, à la bouche railleuse, et qui à vingt-six ans semblait moralement et physiquement aussi desséché qu'un parchemin, lança d'une voix mordante et volontairement canaille :

— Pas besoin de vous en faire, les mômes... Votre as des as vous a laissé tomber.

— Comment ! déjà ! A trois heures du matin ! s'exclamaient les admiratrices du triomphateur.

— Alors, s'indignait Nicole Montperron, il se couche donc comme les poules ?

— Non pas comme les poules, martelait le troubleur de fête, mais *avec une poule.*

— Laquelle ?... interrogeait-on de toutes parts

— La sienne.

— Comment ! il en a une à lui, quand il pouvait avoir toutes celles des autres ?

Philippe Orgagnoux, vague mondain, qui se vengeait du peu de succès qu'il avait auprès des femmes en dépassant les limites de la muflerie, répliquait, avec un pli méprisant aux lèvres :

— Inutile, mes belles petites, de vous forger des chimères ; votre héros, votre dieu, n'est pas pour vous. Il est collé.

— Avec qui ?

— Une demoiselle de magasin.

— Quelle horreur ! s'exclama avec ensemble le chœur des snobinettes.

— Quel mufle ! s'écria Marthe Chemilly, résumant ainsi l'opinion de ses camarades.

Mais tout à coup, Martine, qui était restée impassible, poussa un léger cri, et pâlissant subitement, avant qu'on ait eu le temps de la retenir, elle glissait évanouie sur le tapis.

Tandis qu'on se précipitait vers elle, Raymonde Vulaines, s'approchant du sieur Orgagnoux, qui ricanait, lui dit d'un ton méprisant :

— Quel sale type vous faites !

Et lui montrant Martine, que son père, accouru, emportait dans ses bras, elle scanda :

— Vous avez pourtant bien vu qu'elle aussi a le béguin.

III

LETTRES ANONYMES

L'évanouissement de Martine avait été de brève durée, et dès qu'elle eut repris connaissance, elle demanda à reparaître dans le bal, un moment troublé par cet incident qui, même pour ceux qui croyaient en avoir deviné la cause, avait été ouvertement attribué à l'élévation et à la lourdeur de la température.

La fête s'était donc achevée sans incident, et même en pleine gaîté.

Vers six heures dix, les derniers invités partis, Martine regagnait sa chambre. Sa mère l'y avait suivie.

Tout de suite, elle lui demanda :

— Comment te trouves-tu, à présent ?

— Très bien, je t'assure, affirmait la jeune fille.

— Pas trop fatiguée ?

— Pas du tout.

— Tu as été admirable d'énergie.

— Maman, il ne faut rien exagérer. Ce n'était qu'un malaise aussi stupide que passager... Je vais dormir jusqu'à midi, et je suis sûre que demain je me porterai à merveille.

Mme Avrillé se retira, après avoir embrassé sa fille.

Lorsque sa mère fut sortie, Martine s'en fut jusqu'à sa porte, qu'elle ferma au verrou, puis elle s'en vint tomber sur un siège devant sa coiffeuse, et, les coudes appuyés sur la tablette, la tête cachée entre les mains, elle éclata en sanglots.

. . . .

. . . .

Lorsque, le lendemain, elle apparut dans le petit salon à l'heure du déjeuner, sa figure ne portait aucune trace des émotions qu'elle avait ressenties au cours de la nuit précédente. Son teint avait retrouvé toute sa fraîcheur, son sourire le même charme et son regard la même joie de vivre.

Sans doute, l'impression que Jacques Moret avait produite sur elle, avait-elle été aussi violente qu'éphémère, et avait-elle reconquis toute sa sérénité d'âme.

En l'apercevant, Mme Avrillé s'écria, enchantée :

— Je constate avec plaisir que tu es tout à fait bien.

— Maman, répliquait la jeune fille, je t'avais prédit que ce ne serait rien... Tu vois que je n'ai pas été une mauvaise prophétesse. Je me sens même un excellent appétit.

Martine regarda le cartel qui indiquait midi et demi.

— Comme père est en retard aujourd'hui, fit-elle.

Mme Avrillé observa :

— Sans doute a-t-il trouvé un courrier assez volumineux et a-t-il tenu à le dépouiller et peut-être à le mettre à jour. Mais si tu as très faim, veux-tu que je te fasse servir une tasse de consommé froid ?

— Non, merci, maman, c'est inutile, je puis attendre encore un peu sans m'évanouir, ainsi que je l'ai fait si stupidement la nuit dernière.

A peine avait-elle prononcé ces mots, que la porte du petit salon s'ouvrait, livrant passage à Florent d'Avrillé.

Il semblait préoccupé à tel point, que sa femme ne put s'empêcher de s'écrier :

— Aurais-tu reçu quelque mauvaise nouvelle ?

L'industriel se ressaisit aussitôt :

— Pas du tout, affirma-t-il, tout va très bien, au contraire.

Tout en affectant une gaieté qui sonnait faux, il ajouta :

— Seulement, je te ferai observer que je n'ai dormi que quatre heures et que je n'ai plus vingt ans.

« Allons, passons vite à table... Un bon repas me remettra tout à fait d'aplomb...

Tous trois s'en furent dans une très belle salle à manger Directoire où un luxueux couvert était dressé et où un maître d'hôtel cérémonieux dans son habit noir était flanqué de deux garçons en veston blanc qui attendaient ses ordres.

M. Avrillé s'installa en face de sa femme. Rapidement, il consulta le menu, tandis que Martine s'asseyait à sa droite. Le service commença aussitôt ; Mme Avrillé ne fut pas sans remarquer avec un certain étonnement que son mari, si fin gourmet d'habitude, au lieu de savourer les mets succulents qui lui étaient présentés, les absorbait nerveusement sans paraître y apporter la moindre attention.

A plusieurs reprises, il se versa lui-même un grand verre de vin qu'il avala d'un trait.

Quant à sa conversation, elle fut presque nulle. Il se contenta de répondre distraitement et parfois même avec agacement aux questions que lui posaient tour à tour sa femme et sa fille, désireuses, l'une comme l'autre, de lui rendre sa bonne humeur habituelle.

Mme Avrillé se disait :

« Ce n'est pas la fatigue qui le rend ainsi, il a certainement quelque chose qu'il nous cache. »

Il expédia vite son dessert, puis, se levant, il ordonna au maître d'hôtel :

— Léon, vous me ferez servir mon café dans mon cabinet de travail.

Et, tout en se levant, il dit à sa femme et à sa fille :

— J'ai, cet après-midi, un rendez-vous d'affaires très important, tout un dossier à étudier.

« Ne m'en voulez pas si je vous fausse aussi rapidement compagnie.

Il s'en fut d'un pas saccadé.

Quand il eut disparu, Martine, d'un ton soucieux, demanda à sa mère :

— Qu'a donc père, aujourd'hui ? Je ne le reconnais plus.

Mme Avrillé eut un geste évasif.

La jeune fille poursuivit :

— Il devrait pourtant être content, je viens de parcourir les journaux, ils parlent tous de notre bal avec les termes les plus flatteurs et sont unanimes à associer la marque *Excelsior* au triomphe de la traversée Paris-Buenos-Ayres. Alors, je ne comprends pas.

— Moi non plus, réplique Mme Avrillé.

Il y eut un silence que Martine rompit en disant :

— Que fais-tu tantôt, maman ?

— Je n'ai pas de projet, répliqua doucement Mme Avrillé.

— Il fait un temps magnifique. Veux-tu que nous allions faire un tour dans le parc de Versailles. Nous irons ensuite prendre le thé à Trianon !

— Avec plaisir, acceptait la femme de l'industriel ; je vais commander la voiture pour trois heures.

— Je monte m'habiller.

Martine s'en fut, Mme Avrillé quitta la salle à manger ; mais, au lieu de regagner le premier étage de l'hôtel qui conduisait à ses appartements, elle s'en fut frapper à la porte du bureau de son mari.

— Entrez ! fit une voix morose, presque irritée.

Mme Avrillé tourna le bouton de la porte et pénétra dans un spacieux cabinet de travail à l'ameublement et à la décoration très modernes.

Florent Avrillé était seul devant sa table. Une lettre ouverte et tapée à la machine à écrire était étalée devant lui. Il semblait encore plus nerveux, plus préoccupé que tout à l'heure.

— C'est toi, Antoinette, fit-il, tandis qu'un pli d'amertume se dessinait sur son front.

— Oui, répliqua Mme Avrillé. On dirait que je te dérange ?

— Je te l'ai dit tout à l'heure, j'ai un gros travail...

— Florent, fit la mère de Martine en s'avançant vers son mari.

Et, tout en le regardant bien en face, elle ajouta :

— Tu ne me dis pas la vérité...

— Pourquoi te mentirais-je ? répliquait l'industriel en s'efforçant de maîtriser la colère qui grondait en lui.

— C'est précisément ce que j'étais en train de me demander.

— Je ne te comprends pas.

— Moi non plus, je ne te comprends pas. Florent, tu as un ennui, plus qu'un ennui, de la peine. Je t'aime trop pour ne pas m'en être aperçue, et toi aussi, qui m'aime tant, tu ne devrais pas hésiter aussi longtemps à me prendre pour confidente.

Florent contempla sa femme qui se penchait vers lui, bonne, exquise, et, d'avance, compatissante.

Il saisit sa main à la peau si douce, si satinée, et il la porta jusqu'à ses lèvres.

Il lui sembla alors à ce contact qu'il n'avait plus le droit de résister à l'invitation à parler que lui adressait celle qui était toute sa vie et qu'il adorait peut-être encore plus qu'au premier jour.

— Ma chère Antoinette, reprit-il d'une voix émue, les crapauds ont recommencé à baver, mais, cette fois, d'une façon tellement ignoble, tellement lâche, que j'aurais voulu te laisser dans l'ignorance de leurs basses insultes, d'autant plus écœurantes qu'elles ne sont naturellement pas signées.

Et tendant le papier dactylographié qu'il avait sur son bureau, il ajouta :

— Tiens, voilà ce que j'ai reçu tout à l'heure, ou plutôt que j'ai trouvé placé devant moi contre cette pendulette, bien en évidence. C'est véritablement inouï.

Mme Avrillé lut ce qui suit :

« Monsieur,

« Vous vous croyez certainement très « heureux... Tout, en effet, vous a réussi « dans la vie. Vous êtes à la tête d'une « industrie des plus prospères, vous gagnez « énormément d'argent, vous passez même « pour un très honnête homme, vous avez, « évidemment, des ennemis, mais qui n'en « a pas ?... et, jusqu'à présent, vous êtes tou- « jours demeuré au-dessus de leurs attein- « tes ; enfin, vous venez de remporter un « très gros succès, puisque c'est avec un de « vos moteurs, sur un de vos appareils, que « le lieutenant Jacques Moret et l'enseigne « de vaisseau Lesneven viennent de réaliser « un exploit qui demeurera à tout jamais « célèbre dans les annales de l'aviation « française.

« Donc, tout semble vous sourire, et rien « ne parait vous menacer.

« Ainsi que l'a dit le poète, vous pouvez « marcher, comme dans un rêve étoilé.

« Vous en êtes bien sûr, n'est-ce pas, mon- « sieur Florent Avrillé ?

« Je vous entends me répondre de votre « voix mâle, énergique :

« — Parfaitement, monsieur... j'en suis « tout à fait sûr...

« Eh bien, vous vous trompez, monsieur.

« La douleur est à votre porte, beaucoup « plus cruelle que tous les soucis que vous « occasionnerait un ralentissement dans vos « affaires et même la crainte d'une culbute « désastreuse.

« Cette douleur, elle a déjà franchi votre « seuil, elle va se glisser chez vous, perfide- « ment, traîtreusement, comme un flot que « rien ne peut arrêter, et, cette douleur, « rien, vous m'entendez... rien ne pourra « l'apaiser...

« L'homme que vous fêtiez hier soir, le « sieur Jacques Moret, est peut-être un as « de l'aviation, mais, sous ses apparences de « bon garçonisme, sous ses allures de fran- « chise et de loyauté, il cache la plus vilaine « âme qu'il soit possible d'imaginer.

« Voici le drame qui se prépare chez vous, « drame dont il est l'auteur unique et l'ac- « teur principal. Jacques Moret est amou- « reux de votre femme et est aimé de votre « fille. J'ajouterai que, si l'honnêteté de « l'une et de l'autre doivent planer au-des- « sus de tout soupçon, il n'en est pas moins « vrai que ce Moret, pour atteindre son but, « qui est celui de vous voler votre épouse, « ne reculera devant aucun moyen.

« En vertu du proverbe qu'un bon averti « en vaut deux, je vous souhaite, monsieur, « de prendre au sérieux l'avertissement que « je vous donne et de fermer désormais « votre porte à celui qui, sans le moindre « scrupule, se ferait un jeu de démolir votre « bonheur.

« *Signé :* Un Ami
« et non un adversaire. »

Avec un calme et une dignité incomparables, Mme Avrillé déclarait :

— Et c'est ce factum aussi stupide que mensonger qui te tourmente ainsi ?...

— Oui, fit sourdement l'industriel.

Antoinette reprenait :

— Ce n'est pas la première fois que tu reçois des lettres anonymes.

— Oui, je l'admets, ripostait l'industriel ; mais c'est la première fois que ton nom et celui de notre chère fille s'y trouvent mêlés.

Et s'animant peu à peu, il continua :

— Cette fois, rien que cette signature : *Un ami et non un adversaire*, me prouve que j'ai affaire une fois de plus à l'un de mes concurrents envieux, peut-être même à celui qui, ainsi que tu t'en souviens, a cherché, il y a deux ans, à faire saboter un de mes appareils.

— Je suis tout à fait de ton avis, acquiesçait Antoinette Avrillé. Le mieux, vois-tu, est de mépriser cette infamie. Je t'ai souvent entendu répéter que, les lettres anonymes, il fallait les mettre au panier. Eh bien, déchire celle-ci comme tu as déchiré les autres et comme tu déchireras toutes celles qui te parviendront encore.

— Tu as raison, approuvait le grand industriel, auquel l'attitude de sa femme venait de rendre toute son énergie.

Et, reprenant le papier des mains d'Antoinette, il allait le mettre en morceaux, lorsque, brusquement, la porte s'ouvrit et Martine, toute pâle, toute tremblante, apparut sanglotant d'un air bouleversé.

— Ah ! c'est affreux ! c'est abominable !...

— Qu'y a-t-il ? interrogeaient simultanément M. et Mme Avrillé...

La jeune fille, qui tenait une lettre à la main, s'avança vers ses parents d'un pas chancelant ; puis elle fit, d'une voix brisée, tout en leur tendant la lettre.

— Lisez !...

Et elle ajouta en se laissant tomber sur un fauteuil :

— Je ne croyais pas qu'il pût exister au monde un être assez lâche pour oser écrire ces lignes-là...

Et Mme Avrillé lut à haute voix les lignes suivantes, tapées, elles aussi, à la machine :

« Mademoiselle,

« Vous allez être sans doute très surprise « lorsque je vous apprendrai que j'ai découvert un secret que vous croyez à tout « jamais enfoui au plus profond de votre « cœur.

« Je ne suis pourtant pas sorcier, je suis « tout simplement un homme ou une « femme, peu importe, doué d'une certaine « puissance de pénétration qui me permet « de lire plus facilement que bien d'autres « dans l'âme des gens et, plus particulière- « ment, dans celle des jeunes filles.

« Sans que vous vous en doutiez, la vôtre « s'est ouverte à moi, inconsciemment, im- « pulsivement, comme un beau livre qui « vous invite à feuilleter ses pages. Et voici « ce qu'il m'a appris : vous êtes amoureuse... « ma très jolie... et cela vous a étonnée « vous-même ; mais, ce qui vous a troublée « encore davantage, c'est la puissance su- « bite, irrésistible de la véritable passion « qui s'est emparée de vous, transformant « en un véritable volcan votre cœur de dix- « sept ans.

« Vous aimez, mademoiselle Martine, « vous adorez le héros du jour, le brillant « aviateur, l'as des as... celui dont le nom « s'étale, en gros caractères, en première « page de tous les grands journaux... c'est-à- « dire : Jacques Moret.

« Vous n'êtes pas la seule, d'ailleurs... et « il faudrait plusieurs volumes rien que « pour citer les noms des jeunes personnes, « et même des dames mûres auxquelles il a « fait tourner la tête.

« Malheureusement, Jacques Moret n'a « pas plus fait attention à vous qu'un tigre « à une sauterelle.

« Ah ! on vous a peut-être raconté qu'il « avait, comme on dit dans le peuple, une « connaissance... qu'il lui était très fidèle, « et que, pour rien au monde, il ne vou- « drait s'en séparer.

« Ce qui était vrai hier ne l'est plus « aujourd'hui. Jacques Moret, qui se serait « fait plutôt couper le cou que d'attrister, « par la moindre infidélité, la belle Marie- « Louise, la marchande de tableaux, comme « on l'appelle dans les milieux d'aviateurs, « eh bien, Jacques Moret est près non seu- « lement de la tromper avec la même « ardeur qu'il a mis à traverser l'Atlan- « tique, mais encore à la quitter, sans même « l'ombre d'une excuse ou d'un regret...

« Lui aussi est amoureux, aussi amoureux « que vous l'êtes pour lui, peut-être encore « davantage ; seulement, ce n'est pas de « vous... ma pauvre petite biche affolée, « c'est de Mme votre maman, tout simple- « ment. Oh ! ne croyez pas un seul instant « que je mette en doute la solidité de la for- « teresse imprenable qu'est le cœur de « Mme votre mère... mais j'ai tout lieu de « penser, jusqu'à nouvel ordre, du moins... « que le sieur Jacques Moret, s'il ose s'atta- « quer à la vertu de Mme Avrillé, tombera, « comme on dit vulgairement, sur un ter- « rible bec de gaz.

« Mais une bonne avertie en vaut deux... « et, sans vouloir en rien élever le moindre « nuage entre Mme votre mère et vous, je me « permets de vous prévenir de ce qui est, je « vous l'assure, la plus exacte des vérités.

« Cela vaut mieux, en effet, que de laisser « s'établir entre une mère et une fille l'équi- « voque et le malentendu. Donc, si vous « m'en croyez, renoncez à votre amour, ou- « bliez Jacques Moret et, quand votre bles- « sure sera entièrement cicatrisée, laissez « battre de nouveau votre cœur charmant, « mais, cette fois, pour quelqu'un qui en « sera vraiment digne.

« ARGUS. »

Florent Avrillé qui, les sourcils froncés, les poings crispés, avait écouté la lecture de cette lettre, s'écriait :

— Maintenant, j'en suis absolument sûre, c'est un véritable complot organisé contre mon bonheur.

Et tout en dévisageant sa fille, dont les joues étaient sillonnées de grosses larmes, il poursuivit :

— Tout à l'heure, j'ai reçu, moi aussi, une lettre qui contient les mêmes affirmations que celles-ci.

« Cette lettre, ainsi que ta mère me l'a conseillé, je ne veux en tenir aucun compte et je te demande, à toi aussi, ma chère petite, d'en faire autant.

Mais, comme les sanglots de Martine redoublaient, sa mère, se penchant vers elle, lui dit :

— Ton père t'a parlé le langage de la raison, tout cela est abominable, j'en conviens, mais profondément méprisable.

D'une voix brisée, la jeune fille reprenait :

— Toi, maman, tu es au-dessus de ces calomnies ; mais moi, songe au tort que peut provoquer un bruit pareil s'il se répand dans notre monde. Ah ! savoir qui a bien pu écrire ces infamies dans lesquelles, pourtant, il y a peut-être...

Elle s'arrêta comme si elle ne pouvait continuer.

— Allons, parle ! commandait son père.

— Oui, ma chérie, encourageait aussi Mme Avrillé, dis-nous tout ce que tu penses.

— Ce n'est qu'un soupçon, une coïncidence, hésitait encore la jeune fille.

— Dis toujours, invitait Florent Avrillé...

— Hier soir, balbutiait Martine, tandis qu'il dansait avec moi, le lieutenant Moret m'a fait un éloge enthousiaste de maman.

« Je n'ai pu m'empêcher de déclarer au capitaine de Monthermé à quel point j'en avais été choquée.

Tandis que Mme Avrillé conservait un admirable sang-froid, indice d'un cœur inattaquable, son mari, les sourcils de plus en plus froncés, s'écriait :

— Il y aurait donc un fond de vérité dans ces lettres anonymes ?

— Cela m'étonnerait fort ! appréciait Antoinette... J'ai dansé avec Moret. Nous avons ensuite parlé pendant un certain temps. Il ne m'a fait que les compliments corrects qu'un homme bien élevé ne peut manquer d'adresser à une maîtresse de maison chez laquelle il a déjà été reçu plusieurs fois.

« Il m'a surtout parlé de toi, mon cher Florent et avec une telle admiration, avec une telle gratitude, que j'en ai été très touchée, et, pas un instant, ni son langage, ni son attitude, ni son regard, n'ont pu me faire soupçonner que je lui avais inspiré le moindre sentiment coupable.

— Peut-être, insinuait l'industriel, cachait-il son jeu.

— Rien ne me permet de le supposer, déclarait nerveusement Antoinette.

— Toi ! s'écriait le père de Martine, tu es tellement au-dessus de toutes ces vilenies que tu ne peux pas les remarquer.

« Il n'en est pas moins vrai que les déclarations de Martine ne sont pas sans confirmer quelque peu les affirmations contenues dans ce billet.

« Jacques Moret est un héros, c'est entendu, mais ce n'est pas un saint. Quoi de surprenant à ce qu'il ait été ébloui par ta beauté. Ce n'est pas la première fois que tu es l'objet...

— Florent, je t'en prie, interrompit Antoinette, ne continuons pas cette conversation en présence de notre fille.

Et, tout en lui désignant Martine, qui était secouée par de nouveaux sanglots, elle poursuivit :

— Laisse-moi l'emmener, la consoler... je reviendrai ensuite près de toi.

— C'est fini, maman, s'écriait la jeune fille, qui avait réussi à réfréner presque subitement sa douleur.

« Je vais remonter dans ma chambre et m'habiller pour sortir, ainsi que cela avait été convenu.

— Oui, va, ma chérie, et, si tu as besoin de moi...

— Je ne le crois pas... Sur le premier moment, cette lettre m'a fait beaucoup de peine... Oser prétendre que j'aime Jacques Moret... mais c'est ridicule. Je le connais si peu ! C'est à peine si je l'ai rencontré une dizaine de fois... Il m'était très indifférent, je vous l'assure... Hier soir, il m'était même devenu très antipathique, et, maintenant, je le sens bien, je le déteste ; oui, je le déteste !

— Fais comme moi, conseillait noblement Mme Avrillé, ignore-le. Va, ma chérie, tout cela n'est pas bien grave.

— Comme toujours, maman, tu as raison, reconnaissait la jeune fille.

Et s'efforçant de sourire, elle ajouta :

— Le mieux est de ne plus penser à tout cela.

Rapidement, elle s'essuya les yeux et s'en fut embrasser son père qui la serra tendrement contre lui en disant :

— Je saurai qui a fait pleurer ces yeux-là, et cela lui coûtera cher.

— Non, papa, répondait doucement Mlle Avrillé, laisse donc tout cela tranquille. Cela n'en vaut vraiment pas la peine.

Florent martelait avec force :

— Je ne veux pas que l'on s'attaque à ma femme et à mon enfant !

Et il ajouta :

— Au fait, qui t'a remis cette lettre ?

— Personne.

— Comment, personne ?

— Je l'ai trouvée dans ma chambre, appuyée contre la glace de ma coiffeuse.

— Il y a donc un traître dans la maison ? scandait l'industriel, tout en frappant un violent coup de poing sur la table.

— Papa, je t'en prie ! s'écriait Martine, ne te mets pas en colère.

Se calmant aussitôt, l'industriel reprenait :

— Va t'habiller, ma chère petite, cela te fera du bien de sortir avec ta mère.

Docilement, Martine, qui semblait rassérénée, gagna la porte.

Sa mère la rappela, sur un ton de tendre reproche :

— Tu ne m'embrasses pas ?

— Oh ! si, s'écria la jeune fille en se précipitant dans les bras que lui ouvrait tout grands sa mère.

Et elle fit :

— Pardonne-moi, j'étais encore si émue.

Elles s'étreignirent...

Martine s'en fut... L'industriel et sa femme restèrent seuls en présence.

Après avoir réfléchi pendant quelques secondes, M. Avrillé s'écriait :

— Veux-tu savoir le fond de ma pensée?

— Je t'en prie.

— Eh bien, ces deux lettres ne sont que le début d'une campagne abominable entreprise contre nous par l'un de nos ennemis.

— C'est absolument mon avis, approuvait Antoinette.

— Le but de cette guerre dans l'ombre, aussi infâme qu'hypocrite, est de jeter le trouble dans notre foyer, de semer le désarroi entre nous, et de me frapper dans ce que j'ai de plus cher au monde, notre amour et mon honneur, en calomniant et en salissant à la fois ma femme et ma fille.

— Je crois, que dis-je? je suis sûre que tu es dans le vrai.

« Une seule chose, cependant, me déroute.

— Laquelle?

— Pourquoi l'auteur de ces deux lettres anonymes, au lieu de se servir de la poste pour les faire parvenir à destination, a-t-il employé, au contraire, un moyen qui peut promptement se retourner contre lui?

« Ce ne peut être, en effet, qu'un domestique soudoyé, qui s'est chargé de placer une de ces lettres devant la pendulette de mon bureau et l'autre sur la coiffeuse de Martine.

— Cela me semble indiscutable.

— Il s'agit donc de savoir lequel de nos domestiques a accepté de jouer ce rôle ignoble...

« Si je le découvre, je me charge de le faire parler, et alors il me sera facile d'exécuter comme il le mérite le bandit qui a écrit ces deux lettres.

« Mais comment démasquer le messager?

« Pour le moment je soupçonne tout le monde et personne.

« Procédons par élimination.

« Augustin, notre maître d'hôtel, voilà cinq ans qu'il est à notre service et jamais il ne nous a fourni l'occasion d'un reproche.

« Nos deux valets de chambre, Prosper et Cyprien?... Ce sont les fils d'un vieux fermier de ton père... Ils ont été élevés selon la bonne tradition... ils nous sont très dévoués tous les deux.

« Georges, le chauffeur... il ne pénètre pour ainsi dire jamais dans l'hôtel... C'est un garçon très sérieux, et je sais qu'il tient beaucoup à sa place.

« Donc, parmi le personnel masculin, rien ne nous permet d'orienter de ce côté nos recherches.

— Passons au personnel féminin.

« La cuisinière, Julienne... Ah! celle-là, jamais!... C'est une trop honnête fille...

« Son aide, Victorine... La pauvre, elle est tellement idiote qu'elle serait incapable d'exécuter et même de comprendre une pareille mission.

« Restent les deux femmes de chambre, Céline et Claire.

« Là, je m'adresse à toi, ma chère Antoinette, car tu les connais beaucoup mieux que moi.

— Céline, déclarait Mme Avrillé, est entrée ici il y a un an, munie de certificats extrêmement élogieux... Je sais bien que cela ne prouve pas grand'chose... En tout cas, il est un fait certain, c'est que je n'ai jamais eu à me plaindre d'elle... Elle est très discrète, très réservée, très douce... Jamais je n'ai eu l'occasion de lui adresser la plus légère observation. Et, l'hiver dernier, lorsque j'ai eu cette forte attaque de grippe qui m'a rendue si malade, elle m'a demandé comme une grâce de ne pas faire venir une infirmière et elle m'a soignée avec un dévouement et une intelligence remarquables.

« Quant à Claire, elle n'a pas un bon caractère, j'en conviens... Elle doit nous quitter prochainement, non parce que je la renvoie, mais parce qu'elle fait un très beau mariage.

— Je me rappelle que tu m'as dit qu'elle était fiancée au fils d'un gros épicier de la rue Demours.

— C'est cela... Le gros épicier, et surtout sa femme, ne voulaient pas l'accepter pour bru...

« Mais le fils leur ayant affirmé qu'il se brûlerait la cervelle si ses parents s'opposaient à son mariage, ceux-ci ont fini par accorder leur consentement... et, dans six semaines, Claire trônera à la caisse, à côté de sa belle-mère.

« J'en conclus donc que ce n'est pas au moment où elle va réaliser un si beau rêve que cette fille aurait consenti, même pour quelques billets de mille francs, à commettre un acte aussi vil et à risquer de le payer de tout un bonheur auquel elle doit tenir avant tout.

— Alors, s'écriait l'industriel, si ce n'est pas un domestique qui a déposé ces lettres à l'endroit où on les a trouvées... Qui ?

« Ma sténo-dactylo ?... Elle n'est pas venue ce matin.

« Potier, mon secrétaire... il est souffrant depuis deux jours.

« Cette énigme qui, au premier abord, me paraissait facile à déchiffrer, m'apparaît à présent singulièrement embrouillée...

« Que faire, mon Dieu, que faire ?

« Nous ne pouvons pourtant pas rester inertes.

« Je te le répète, j'ai la conviction que les hostilités ne font que commencer. Alors, comment nous battre victorieusement contre un ennemi que l'on ne voit pas, que l'on ne devine pas et qui, fort d'un mystère qui le rend invulnérable, peut nous attaquer impunément à tout instant de notre vie.

« Ma chère Antoinette, toi qui es le bon sens et la clairvoyance personnifiés, donne-moi un conseil.

— Je t'avoue que je suis moi-même extrêmement embarrassée.

Florent soupirait avec amertume :

— Comme on a raison de dire que la Roche tarpéienne est près du Capitole !

— Je t'en conjure, s'écriait Mme Avrillé, ne te laisse pas abattre ! Toi qui es l'énergie même, toi dont la volonté n'a jamais connu de défaillance, tu dois être et tu seras le plus fort.

— Tu as raison, approuvait l'industriel, et combien je te suis reconnaissant de me réconforter ainsi.

« Souvent, je me suis dit que, si les mauvais jours revenaient pour nous, je te trouverais à mes côtés, vaillante, courageuse, bonne et tendre. Je ne me suis pas trompé... Merci.

Il enlaça sa femme.

L'étreinte qu'ils échangèrent acheva de le remettre en possession de ses esprits... Et cette fois, d'une voix ferme, résolue, il reprit :

— Je sais qu'il existe à la préfecture de police un service particulier qui, entre autres attributs, procède aux enquêtes d'ordre administratif telles que, par exemple, les recherches, dans l'intérêt des familles.

« Je suis persuadé que, si je m'adressais au préfet, avec son amabilité coutumière, immédiatement, il mettrait à ma disposition un de ses meilleurs inspecteurs.

« Mais j'hésite à m'engager dans cette voie.

« Bien que je puisse compter sur la discrétion absolue des inspecteurs, il est toujours dangereux de mettre en mouvement, même officieusement, l'appareil judiciaire.

« Les hommes les mieux intentionnés peuvent être parfois dépassés par les événements. Il est des scandales qui ne s'étouffent pas.

« Songe aux personnalités en cause, c'est-à-dire aux nôtres et surtout à celle de Jacques Moret et à l'effet que produirait sur l'opinion publique la divulgation d'une pareille intrigue. En ce moment, Moret est l'idole du public.

« A une autre place, beaucoup plus modeste, j'aurais ce qu'on appelle une excellente presse.

« C'est donc te dire combien il peut y avoir de gens qui, tout en feignant de se réjouir de notre victoire, en sont furieux, au fond, et seraient enchantés de nous voir diminués et même salis par une déplorable et vilaine aventure.

« Que la moindre fuite se produise et tu verras ces sales petits journaux soi-disant satiriques distiller plus ou moins leur venin et insinuer à mots plus ou moins couverts que tu es la maîtresse de Moret et que notre fille se meurt d'amour pour lui.

« Qui sait si ce n'est pas le but de la campagne amorcée contre nous ? et je ne serais pas autrement surpris si je lisais bientôt dans l'une de ces feuilles immondes un entrefilet de ce genre.

Le visage empourpré, l'industriel s'écriait :

— Oh ! alors, je n'hésiterais pas...

« Ce n'est pas devant les tribunaux que je traînerais les diffamateurs, c'est moi-même qui me ferais justice... Une balle dans la peau et je serais acquitté ; ça, j'en suis sûr.

« Cela servirait d'exemple et donnerait à réfléchir à ces insulteurs professionnels qui ne vivent que du mal qu'ils font au monde.

— Florent, conseillait, Mme Avrillé, ne t'énerve pas... Dieu merci, nous n'en sommes pas encore là.

— Oui, poursuivait l'industriel, mais cela peut venir.

« Voilà pourquoi je voudrais en finir rapidement avec cette lamentable histoire.

« M'adresser à une agence de police privée !

« Elle ne m'offre pas les mêmes garanties que la préfecture de police... Je puis même très mal tomber. Je ne connais aucune de ces officines dont quelques-unes, paraît-il, sont, paraît-il, plutôt louches.

Antoinette reprenait :

— J'ai entendu parler d'un certain Chantecoq.

— Cet ancien agent de la Sûreté générale, qui, pendant la guerre, a été un si merveilleux chasseur d'espions et s'est ensuite établi détective privé ?

— Lui, observait la femme de l'industriel, ne fait aucune publicité dans les journaux.

« Il paraît, d'ailleurs, qu'il n'en a pas besoin et qu'il a su, tant par sa valeur professionnelle que par sa haute probité s'assurer une clientèle de tout premier ordre.

— Je suis au courant... C'est lui, n'est-ce pas, qui a démasqué Belphégor, le fameux fantôme du Louvre ?

— Parfaitement, et plus récemment encore celui du Mystère du Train Bleu et débrouillé l'extraordinaire énigme de la maison hantée de la presqu'île de Quiberon.

— Je crois, émettait Florent, que ce serait tout à fait l'homme dont nous avons besoin.

— En effet.

— Si je lui téléphonais ?

— A ta place, je n'hésiterais pas.

M. Avrillé saisit un annuaire, le feuilleta, s'arrêta à une page et lut tout haut :

— Chantecoq, 6, allée de Vergy, Wagram 87-48.

Il décrocha l'appareil et demanda le numéro. Il obtint assez rapidement la communication ; mais on lui apprit que M. Chantecoq était parti depuis plusieurs jours en province et qu'il ne rentrerait pas avant la fin de la semaine.

On était au mardi, c'était donc au moins quatre longs jours d'attente.

M. Avrillé fit, en raccrochant le récepteur :

— Je crois que le mieux est de nous armer de patience et surtout de ne pas nous laisser intimider.

« Recommande bien à Martine de prendre sur elle de ne pas se tourmenter, et surtout de s'efforcer à garder sa figure souriante ; car nous devons certainement être guettés, observés et le meilleur moyen de décourager nos ennemis est encore de paraître insensibles à leurs attaques.

— C'est entendu, approuva Antoinette, tu peux d'ailleurs entièrement compter sur moi pour tenir tête à l'orage.

Avec une expression de tendresse infinie, l'industriel fit :

— Tu n'avais pas besoin de me le dire ;

je te connais assez pour être sûre que je te trouverais toujours à mes côtés.

« Maintenant, va retrouver Martine... Tu vois, je suis redevenu calme, très calme et je vais vaquer comme d'habitude à mes affaires.

Antoinette s'en fut poser un long baiser sur le front encore brûlant de son mari, puis elle fit simplement :

— Quand on a, comme nous trois, la conscience tranquille, on n'a rien à redouter de personne.

Elle partit.

Florent la vit s'éloigner, suivant des yeux la silhouette demeurée étonnemment jeune et élégante de sa femme, puis il murmura :

— Après tout, il n'y aurait rien d'extraordinaire à ce qu'elle eût inspiré une passion à Jacques Moret. Elle est encore si belle !

IV

MARIE-LOUISE

Il était dix heures du soir. Dans un discret studio, décoré, meublé avec beaucoup de goût, et faiblement éclairé par un plafonnier que tamisait un store d'étoffe sombre, sur un divan noir, une femme était à demi étendue.

Elle tenait dans sa main crispée une lettre froissée et la tête appuyée sur des coussins, elle pleurait silencieusement.

Ces larmes, loin d'abîmer son visage et de ternir l'expression de ses grands yeux noirs, ajoutaient encore à l'éclat de sa beauté.

Tout en elle, jusqu'à son attitude, exprimait un profond désenchantement, une douloureuse amertume.

On eût dit un pauvre être à jamais désespéré et qui se demande à quoi bon vivre, puisque maintenant vivre c'est souffrir.

Elle s'appelait Marie-Louise Thomery, elle était l'amie du lieutenant Jacques Moret. Bientôt, elle fit un effort pour s'arracher à son accablement ; elle se dressa sur son séant et murmura de ses lèvres tremblantes :

— Je sais bien que ce n'est qu'une lettre anonyme ; mais les détails qu'elle me donne sont tellement précis, que, je suis obligée, malgré moi, de croire qu'elle me dit la vérité.

Elle se redressa lentement, alluma une petite lampe qui se trouvait placée sur un guéridon très bas, à portée de sa main, puis, dépliant le papier qu'elle tenait à la main, elle relut :

« Mademoiselle,

« Sachant l'admirable tendresse qui vous « unit à l'aviateur Jacques Moret, je considère qu'il est de mon devoir de vous prévenir du danger qui menace votre amour.

« Grisé par le triomphe qu'il vient de « remporter, complètement désaxé par la « gloire qui l'environne, ayant perdu non « seulement la notion de la réalité, mais « encore celle du devoir, ébloui, grisé, « Jacques Moret, affolé par le monde dans « lequel il est maintenant entraîné, est éperdument épris de Mme Antoinette Avrillé, « qui passe, à juste titre, pour l'une des plus « belles femmes de Paris.

« Je ne crois pas qu'il soit encore son « amant ; car la dame a des principes, ou, « du moins, elle le prétend ; mais il est un « fait certain : c'est que, au cours du bal « qu'ont donné hier les Avrillé en son honneur, votre ami, non seulement a dansé « à plusieurs reprises avec la maîtresse de « la maison, mais a parlé longuement avec « elle au cours de la soirée, tout en ayant « l'air de lui faire une cour assidue.

« Le fait a été remarqué non seulement « par beaucoup d'invités, et ainsi que par « moi-même, mais aussi par Mlle Martine « Avrillé, qui, péniblement impressionnée « sans doute par l'attitude du lieutenant « Moret et de sa mère, s'est évanouie tout à « coup à la stupéfaction générale.

« Considérant que je ne dois rien vous « dissimuler, il n'y aurait rien de surpre- « nant, d'ailleurs, que Mlle Martine, ainsi « que tant d'autres, se fût entichée de votre « ami et que ce fut la jalousie qui lui fit « perdre ainsi connaissance.

« Mais, cela, je ne le garantis pas ; c'est « une simple hypothèse dont je vous fais « part, afin que vous puissiez juger en tout « état de cause.

« Je n'ignore point qu'en vous écrivant « ainsi, je vais vous causer beaucoup de « peine ; mais il vaut mieux que vous soyez « prévenue, afin que, si, comme on le pré- « tend, vous tenez si fort à votre ami, vous « puissiez, dès à présent, prendre les dispo- « sitions nécessaires pour vous défendre « contre celle qui a si bien réussi à le déta- « cher de vous.

« Un Ami inconnu. »

Marie-Louise, sa lecture terminée, se prit à songer.

« Evidemment, tout cela est d'une préci- sion absolue, et je le dirai même, d'une vrai- semblance qui me bouleverse. »

Elle se rappelait, en effet, que, la veille, dans la nuit, Jacques Moret, en rentrant chez elle vers quatre heures du matin, l'avait réveillée pour lui faire une description enthousiaste de la fête à laquelle il avait été invité.

Elle l'entendait encore lui disant :

— Tu ne t'imagines pas à quel point j'ai été acclamé, par tous ces gens du monde, ordinairement si réservés. C'était superbe !

« Il y avait là tous les « as », tous mes camarades, qui ont été charmants.

« Quant à Mme Avrillé, que j'avais déjà rencontré plusieurs fois, et dont la beauté, dont la distinction m'avaient frappé, elle a été exquise envers moi.

« C'est une femme vraiment supérieure. Remarquablement intelligente, spirituelle et bonne, elle répand autour d'elle un étonnant parfum de séduction.

« Elle porte trente ans à peine. Et, ce qu'il y a de plus extraordinaire, c'est que sa fille, qui est pourtant bien jolie, disparait complètement à côté d'elle.

« J'ai dansé avec cette petite ; elle est gentille, mais elle m'a paru plutôt insignifiante.

« Il faut te dire d'ailleurs que je n'ai pas fait beaucoup attention à elle, tant j'étais vraiment, je ne te le cache pas, sous le charme de celle que ses amis appellent si justement la belle Antoinette.

Pendant un certain temps, l'aviateur avait continué à faire à son amie un véritable panégyrique de Mme Avrillé, s'interrompant seulement pour s'écrier :

— Ah ! j'oubliais de te dire que je suis nommé capitaine.

— Ah ! mon chéri, s'écriait Marie-Louise, pourquoi ne m'as-tu pas annoncé tout de suite cette bonne nouvelle ?

Presque naïvement, Jacques ripostait :

— Parce que je n'y pensais plus...

— Comment l'as-tu appris ?

— C'est le ministre de la Guerre qui a téléphoné lui-même à M. Florent Avrillé qui s'est empressé naturellement de m'en faire part au moment où pour te rejoindre, je m'esquivais à l'anglaise...

— C'est un homme très bien, n'est-ce pas, ce M. Avrillé ? interrogeait Marie-Louise !

— Tu peux même dire très chic. En ce moment, si je voulais quitter l'armée, je trouverais, chez lui, une situation magnifique.

— Il te l'a proposée ?

— Non, mais Mme Avrillé m'en a parlé assez longuement.

—Et alors... tu accepterais ?

— Non, j'ai de la fortune, j'en aurai

même beaucoup un jour ; je préfère laisser une situation lucrative à mes camarades qui en ont besoin ; et puis, je ne te le cache pas, mon existence actuelle me plaît infiniment.

« Je sais qu'elle n'est pas souvent sans te causer de grandes inquiétudes ; mais que veux-tu, ma chère Marie-Louise, quand on a pris l'habitude d'avoir des ailes, on ne peut pas s'habituer à la pensée, qu'un jour viendra, où il faudra les refermer.

Ce disant, il avait attiré Marie-Louise contre lui et il avait longuement et tendrement enlacée, dissipant ainsi l'instinctive inquiétude qu'avait inspiré à la jeune femme l'éloge dithyrambique qu'il lui avait fait de Mme Avrillé.

Maintenant qu'elle avait reçu cette lettre et qu'elle l'avait relue par deux fois, se rappelant la conversation de la veille, Marie-Louise se demandait si cet ami inconnu lui avait dit la vérité, et la grande, la parfaite, la touchante amoureuse qu'elle était se demandait si l'instant de la catastrophe n'était pas plus proche qu'elle n'osait le redouter.

Elle n'avait pas revu Jacques depuis le matin. Il avait un grand déjeuner à l'Aéro Club et dans l'après-midi, il était reçu officiellement à l'Hôtel de Ville ; de là, il devait se rendre au champ d'aviation du Bourget où une nouvelle réception était organisée en son honneur.

Elle n'avait pas voulu demander à son directeur la permission de se rendre à la séance de l'Hôtel de Ville pour laquelle Jacques lui avait donné une carte ; ce jour-là, elle avait une importante affaire de tableaux à traiter et elle était beaucoup trop consciencieuse pour ne pas faire passer son devoir avant son plaisir.

Elle avait espéré, néanmoins, que le soir Jacques lui causerait l'agréable surprise de venir la chercher à son magasin et l'emmener dîner avec lui.

Mais elle ne l'avait pas vu paraître et elle était rentrée chez elle.

Tout de suite, elle avait demandé à sa bonne si quelqu'un ne lui avait pas téléphoné pendant son absence. On lui avait répondu que non. Elle avait dîné mélancoliquement, toute seule, en lisant distraitement un journal du soir, on lui avait apporté dans une enveloppe pneumatique, dont l'adresse était également dactylographiée, cette lettre qui l'avait tant bouleversée.

Renvoyant sa servante, elle avait voulu demeurer seule, passant tour à tour, des transes les plus cruelles, à l'espoir le plus réconfortant.

Et maintenant, après deux longues heures de réflexions et de conclusions contradictoires, elle retombait pantelante sur le grand divan noir, n'osant plus penser et déjà à bout de larmes.

Une sonnerie retentit. Ce n'était pas celle du téléphone, mais celle de la porte d'entrée.

Vite, elle se redressa, et s'en fut ouvrir. C'était Jacques Moret qui, svelte, élégant, plein de jeunesse dans son seyant uniforme, lui disait en lui présentant quelques jolies roses :

— Pardonne-moi si aujourd'hui je t'ai faussé compagnie ; mais j'ai été littéralement chambré et j'ai dû tirer des plans extraordinaires pour quitter le Bourget où l'on m'avait retenu à dîner.

Ces paroles rassurèrent la jeune femme ; et, les nerfs détendus, elle fit entrer Jacques dans l'antichambre, referma la porte dont elle poussa le verrou et s'en fut dans son studio avec son ami.

Alors, respirant les fleurs superbes et embaumées, elle fit :

— Tu ne peux t'imaginer à quel point ces quelques roses me donnent de la joie...

« Souvent tu m'as fait de très beaux cadeaux ; mais jamais encore peut-être tu ne m'as donné quelque chose qui me fît un plus grand plaisir.

Mais, incapable de se maîtriser, elle éclate en sanglots.

Surpris, effaré même, le jeune aviateur s'écriait :

— Ah çà ! Qu'as-tu donc ?

« Toi qui au retour de mes plus longues et dangereuses randonnées m'accueillais toujours avec un sourire qui révélait toute la confiance que tu avais en mon étoile, voilà que ce soir je te trouve toute en larmes parce que je t'ai apporté une demi-douzaine de roses ?

« Ma petite Marie-Louise, je ne te reconnais plus. Est-ce que sans le vouloir je t'aurais fait de la peine ?

Comme elle ne lui répondait pas, il poursuivit d'une voix aux intonations calmes et à l'accent d'une insoupçonnable sincérité :

— Je crois deviner... Tu m'en veux parce que je ne t'ai pas prévenue que je dînais ce soir au Bourget ?

« Mais, mon pauvre chéri, cela m'a été impossible, j'étais tellement entouré, que je n'ai pas trouvé moyen de m'échapper.

« Il fallait que je signe des cartes postales, des albums, que je réponde à des journalistes qui m'interviewaient...

« Ce que j'ai dû en dire des bêtises... Les journaux vont être amusants à lire demain, tu peux être tranquille... Les reporters en remettront. Je les connais à présent, si on laisse échapper trois mots, ils le transforment en un discours interminable.

« Et puis, ne nous en faisons pas ! Donne-moi ton joli bec et pardonne-moi si tu trouves que je n'ai pas été gentil !

« Si tu savais comme je suis content de pouvoir finir avec toi cette soirée dans l'intimité, dans le repos de nos deux êtres que je voudrais toujours rapprochés.

A mesure qu'il parlait, de sa voix chaude, enveloppante, Marie-Louise se sentait de plus en plus rassurée.

Elle se disait :

— Il n'est pas possible qu'il me mente. Il est trop loyal pour cela !

« Peut-être s'est-il laissé un instant éblouir par cette femme, qui m'est évidemment supérieure en tous points. Mais il s'est vite ressaisi, et maintenant j'en suis certaine, c'est moi qu'il aime...

Cependant, elle éprouvait encore un certain malaise. Ce n'était plus de l'inquiétude, mais une sorte de gêne que lui causait la pensée de ne pas avoir dit toute la vérité à son amant.

Emportée par sa franchise, elle s'écria :

— Mon chéri, ne nous sommes-nous pas un jour promis, juré, qu'il n'y aurait jamais de secret entre nous ?

— C'est vrai.

— Eh bien, je ne veux pas que tu attribues plus longtemps aux larmes avec lesquelles je t'ai accueilli une cause qui n'existe pas.

« Tout à l'heure, si j'ai pleuré, c'est parce que, ce soir, j'ai reçu une lettre anonyme qui prétend que tu es amoureux de Mme Avrillé et que tu vas certainement me quitter.

— C'est absolument stupide... s'écriait Jacques et je ne comprends pas un seul instant que tu aies pu ajouter foi à une aussi vile calomnie...

— Ecoute-moi, mon chéri... En présence des affirmations contenues dans cette lettre, du vif éloge que tu m'as fait la nuit dernière de Mme Avrillé, bien que je m'en sois défendue de toutes mes forces, je n'ai pas pu m'empêcher d'opérer un certain rapprochement entre ce que tu m'avais dit et ce que je venais de dire.

« Mais maintenant que tu m'as parlé si tendrement, je te jure qu'il ne me reste plus aucune arrière pensée en moi, et que je n'ai qu'un seul regret, c'est de m'être laissée aller à concevoir un doute qui n'aurait jamais dû exister en moi.

— Je suis heureux de t'entendre me parler ainsi, reprenait le jeune aviateur.

« Ah ! tu peux être tranquille ; tu as bien toute ma vie ; et je tiens à te le répéter encore, jamais je ne pourrais me séparer de toi.

Un long baiser scella ces paroles ardentes, puis, Jacques demanda :

— Tu as cette lettre ?

— Oui, tu veux la lire ?

— Certes !

— La voici.

Moret prit connaissance du factum, jusqu'à la dernière ligne, puis haussant les épaules, il s'écria :

— Il est facile de deviner que c'est l'œuvre d'un de ces tristes sires, assez jaloux de mon succès et qui cherche à m'atteindre dans ce que j'ai de plus cher, c'est-à-dire dans toi !...

« Mais, comme je ne veux pas qu'il existe de malentendu, non seulement entre toi et moi, mais encore entre M. Avrillé et nous-mêmes, je vais immédiatement lui téléphoner pour lui demander un rendez-vous et le mettre au courant de la calomnie abominable dont je suis l'objet...

« Je ne veux pas qu'il puisse croire un seul instant que je suis capable de le trahir, lui, mon bienfaiteur auquel je dois les trois quarts de ma victoire.

— Je ne puis que t'approuver, déclarait Marie-Louise.

Jacques se dirigeait vers le téléphone, lorsque la sonnerie vibra.

Il saisit l'appareil et prit l'écoutoir.

Immédiatement, ses sourcils se froncèrent ; son visage se contracta et, d'un geste bref, il fit signe à Marie-Louise de saisir l'autre écoutoir.

Sa maîtresse obéit, et, aussitôt son visage à elle aussi, se transforma.

A l'autre bout du fil, une voix de femme prononçait :

— Je vous avertis, monsieur, que si vous continuez à poursuivre ma mère de vos assiduités, je préviendrai immédiatement mon père de ce qui se passe.

« Car je ne veux pas que vous apportiez le déshonneur dans ma maison et que vous brisiez à jamais un foyer jusqu'alors si tendrement uni.

« Je ne suis qu'une jeune fille, et sans doute pour vous une petite personne insignifiante et sotte, mais j'ai vu clair dans votre jeu et je vous préviens que si vous continuez à insulter ma mère de vos offensantes avances, vous me trouverez sur votre route pour vous démasquer !

Avec un sang-froid admirable, Jacques ripostait dans l'appareil :

— C'est bien à Mademoiselle Martine Avrillé que j'ai l'honneur de parler ?

— Oui, monsieur.

— Eh bien, mademoiselle, permettez-moi, avec toute la déférence que je vous dois, de vous déclarer que cette soi-disant passion que m'aurait inspirée Mme votre mère, n'existe que dans votre imagination.

La voix de femme répondait :

— Ne cherchez pas à me duper. Aujourd'hui j'ai reçu une lettre qui ne me laisse aucun doute à cet égard, car elle correspond à des faits que je ne puis vous préciser par téléphone, mais que je suis prête de vous confirmer de vive voix si demain vous voulez bien vous trouver vers onze heures du matin, devant l'entrée du Pré-Catelan du bois de Boulogne ?

« Là nous pourrons nous expliquer entièrement !

— Mademoiselle, reprenait Jacques, je suis tout prêt à vous écouter, et à répondre par des arguments sans réplique aux accusations dont je suis l'objet.

« Mais franchement, je ne puis m'empêcher d'être extrêmement surpris de voir qu'une jeune fille de votre éducation, de votre rang et de votre âge, me donne ainsi un rendez-vous que sous cette forme je ne puis accepter ; car s'il vous est égal de vous compromettre, moi pour rien au monde, je ne voudrais me faire le complice d'un incident qui ne pourrait qu'attrister gravement les vôtres...

« En principe, je ne me refuse à aucune explication, mais j'entends qu'elle ait lieu en présence de M. votre père et de Mme votre mère.

« J'avais, d'ailleurs, l'intention de téléphoner à M. Avrillé à l'instant même.

— C'est inutile, monsieur, mon père est parti ce soir pour Berlin où il restera quelques jours.

— Alors, mademoiselle, j'attendrai son retour.

— Comme il vous plaira, monsieur, mais peut-être regretterez-vous de ne pas avoir accepté l'entrevue que je vous proposais.

Un bruit sec indiqua que Mlle Martine avait raccroché l'appareil.

— Que penses-tu de cela? demandait Marie-Louise.

— C'est bien simple, répliquait le jeune aviateur. Mlle Avrillé, sous ses apparences ingénues, est une jeune fille romanesque, qui, bourrée de mauvaises lectures, s'est monté toute seule la tête... Mais je veux tirer cela au clair !...

Il reprit l'appareil et demanda le numéro de M. Avrillé. Il ne l'obtint qu'au bout d'une demi-heure environ :

— Allo ! fit-il, c'est bien à Monsieur Florent Avrillé que j'ai l'honneur de parler ?

— Parfaitement, répliqua la voix de Florent.

— Ici, Jacques Moret. Je vous demande bien pardon, monsieur, de vous déranger à cette heure, mais j'ai une communication très importante à vous faire. Elle est d'ordre beaucoup trop intime pour que je puisse la confier au téléphone. Voilà pourquoi je vous demande la permission de me présenter chez vous demain, à l'heure qu'il vous conviendra.

— Il faut que je consulte mon agenda de rendez-vous.

Il y eut un vrai silence, puis la voix de M. Avrillé retentit à l'autre bout du fil :

— Allo ! je vous attendrai mon cher ami, demain matin, vers dix heures.

— Je vous remercie.

— Bonsoir lieutenant.

— Bonsoir, monsieur, et à demain.

— C'est bien ce que je pensais, fit Jacques Moret en raccrochant l'appareil. Et la preuve, c'est que cette petite sotte m'avait menti en prétendant que son père était parti pour Berlin...

Et revenant à Marie-Louise, redevenue songeuse il fit :

— Qu'est-ce que tu en penses.

— C'est étrange, murmura la jeune femme !

V

UNE CONFRONTATION ÉMOUVANTE

Le lendemain, vers dix heures du matin, Florent Avrillé se trouvait dans son cabinet de travail avec sa femme, qu'il avait mise au courant du coup de téléphone échangé la veille au soir entre Jacques Moret et lui.

— Il est évident, disait-il que pour m'avoir demandé d'une façon aussi pressante et aussi confidentielle un entretien aussi rapproché, il s'agit de choses très graves. Qui sait si lui-même n'a pas reçu quelque lettre anonyme ?

« Cela n'aurait rien d'étonnant qu'il fût mêlé à l'odieuse et anonyme campagne qui se dessine contre nous.

« Je vais donc le recevoir et comme il est absolument indispensable que tu sois au courant de tous les détails de cette entrevue, dès qu'il se présentera, je te demanderai de passer dans la bibliothèque, de laisser ouverte la porte, derrière la tapisserie, et d'écouter attentivement notre conversation, de façon que si tu juges utile à un certain moment d'intervenir, tu le fasses en pleine liberté d'action.

— Mon cher ami, répliquait la belle Antoinette, je ferai tout ce que tu me diras, car je ne suis pas moins pressée que toi de finir avec cette histoire !

On frappait à la porte.

C'était le valet de chambre, Cyprien, qui venait annoncer que le capitaine Jacques Moret était là.

Immédiatement, Mme Avrillé s'en fut dans la bibliothèque et le père de Martine donna l'ordre d'introduire immédiatement le jeune aviateur dans son bureau.

Lorsque Jacques Moret parut, M. Avrillé remarqua tout de suite que, malgré son air naturellement résolu, il semblait hanté par un grave souci.

Il était légèrement pâle et l'aspect de sa physionomie, généralement empreinte de bonne humeur et d'allant, portait les marques d'une réelle tristesse.

Très accueillant, l'industriel lui disait :

— Soyez le bienvenu, mon cher ami.

Et lui indiquant un siège placé en fasse de lui, il ajouta :

— Asseyez-vous et exposez-moi le but de votre démarche.

— Monsieur, déclarait l'aviateur, vous avez devant vous un homme très malheureux !

— Pourquoi donc, interrogeait Florent ?

Sur un ton frémissant d'une sourde colère, Jacques ripostait :

— Je suis l'objet d'une abominable calomnie et j'en suis d'autant plus indigné, qu'elle tente à salir outrageusement la femme de mon bienfaiteur, c'est-à-dire Mme Avrillé.

Cette phrase proférée avec un accent dont la sincérité ne pouvait être mise en doute, produisit sur l'industriel, un excellent effet.

Tout de suite il répondit :

— Je vous sais gré de votre franchise. Bien que ma femme soit au-dessus de tout soupçon, il est infiniment préférable que je sois prévenu des bruits fâcheux que l'on colporte sur elle ; car cela va me permettre de la défendre contre ceux qui commettent l'infamie de l'attaquer.

— C'est uniquement dans ce but, reprenait l'aviateur, que je me suis permis de vous demander cet entretien.

— Parlez et surtout ne craignez pas de tout me dire. Si il y a un abcès, crevons-le et vidons-le ; c'est le seul moyen de le guérir.

Mis à l'aise par ces déclarations dont la brutale franchise convenait à son caractère non moins loyal, Jacques Moret reprenait :

— Monsieur, je dois d'abord vous dire que j'ai une amie.

— Je le savais.

— Et une amie à laquelle je suis attaché par des liens si puissants et si tendres que rien ne pourra jamais les rompre.

— Je le savais également.

— Peut-être avez-vous appris aussi qu'elle méritait l'attachement que je lui ai voué ?

— On me l'a dit également.

— Et que si elle n'était pas aujourd'hui ma femme, c'est uniquement parce qu'elle ne voulait pas être une cause de brouille entre ma famille et moi.

L'industriel déclarait :

— Je suis au courant de tout cela et je ne vous cacherai pas que je vous approuve et même que j'apprécie infiniment l'attitude si noble et si désintéressée de votre compagne.

— Alors, monsieur, s'écriait Jacques, vous me mettez tout à fait à mon aise pour continuer.

Et tirant de sa poche un papier plié en quatre, il dit :

— Veuillez prendre connaissance de cette lettre que mon amie à reçu hier soir.

« Elle vous précisera mieux que je ne saurais le faire les raisons qui m'ont amené ici.

M. Avrillé prit le papier, le déploya, le lut avec la plus grande attention.

Quand il eut terminé, il dit simplement :

— Je ne suis nullement surpris que vous ayez reçu ce message. Moi-même, j'en ai reçu un hier qui contenait les mêmes accusations ; et ma fille, elle aussi, a trouvé sur sa coiffeuse une lettre tapée à la machine, comme la vôtre et qui la prévenait que vous étiez amoureux fou de sa mère et que par conséquent elle n'avait pas à se laisser aller à l'espoir d'être un jour votre fiancée !

— Ah! s'exclamait le jeune as. Mlle Avrillé a reçu également...

Il s'arrêta net, visiblement troublé.

— N'est-ce pas que c'est ignoble? s'écriait l'industriel.

— Ignoble, en effet, scandait l'aviateur, tout en le fixant bien dans les yeux.

Florent qui n'avait pas été sans remarquer l'effet qu'avait produit sur lui la nouvelle que Martine avait reçu, elle aussi, une lettre anonyme, reprenait toujours d'un ton plein de bienveillance :

— C'est tout ce que vous avez à me communiquer ?

Sans la moindre hésitation et cédant à l'impulsion de sa conscience, Jacques Moret s'écriait :

— Non, monsieur, ce n'est pas tout.

« Hier soir, une demi-heure avant que je vous eusse téléphoné, Mlle votre fille me demandait à l'appareil.

— Où cela ?

— Chez Mlle Marie-Louise Thomery, mon amie.

— Que me dites-vous là ?

— La vérité, monsieur, je vous le jure.

— Et que vous a dit ma fille ?

— Elle m'a affirmé qu'elle avait appris que je courtisais Mme Avrillé, et, comme je lui demandais qui avait bien pu lui dire une chose pareille, elle m'a répondu que si je voulais le savoir, je n'avais qu'à me trouver le lendemain matin, à dix heures, devant l'entrée du Pré-Catelan et qu'elle me donnerait tous les éclaircissements nécessaires.

D'une voix tremblante de surprise et de crainte, l'industriel reprenait :

— C'est effrayant ce que vous me dites là.

— Comment Martine aurait... ?

Mais Mme Avrillé, se précipitant dans le cabinet de travail de son mari, s'écriait :

— Non, non, ce n'est pas possible, ce n'est pas vrai !

« Lieutenant, vous mentez ! Ma fille est incapable d'une pareille chose !

— Madame, déclarait affirmativement Jacques Moret, si j'avais prévu que vous puissiez entendre ce que je viens de dire à M. Avrillé, j'aurais gardé le silence ; car il m'eût été trop douloureux de causer à une mère telle que vous le terrible chagrin que je lui fais sans le vouloir.

Fièrement, Antoinette ripostait :

— Je n'ai pas de chagrin, monsieur, car je suis persuadée que ma fille est au-dessus de tout soupçon et qu'elle est incapable d'avoir commis l'acte que vous lui imputez..

« Voilà pourquoi je proteste avec véhémence contre vos paroles, qui, je vous le répète, ne peuvent être que mensonges.

— Madame ! s'écriait Jacques Moret, en relevant fièrement la tête, tous ceux qui me connaissent et qui m'estiment vous diront que je n'ai jamais menti.

— Alors, vous persistez à prétendre que ma fille vous a téléphoné hier soir, dans les termes que vous avez répétés à mon mari ?

— Oui, madame.

— Vous êtes un misérable !

Se levant, M. Avrillé, intervenait.

— A mon tour, lieutenant, de vous poser une question... Etes-vous sûr d'avoir reconnu, dans le téléphone, la voix de ma fille?

— Oui, monsieur, répondit Jacques Moret, sans la moindre hésitation.

— Cependant, on peut se tromper !

« Peut-être avez-vous été victime d'une supercherie qui ne serait que la suite de la campagne menée contre nous ?

— Je le souhaite de grand cœur, monsieur, déclarait le jeune aviateur ; mais je n'ose vous l'affirmer, car, en ce cas, il faudrait que la personne qui m'aurait téléphoné, au lieu et place de Mlle votre fille, eût imité d'une façon prodigieuse le timbre, les intonations de sa voix et jusqu'au très léger zézaiement qui caractérise sa façon de parler.

Cette fois, Mme Avrillé se sentit glacée d'un petit frisson.

L'aviateur lui paraissait tellement formel, tellement sincère, qu'elle commençait à se demander avec effroi si la lettre anonyme n'avait pas dit la vérité.

« Ma fille serait-elle jalouse de moi ! » se demandait-elle.

Et elle dirigea vers son mari un regard lourd d'angoisse maternelle.

Elle comprit à celui de Florent que, lui aussi, partageait son doute ; et, d'un ton moins agressif, moins irrité, mais profondément douloureux, elle fit :

— Le mieux serait d'interroger Martine.

— Oui, répondit l'industriel d'une voix sourde, il faut l'interroger.

« Lieutenant Moret, je vous demande de vous retirer dans une pièce voisine, pendant que ma femme et moi, nous allons causer avec notre fille de certaines questions auxquelles il lui serait peut-être pénible de nous répondre devant vous.

— Très volontiers, répliquait le jeune aviateur.

Et se tournant vers Mme Avrillé, il fit :

— Je vous demande encore pardon, madame, du chagrin que je vous cause involontairement. Nul plus que moi, je vous le jure, ne souhaite que ce ne soit pas Mlle votre fille qui m'a téléphoné.

— Nous allons le savoir de suite, déclarait la belle Mme Avrillé d'un ton sec.

M. Avrillé se dirigea vers une porte qu'il ouvrit et fit passer le jeune aviateur dans un salon somptueusement meublé ; puis, il lui dit :

— Je viendrai vous retrouver tout à l'heure.

« Ah ! je voudrais bien être plus vieux de quelques minutes !

Il s'en fut rejoindre sa femme et il lui dit :

— As-tu fait demander Martine ?

— Non, répliqua Mme Avrillé, car j'ai quelque chose d'important à te dire avant qu'elle ne descende.

— Parle, je t'en prie, mon amie.

— Je me demande si le lieutenant Jacques Moret ne joue pas dans cette affaire un rôle des plus louches.

— Comment cela ?

— Il vit maritalement avec une femme dont il ne peut se séparer...

« Qui te dit qu'il n'a pas précisément inventé toute cette histoire, forgé ce scandale pour provoquer entre sa maîtresse et lui une scène violente qui lui permettra de rompre avec elle.

— Je ne le pense pas, répondait nettement M. Avrillé. D'abord, je crois bien connaître Jacques Moret et je suis persuadé qu'il est incapable d'une pareille infamie ; et puis, tout à l'heure, il m'a affirmé avec une émotion d'autant plus impressionnante qu'elle était contenue, qu'il était attaché à son amie par des liens que rien, rien ne pourrait briser.

— N'est-ce point de sa part une manœuvre ? s'écriait la mère désemparée.

— Alors, martelait l'industriel, il faudrait douter de tout.

« Voyons, réfléchis, ma chère Antoinette... Un homme qui n'a pas une seule faute contre l'honneur à se reprocher... qui vient au péril de sa vie d'accomplir un exploit destiné à demeurer historique, qui m'a refusé une situation magnifique dans mon usine, auprès de moi, situation qu'il ne retrouvera jamais, et tout cela pour continuer sa carrière d'aviateur, pour enrichir encore son casier de prouesses, et tout cela, au péril de ses jours !...

« Eh bien non, non, un tel héros est incapable de salir une honnête femme et encore moins une jeune fille.

— C'est vrai, reconnaissait la mère de Martine, je n'avais pas songé à tout cela, et je regrette vivement d'avoir parlé si durement à ce pauvre garçon.

« Mais, que veux-tu, je ne sais plus, je

m'égare, j'ai beau chercher, je ne trouve rien.

« Alors, je me raccroche à la première idée, au premier soupçon qui me passe par la tête ; je deviens injuste, j'en arrive à accuser un homme qui, ainsi que tu viens de me le démontrer, devrait rester au-dessus de tout soupçon.

« Je te demande pardon, mon pauvre ami ; mais c'est fini, il faut que je sois forte comme tu l'es...

« Toi-même tu me le disais hier encore, d'une façon si touchante ; tu as besoin que je sois auprès de toi, de sentir mon courage égal au tien, mon cœur à l'unisson de ton cœur, ma volonté pareille à la tienne !...

« Ne m'en veux pas de cet instant, je ne dirai pas de défaillance, mais d'aberration...

« Désormais, j'imposerai silence à mes nerfs, je serai calme, aussi calme qu'hier je te demandais de l'être.

« Il le faut ; je le sens, pour notre bonheur à tous les trois...

— Ma chérie, fit simplement l'industriel. en saisissant la main de sa femme qui s'était posée sur son épaule et la portant jusqu'à ses lèvres.

Puis, il reprit :

— Maintenant, fais dire à Martine de venir nous parler.

— Je vais la chercher.

— Surtout, ne lui dis rien... Je tiens à l'interroger moi-même.

Mme Avrillé s'en fut...

Florent se mit à arpenter à grands pas son cabinet...

Il était en proie à un trouble indicible. Il se disait, en effet :

— Martine est incapable d'un acte pareil ; d'autre part, Moret est incapable d'une aussi odieuse calomnie. Alors ?

« Ah ! s'il n'avait pas été aussi affirmatif, au sujet de la voix entendue dans le téléphone, je n'hésiterais pas une seule minute, tout en reconnaissant sa bonne foi, à déclarer qu'il a été trompé ; mais les détails qu'il nous a donnés sont tellement précis, que je ne sais plus !...

« J'ignore qui conduit cette campagne ; mais si je le tenais, je l'étranglerais sans pitié !

Mme Avrillé reparaissait avec Martine.

Le visage souriant que lui présenta sa fille indiqua tout de suite à l'industriel que sa femme lui avait tenu parole et qu'elle ne lui avait encore rien dit.

Avec une gravité que tempérait toute sa tendresse paternelle, mise cependant à une si cruelle épreuve, Florent attaquait :

— Ma chère enfant, je vais te poser une question à laquelle je te prie de me répondre avec toute la franchise dont tu es capable.

« Hier soir, vers dix heures, oui ou non, as-tu téléphoné au lieutenant Jacques Moret ?

La jeune fille eut un mouvement de stupeur ; puis, elle reprit :

— Moi, j'ai téléphoné à Jacques Moret ?

« Père, qui a pu te dire un mensonge pareil ?

— Peu importe. Peux-tu nous jurer, ma chère petite, sur notre tête à tous les deux, que tu n'as pas donné ce coup de téléphone ?

Sans la moindre réticence, d'un seul élan, Martine s'écriait :

— Je vous le jure !

« D'ailleurs, je suis montée vers dix heures moins le quart dans ma chambre et je ne l'ai pas quittée jusqu'à ce matin, huit heures.

« Pour téléphoner à M. Jacques Moret ou à toute autre personne, il eût fallu que je descendisse, ou dans la chambre de mère, ou au boudoir du rez-de-chaussée, ou dans ton bureau, ou au standard. On m'aurait vue, on m'aurait entendue !

— Mon enfant, interrompait Mme Avrillé, en enveloppant d'un regard de tendresse rassuré sa fille, dont l'attitude et l'accent n'avaient jamais été aussi candides, tu n'as pas besoin de nous en dire davantage.

« Ton père et moi, nous te croyons... D'ailleurs, nous n'avons jamais douté de toi, mon enfant.

— Merci, s'écria Martine en se jetant dans les bras de sa mère.

Puis, après l'avoir embrassée, elle fit :

— Puis-je savoir maintenant qui a pu inspirer une telle calomnie ?

— Demande à ton père, répliquait la belle Antoinette.

— Encore une lettre anonyme? questionnait la jeune fille en se retournant vers Florent.

— Non, répondait celui-ci.

— Alors?

— Si tu me promets de ne pas t'énerver, je vais tout te dire.

— Père, je m'y engage, affirmait Martine avec beaucoup de douceur.

L'industriel reprenait :

— J'ai reçu, tout à l'heure, la visite du lieutenant Moret, qui m'a déclaré qu'hier soir, à dix heures, tu lui avais téléphoné pour lui dire que tu savais qu'il courtisait ta mère...

— C'est abominable, interrompait Martine, en un sursaut de révolte.

« Comment le lieutenant Moret a-t-il pu me croire un seul instant capable !...

Des larmes jaillirent de ses yeux.

— Et toi, observait son père, toi qui m'avait promis de ne pas être nerveuse !...

Avec une violence qui surprit d'autant plus les siens, que, jusqu'alors, elle avait toujours été la douceur même, la jeune fille martela :

— Je veux voir le lieutenant Moret, oui, je veux savoir s'il osera persister devant moi dans ses accusations.

Et avec une expression de mépris et de haine, qui acheva de la transformer entièrement, Martine ajouta :

— Mon instinct ne m'avait pas trompée. Je vous ai dit, n'est-ce pas, combien il m'était antipathique... Vous voyez que j'avais raison.

Florent insinuait :

— Il se peut qu'il soit de bonne foi.

— Père, répliquait Mlle Avrillé, je suis surprise, après ce qu'il m'a fait, que tu cherches à le défendre.

— Sa compagne, déclarait Antoinette, a reçu, elle aussi, une lettre anonyme reproduisant les mêmes accusations que contenaient celles que vous aviez reçues, ton père et toi.

Avec véhémence, Mlle Avrillé s'écriait :

— Qui sait si, prévoyant un scandale, il n'a pas voulu le faire éclater plus vite, afin d'en finir avec une situation qui lui était devenue difficile et peut-être même insupportable ?

— J'ai eu, moi-même, cette pensée, révélait Mme Avrillé.

« Mais après ce que le lieutenant Moret a dit à ton père, j'ai complètement changé d'avis.

— Qu'a-t-il dit? questionnait âprement la jeune fille.

Gravement, Florent répondait :

— Qu'il aimait sa compagne et qu'il l'eût déjà épousée si elle y avait consenti, mais que c'était elle qui, pour ne pas le brouiller avec les siens, se refusait à ce mariage, et qu'il lui était *attaché par des liens trop puissants et trop tendres* — ce sont ses propres paroles — pour songer jamais à la quitter.

Et avec un accent de conviction absolue, l'industriel ajouta :

— Un homme qui est animé de pareils sentiments n'envoie pas à la femme qu'il aime des lettres anonymes qui ne peuvent avoir pour résultat que de lui causer un vif chagrin et de semer le doute en elle.

« Réfléchis, ma chérie... Si, comme tu sembles le croire, Jacques Moret était l'instigateur de ce complot, il n'aurait pas eu le cynisme de venir m'apporter lui-même la lettre anonyme que son amie avait reçue.

« A moins d'être le plus abominable des gredins, ce que je ne puis supposer un seul instant, il n'eût ni parlé, ni agi ainsi qu'il l'a fait.

« N'est-ce pas ton avis, ma chère Antoinette ?

— Entièrement ! approuvait Mme Avrillé.

Martine, qui s'était calmée, concédait :

— Evidemment, père, tout ce que tu me dis est, comme toujours, marqué au coin de la logique et du bon sens.

« J'ai eu tort de m'emballer ainsi... Mais pourquoi le lieutenant Moret a-t-il prétendu que je lui avais téléphoné hier soir, quand ce n'est pas vrai ?

— Il va te le dire lui-même, annonçait M. Avrillé.

— A quoi bon ? ponctuait la jeune fille, qui ne semblait plus aussi désireuse d'une confrontation entre l'aviateur et elle.

Et elle ajouta, non sans amertume :

— Puisque vous m'affirmez que le lieutenant Moret n'est pour rien dans cette histoire, je ne vois plus la nécessité d'une explication entre nous.

— Ma chère enfant, reprenait l'industriel, je la considère, au contraire, comme indispensable... car il ne faut pas qu'il existe la moindre arrière-pensée dans ton esprit, pas plus que dans le sien.

« Ta mère et moi, nous sommes sûrs que tu n'as pas téléphoné au lieutenant, d'abord parce que nous te savons incapable d'un geste aussi blâmable, je dirai même aussi équivoque ; puis, parce que tu nous l'as juré sur notre tête à tous les deux, et qu'un tel parjure serait de ta part un acte si inattendu, si effroyable, que je ne peux pas me figurer qu'il soit possible.

« Mais, moi, ton père, — et je lis dans le cœur de ta chère maman qu'elle pense comme moi, — j'estime qu'il faut que le lieutenant Moret soit convaincu, lui aussi, autant que nous le sommes, que tu es complètement étrangère à l'odieuse et lâche mystification dont il a été l'objet.

« Toi seule, tu peux lui en donner l'assurance...

« C'est ton devoir de le faire...

« Tu n'hésiteras pas à l'accomplir.

Martine regarda sa mère.

Celle-ci lui dit :

— Fais ce que te demande ton père... je ne t'aurais pas parlé autrement.

— Je ne puis que vous obéir, déclara Mlle Avrillé.

Un sanglot souleva sa poitrine.

— Ma chérie, fit sa mère, en l'attirant dans ses bras, si tu te sens encore trop bouleversée, veux-tu que nous remettions à cet après-midi, ou à demain, cette entrevue ?

— Non, refusait Martine, mieux vaut en finir tout de suite.

« Veuillez appeler le lieutenant Moret.

Tandis que M. Avrillé s'en allait chercher l'aviateur, Martine essuya ses yeux... Puis elle dit à sa mère, qui la contemplait avec la plus tendre, la plus maternelle des pitiés :

— Quoi qu'il en soit, je ne pourrai plus jamais revoir le lieutenant Moret.

— Pourquoi ? interrogeait la belle Antoinette.

— Parce qu'il me sera impossible d'oublier que c'est lui qui m'a causé mon premier chagrin.

— Je suis certaine, émettait Mme Avrillé, qu'en quelques minutes d'explication, le malentendu sera dissipé, et je le souhaite.

« Le lieutenant Moret et toi, vous n'êtes pas faits pour vous haïr.

« D'ailleurs, je suis fort tranquille à ce sujet, la haine est un trop vilain sentiment pour trouver jamais place en ton âme.

L'industriel revenait avec l'aviateur. Celui-ci avait conservé son attitude grave sans forfanterie.

Il s'inclina respectueusement devant Martine, qui, debout près de sa mère, répondit d'un léger mouvement de tête à son salut.

D'un ton respectueux, mais plein de fermeté, le jeune héros de l'air attaquait :

— M. Avrillé vient de me dire, mademoiselle, que vous désiriez avoir une explication avec moi.

« M'y soustraire eût été une lâcheté... d'autant plus qu'elle ne comporte de ma part que des excuses.

A ces mots, Martine ouvrit tout grands les yeux, qu'elle tenait à demi fermés.

Et voilà que Jacques Moret plaidait coupable !

Elle en parut aussitôt grandement rassérénée.

L'aviateur poursuivait, toujours avec le même sang-froid, avec la même déférence :

— Monsieur votre père, en effet, m'a dit que vous lui aviez fait le serment sur sa tête, ainsi que sur celle de Mme votre mère, que vous étiez absolument étrangère au coup de téléphone que j'ai reçu hier soir.

« Après cela, mademoiselle, comment pourrais-je douter un seul instant que j'ai été la victime d'une supercherie inqualifiable ?

« Je me reproche même amèrement de ne pas y avoir songé plus tôt.

« Trompé par d'astucieuses apparences, je sollicite de votre part mieux que votre indulgence, et j'ose espérer que vous ne refuserez pas de me l'accorder.

— Lieutenant, répondait Martine, vous m'avez fait beaucoup de peine.

— J'en suis navré, s'écriait avec élan le jeune aviateur, et je ne sais comment réparer...

— Je vous pardonne, en raison de votre bonne foi et de vos regrets... déclarait la jeune fille. Qu'il ne soit plus question de cela !...

— Je vous remercie, mademoiselle.

— Un mot, cependant... Vous avez dit à mes parents que la personne qui vous avait téléphoné avait mon timbre de voix, mes intonations, ma façon de parler.

— Oui, mademoiselle ! répliquait nettemeint Jacques Moret, et c'est de là que provient ma déplorable erreur.

— Il faut donc, concluait Martine, que la coupable me connaisse fort bien.

— En effet, appuyait l'industriel, et cela prouve que les attaques sont à la fois dirigées contre nous et le lieutenant Moret.

« Maintenant, leur but m'apparaît très clairement.

« On veut brouiller le pilote et le constructeur qui ont remporté ensemble la victoire... Mais on n'y parviendra pas.

— Ce qu'il faut, avant tout, s'exclamait Jacques, réconforté, et même galvanisé par ces mots que Florent Avrillé avait prononcés avec un accent de volonté farouche... oui, ce qu'il faut, c'est démasquer les misérables qui n'ont pas reculé devant l'emploi de procédés aussi révoltants.

— Parfaitement, acquiesçait Florent. Mais n'allons pas trop vite ! Nous avons affaire à des gens qui n'hésiteront devant aucune infâmie pour atteindre leur objectif.

« Découvrir l'auteur de ces lettres anonymes, et tapées à la machine, est une besogne très délicate, très difficile, même pour un routier de la police.

« Demeurons dans l'expectative.

« Montrons, ce qui est d'ailleurs la vérité, que nous méprisons leurs attaques et que nous nous plaçons au-dessus de leurs calomnies.

« De deux choses l'une : ou ils se tiendront tranquilles, et tout sera dit, ou bien ils récidiveront, et alors... j'agirai, vous pouvez en être sûr... et je vous jure que tout se paiera, et fort cher... je m'en charge.

— Cher monsieur Avrillé, déclarait le jeune aviateur, votre tactique est excellente, et soyez certain que je m'y conformerai scrupuleusement.

L'industriel tendit la main à Jacques Moret, qui la serra chaleureusement. Puis l'aviateur salua tour à tour Mme Avrillé et sa fille, qui lui répondirent, l'une avec une franche sympathie, l'autre avec un sourire un peu contraint.

Lorsqu'il se fut retiré, M. Avrillé s'écria avec satisfaction :

— Voilà un premier nuage dissipé, et il était d'importance.

Mme Avrillé reprenait :

— Il n'y a rien de tel, entre braves gens, qu'une explication loyale.

Et s'adressant à Martine, qui était redevenue pensive, elle ajouta :

— Toi aussi, ma chérie, tu dois être contente ?

— Oui, mère, répondit Martine, sans la moindre conviction.

— Qu'as-tu encore ?

— Rien.

— Si, ma petite, intervenait le père.

« Depuis quarante-huit heures, tu es transformée à un point que je ne te reconnais plus.

« Je comprends que ces histoires de lettres anonymes et de ce coup de téléphone t'aient bouleversée, mais après ce qui vient de se passer, tu devrais être tranquillisée.

« Au contraire, tu sembles plus triste, plus abattue, plus découragée que tout à l'heure.

« Qu'y a-t-il, ma petite Martine ? Que se passe-t-il en toi ?

— Oui, parle, insistait Mme Avrillé, tu sais bien que n'as pas de meilleurs amis que nous deux.

Faisant un visible effort sur elle-même, Martine reprenait :

— Tout à l'heure, j'ai déclaré au lieutenant Jacques Moret que je lui pardonnais.

— Oui, eh bien ? scandait l'industriel.

La jeune fille poursuivait :

— Si je l'ai fait, c'est surtout parce que vous sembliez tous deux le désirer vivement, et je n'ai pas voulu créer de difficultés entre mon père et M. Moret à un moment où leur bon accord est plus nécessaire que jamais à la continuation de leurs succès communs.

— Je te sais gré, ma fille, de la nouvelle preuve d'affection, de dévouement et d'intelligence que tu me donnes.

Sans colère, et même acrimonie, Martine reprenait :

— Mais je n'ai pas oublié.

« La blessure que m'a faite, même sans le vouloir, le lieutenant Moret, est trop récente et trop profonde pour être déjà cicatrisée.

« Voilà pourquoi je vous demande, tout en restant en relations d'affaires avec lui, de ne plus le recevoir dans votre intimité. Sa présence, sa vue me seraient infiniment désagréables.

Mme Avrillé, qui n'avait pas cessé d'observer sa fille avec une grande attention, s'écriait, en la fixant bien dans les yeux :

— En es-tu bien sûre ?

— Oui, mère.

— Pourtant, la façon dont il t'a présenté ses excuses aurait dû te désarmer...

— Je ne veux plus le voir.

— Martine, ainsi que le constatait ton père il n'y a qu'un instant, tu n'es plus reconnaissable. Toi, si douce, si bonne ; toi, dont l'âme de cristal me laissait lire jusqu'en tes plus intimes pensées ; toi, en qui je ne découvrais que tendresse, franchise, joie de vivre, désir de nous rendre heureux, maintenant tu n'es plus qu'un petit être révolté, et qui, à mesure qu'on lui parle, et Dieu sait avec quelle affection, quelle bonté ! se contracte, se renferme, se dérobe d'une façon désespérante.

Et presque sévèrement, cette fois, elle ajouta :

— Tu as bien tort de manquer de confiance envers ton père et moi. Tu souffres... tu souffres même beaucoup... Ne le nie pas... J'en suis sûre !

« Et ce n'est pas seulement d'une blessure d'amour-propre, qui, puisque le malentendu est dissipé, devrait être guérie, mais d'une douleur que seul peut inspirer un premier amour malheureux.

— Mère ! s'écriait Martine, en pâlissant tout à coup.

— Avoue que tu aimes le lieutenant Moret ?

— Lui, je le déteste.

— *Tu crois le détester*, parce qu'il aime

une autre femme et qu'il ne veut pas la quitter.

— Non, mère, ce n'est pas cela !

Et avec une soudaine exaltation, elle fit :

— J'aime, c'est vrai.

— Qui donc ? tressaillit M. Avrillé.

— Le capitaine de Monthermé.

— Le capitaine de Monthermé ? répétait Florent.

— Oui, père, et il m'aime, lui aussi.

— Comment ! s'exclamait l'industriel, il a osé te dire...

— Non... il ne m'a rien dit... mais je l'ai deviné.

— Depuis quand, interrogeait Antoinette, as-tu senti naître en toi ce sentiment ?

Redevenue l'exquise ingénue qu'elle avait toujours été jusqu'à ces derniers temps, Martine déclarait :

— Je ne saurais trop vous le dire. Cela est venu, peu à peu, insensiblement, mais irrésistiblement.

« Je sentais que je ne pouvais pas me défendre... C'était comme du rêve qui m'enveloppait.

Mme Avrillé demandait :

— Comment t'es-tu aperçue que le capitaine de Monthermé avait une inclination pour toi ?

— A son regard ! Il est de ceux qui ne peuvent pas mentir, et bien que le capitaine se soit efforcé de me cacher, encore mieux qu'à toute autre, l'amour que je lui ai inspiré, il n'est pas parvenu à me dérober son secret.

« Il lui a échappé sans qu'il le voulût, sans qu'il s'en doutât.

— Et lui, sait-il ?... questionnait Florent.

— Non !... Il est même très jaloux du lieutenant Moret...

« Ce qui prouve que nous autres, femmes, même lorsque nous ne sommes encore que des petites jeunes filles, nous avons plus de clairvoyance que les hommes.

— Pourquoi ne nous as-tu pas avertis plus tôt ?... observait l'industriel.

— Je n'osais pas.

— Je t'intimide donc à ce point ?

— Oh ! oui, beaucoup...

— Alors, pourquoi n'as-tu pas tout dit à ta mère ?... Ne devait-elle pas être ta première confidente ?

Martine répliquait :

— Je n'ai rien voulu dire parce que, souvent, père, vous aviez répété devant moi que j'étais beaucoup trop jeune pour me marier, et je n'ignore pas que, lorsque vous avez pris une décision, vous n'aimez guère à en changer.

— Non, s'il s'agit du bonheur de ceux que j'aime, rectifiait l'industriel avec bienveillance.

— Alors, vous consentiriez ? interrogeait Martine.

— Oui, répliquait son père, si toutefois ta mère n'y voit pas d'objection.

— Aucune, répliquait Mme Avrillé, M. de Monthermé est un de ces hommes d'élite auxquels une mère peut, en toute sécurité, confier l'avenir de sa fille, et je serais, pour ma part, très heureuse, et même très fière de l'avoir pour gendre.

— En ce cas, reprenait Florent, il ne nous reste plus qu'à lui faire comprendre qu'il sera favorablement agréé.

« C'est une question très délicate ; et je crois que le mieux serait, ma petite Martine, que ce fût toi qui, avec tout le tact et toute l'adresse dont tu es capable, lui fît deviner qu'il peut, sans craindre un refus de la part de personne, se risquer à nous demander ta main.

— Père, je n'oserai jamais, déclarait la jeune fille en rougissant.

— Enfin, s'écriait Mme Avrillé, j'ai retrouvé ma petite Martine. Le mauvais rêve que nous venons de vivre est enfin dissipé.

« Ne pensons plus aux heures douloureuses que nous venons de traverser.

— Et maintenant, s'écriait l'industriel, es-tu enfin heureuse, ma petite chérie ?

— Oui, très heureuse, père, affirmait la

jeune fille, dont les yeux s'emplirent de larmes que les siens prirent pour des larmes de joie.

En était-il vraiment ainsi ?

C'est ce que nous ne tarderons pas à connaître.

VI

UN DRAME ÉTRANGE

Pour bien comprendre les événements qui vont suivre, il est nécessaire que nous mettions nos lectrices et nos lecteurs au courant de la topographie de l'hôtel particulier des Avrillé.

Ainsi que nous l'avons dit, cet hôtel est situé rue du Ranelagh, tout près du bois de Boulogne. Un petit jardin, entouré d'une grille, étalait son parterre fleuri devant la façade à trois étages, très art moderne.

Derrière la maison, s'étendait un autre jardin, beaucoup plus grand, et dans lequel nous avons vu, au cours du bal dit des « As », se dérouler plusieurs scènes entre certains personnages qui figurent dans ce récit. Ce parc en miniature, ainsi que nous l'avons dénommé, était entouré de très hautes murailles. Tout au fond, un vaste garage abritait les quatre autos de l'industriel.

Au-dessus, le logement du chauffeur.

Maintenant, faisons ce qu'on appelle le tour du propriétaire.

On pénétrait dans l'immeuble par une grande porte en fer forgé qui donnait accès à un vestibule aux parois de marbre et aux dalles en mosaïques.

Une large baie donnait dans une sorte de rotonde, où s'ouvraient les portes qui commandaient les différentes pièces du rez-de-chaussée, c'est-à-dire deux très grands salons en enfilade, un autre salon d'hiver, une vaste salle à manger, un boudoir intime et le cabinet de travail de M. Avrillé.

Au premier étage, auquel on accédait par un large escalier de pierre, orné d'une rampe en fer forgé d'un dessin très original, on arrivait sur une galerie circulaire surplombant la rotonde, éclairée par une verrière pratiquée dans le toit.

Sur cette galérie, ornée de statues et de tableaux, d'autres portes s'ouvraient, ainsi au rez-de-chaussée.

Il y avait celle des appartements privés de M. et Mme Avrillé, et du côté opposé, celle de l'appartement de Martine.

A l'étage supérieur, des chambres d'amis, qui, pour l'instant, étaient toutes inoccupées, et, enfin, au troisième, celles des domestiques.

Inutile d'ajouter que toutes ces pièces joignaient au plus agréable confort un luxe raffiné.

L'appartement de Martine, notamment, avait été l'objet de soins tout particuliers.

Il se composait d'une très jolie chambre, d'un studio-biliothèque, dont les fenêtres donnaient sur le jardin intérieur, et où l'on voyait un superbe piano à queue, sur lequel la jeune fille aimait à travailler les œuvres de ses musiciens préférés, puis, d'un cabinet de toilette et d'une salle de bains.

Martine adorait ce qu'elle appelait son petit chez elle. Elle n'était pas de celles qui fuient la solitude, loin de là !

Bien qu'elle eût terminé ses études, depuis plus d'un an, il lui plaisait infiniment de continuer à s'instruire.

Aussi aimait-elle à s'enfermer dans ce studio, à choisir un livre d'histoire ou de sciences, à se plonger dans sa lecture, ou à faire courir ses doigts agiles sur le clavier, allant même parfois jusqu'à se livrer à des improvisations qui révélaient de sa part un véritable tempérament d'artiste.

Il lui arrivait aussi de s'étendre à demi sur un divan et de fermer les yeux, non point pour dormir, mais pour mieux penser, en s'isolant, à ce qu'elle venait de lire ou de réaliser.

Elle préférait ces instants de félicité personnelle à toutes les fêtes mondaines les plus éblouissantes.

Ce jour-là, elle venait précisément d'exécuter le premier mouvement de la *Cinquième symphonie* de Beethoven, et elle se préparait à attaquer le second, lorsque, tout à coup, elle crut entendre des pas dans sa chambre. Vite, elle se leva et s'en fut voir.

C'était sa mère qui arrivait vers elle, un visage heureux et tenant à la main un grand journal du soir à la main.

— Décidément, disait-elle en riant, on ne peut rien cacher à personne, surtout aux journalistes. Regarde cet article...

Mme Avrillé désignait à Martine l'entrefilet suivant, imprimé en tête de la rubrique dite *Mondanités :*

« Nous avons le plaisir d'annoncer les « fiançailles du capitaine Alban, comte de « Monthermé, brillant chef de l'escadrille « dite des *Hirondelles*, chevalier de la Lé- « gion d'honneur, croix de guerre, avec « Mlle Avrillé, la fille de l'industriel, célèbre « directeur de la firme *Excelsior*, officier de « la Légion d'honneur, et de Mme Florent « Avrillé, présidente de l'œuvre des Avia- « teurs mutilés.

« Nous adressons toutes nos félicitations « aux deux époux, ainsi qu'à leurs « familles. »

Martine fit, en rendant le journal à sa mère :

— En effet, les nouvelles vont vite. C'est avant-hier seulement que notre mariage a été décidé.

Mme Avrillé reprenait :

— Je suis sûre que nous allons être assaillis de coups de téléphone, pneumatiques, sans compter les offres des fournisseurs.

— Petite mère, déclarait la jeune fille, je te demande pardon de tout le tracas que je vais te causer.

— Qu'importe, puisque c'est pour ton bonheur.

Elle ajouta :

— Tout à l'heure, lorsque tu descendras au salon, tu verras l'admirable corbeille de fleurs que t'a envoyée ton fiancé.

— Oh ! alors, je descends tout de suite ! s'écria Martine.

« Pour une fois, Beethoven ne m'en voudra pas de lui fausser aussi brusquement compagnie.

« Le temps de remettre ma musique en place, et je descends.

Quelques instants après, Martine rejoignait sa mère dans le salon. Sur une crédence, une splendide corbeille de roses blanches magnifiques répandait autour d'elle un délicieux parfum.

Martine les admira, puis, s'approchant, en respira la senteur avec une expression de béatitude infinie.

— Il t'a vraiment gâtée, faisait constater Mme Avrillé.

— Oui, fit la jeune fille, et je pressens qu'il me gâtera encore bien davantage.

— Je crois que tu as raison, reprenait la belle Antoinette. Quand il parle de toi, sa physionomie s'illumine en un rayonnement de tendresse.

« Maintenant qu'il est sûr de son bonheur, il exulte d'une telle allégresse, qu'il n'a pas besoin de parler pour que l'on comprenne tout l'amour qu'il a pour toi.

« Ah ! tu ne peux te figurer, ma chère petite, combien je suis heureuse que, toi aussi, tu fasses un mariage d'amour.

« Regarde-nous, ton père et moi. Après dix-huit ans de mariage, nous sommes unis aussi tendrement et plus puissamment que jamais.

« Notre vie, à tous deux, a toujours été empreinte de confiance mutuelle; aucun nuage ne s'est jamais élevé entre nous.

« Il me semblerait aussi impossible de vivre loin de ton père, que lui de se séparer de moi.

« Et il faut qu'il en soit ainsi, car, si dans un ménage on n'éprouve pas l'un pour l'autre une aussi douce et aussi forte attirance, on s'en va, ayant peut-être connu la douceur d'une sincère amitié, mais ayant ignoré les joies ferventes d'un véritable amour.

« Tous deux, Alban et toi, vous allez nous continuer. Je ne pouvais pas souhaiter mieux.

« Et puis l'on dirait que votre amour si grand, si noblement partagé, a purifié notre atmosphère et les miasmes dont on avait cherché à l'empoisonner.

« Ainsi que ton père me le disait encore ce matin, les crapauds se sont tus ; les lettres anonymes ne se sont pas renouvelées, et j'en arrive même à me réjouir de cette crise qui fut si douloureuse un instant pour nous trois, puisqu'elle a provoqué l'épanouissement de ton cœur et que l'amour que t'avait inspiré Alban de Monthermé a cessé d'être un mirage pour devenir une réalité.

On frappait à la porte.

Le valet de chambre annonçait :

— M. le capitaine de Monthermé.

Alban parut.

Il n'était pas encore revenu de l'émotion qu'il avait ressentie lorsque, trois jours auparavant, au cours d'une partie de tennis, Martine lui avait dit :

— Pourquoi jouez-vous si mal aujourd'hui, capitaine? Est-ce parce que je suis votre partenaire?

— Peut-être, avait répondu malgré lui le célèbre aviateur.

Mais, se rattrapant aussitôt, il avait ajouté avec embarras :

— Je serais désolé que vous vous méprissiez sur le sens de mes paroles, et que vous y voyiez la moindre insolence et même le plus léger reproche. Je ne sais pas vraiment comment vous dire.

Avec ce sourire qui était tout son charme, Martine reprenait :

— Ne vous donnez donc pas tant de mal, cher capitaine, à trouver des excuses à la réponse si spontanée que vous m'avez faite.

« Je sais très bien que vous n'avez rien voulu me dire de désagréable, et que, au contraire, si vous l'osiez, vous me diriez de tels compliments que je serais obligée de rougir jusqu'aux oreilles.

— Mademoiselle, je ne saisis pas.

— Vous, un homme aussi intelligent !

— Il y a des moments où je me sens stupide.

— Dites plutôt trop prudent, trop timide !

— Ah ! mademoiselle, vous me mettez à une cruelle épreuve.

— Parce que vous le voulez bien, et il ne tient qu'à vous, si elle vous est aussi pénible qu'elle en a l'air, d'y mettre un terme dans le plus bref délai.

— Alors, mademoiselle, soyez assez bonne pour m'indiquer ce que je dois faire.

— Oh ! c'est bien simple, vous allez immédiatement trouver mon père et ma mère et leur demander ma main.

A ces mots, Alban laissa échapper la raquette qu'il tenait à la main.

Puis, éperdu, il balbutia :

— Mademoiselle, vous parlez sérieusement ?

— Très sérieusement !

— Est-ce possible ?

— Puisque je vous le dis !

— Comment, vous... Ah ! vous me voyez tellement troublé, que...

— Attention, vous allez vous trouver mal !... Allons, capitaine, remettez-vous...

« Comment un as tel que vous peut-il avoir des nerfs aussi sensibles ?

Avec une émotion indicible, Alban reprenait :

— Mademoiselle, vous me forcez à vous dire que je vous aime à un tel point que, si j'étais de votre part l'objet d'une plaisanterie qui, à vos yeux, ne saurait être que fort innocente, je crois que je ne m'en consolerais jamais.

— Je ne plaisante pas, affirmait gravement Martine. Moi aussi, Alban, je vous aime ; je l'ai avoué à mes parents, et lorsqu'ils ont su la vérité, — mon père qui ne voulait pas entendre de mariage pour moi avant au moins deux ou trois années, et ma mère, qui partageait cet avis, — ont immédiatement déclaré qu'ils étaient prêts à vous accueillir comme un fils.

— Ah ! je suis trop heureux ! s'écriait Monthermé.

« Mademoiselle, pardonnez-moi si je ne trouve pas les mots qu'il faudrait pour vous exprimer ce que je ressens...

— Je les lis sur votre visage, reprenait Martine, et je souhaite que vous lisiez également sur le mien tout le bonheur qui est déjà en moi !

Le jour même, le capitaine de Monthermé faisait sa demande officielle et était agréé.

Maintenant, vivant son rêve, il était là, enveloppant d'un long regard d'amour l'être adorable qui, dans quelques jours, allait être sa femme.

Martine n'attendit pas qu'il eût présenté ses hommages à sa mère pour s'écrier :

— Quelles belles fleurs vous m'avez envoyées ! Vous saviez donc que les roses étaient mes fleurs préférées ?

— Oui, Martine, répliquait Alban, vous me l'aviez dit l'hiver dernier, au cours d'un dîner à l'Aéro-Club.

— C'est vrai ? Je ne m'en souviens plus. Vous avez décidément une mémoire extraordinaire.

— Mais non, puisqu'il s'agissait de vous, Martine !

Discrètement, Mme Avrillé, après avoir serré la main d'Alban, se retirait, sous un vague prétexte ; car elle n'était point de ces mères qui se figurent qu'il est de leur devoir de se tenir aux côtés de leur fille jusqu'à l'heure de la cérémonie religieuse ou civile, et de surveiller, duègnes impitoyables, les entretiens auxquels se livrent les futurs époux.

Demeurés seuls, Alban de Monthermé prit la main de sa fiancée et la porta jusqu'à ses lèvres.

Il n'osait pas encore hasarder un autre baiser, si chaste fût-il, tant il avait peur de troubler prématurément cette âme harmonieuse qui s'apprêtait à vibrer de concert avec la sienne.

Gaiement, Martine s'écriait :

— Vous savez que l'on parle de nous, déjà, dans les journaux ?

— Ah ! vraiment ? s'exclamait le capitaine.

— Pour vous, cela n'a rien d'étonnant, car vous avez l'habitude de voir votre nom imprimé et accompagné d'éloges, tandis que moi, c'est la première fois.

— Alors, vous voulez dire que l'on annonce notre mariage ?

— Mais oui, monsieur mon fiancé !

Tendant à Alban le journal que sa mère avait déposé sur une table, elle lui désigna à son tour le passage qui avait trait à eux.

Martine plaisantait :

— Nous pouvons nous vanter d'avoir déjà une bonne presse !...

— Excellente, en effet, souriait Alban.

— Et méritée, surenchérissait la fille de l'industriel.

Tout à son ivresse, le capitaine écoutait sa fiancée avec ravissement. Dans la gaîté qui animait Martine, il voyait une preuve de plus de l'attachement si spontané qu'elle lui témoignait, et il songeait que la vie allait être un véritable délice avec une pareille compagne.

— Si nous faisions des projets ? reprenait-il d'un ton aussi enjoué que celui de sa fiancée.

— Je ne demande pas mieux, répliquait celle-ci, d'autant mieux que, jusqu'ici, nous n'avons eu guère le temps d'esquisser les grandes lignes de notre future existence.

Monthermé reprenait :

— Je commence par vous dire, chère petite Martine, que j'ai l'intention d'être envers vous un tyran implacable.

— Ah ! mon Dieu !

— Cela n'a pas l'air de vous effrayer beaucoup ?

— En effet, car je suis persuadée que vous ferez, au contraire, tout ce que je voudrai.

— Vous êtes une véritable devineresse.

— Eh bien, je vais vous dire ce que je veux.

— A la bonne heure !

— D'abord, que vous me quittiez le moins possible.

— Je vous jure qu'en dehors de mes heures de service, je serai toujours près de vous.

— Et si je vous demandais de donner votre démission ?

— Je la donnerais.

— Cela vous coûterait peut-être ?

— Rien ne me coûterait pour vous être agréable.

— Comme vous êtes bon !

— Je vous aime.

— Vous venez, en effet, de m'en donner la plus grande preuve. Car, pour renoncer à une carrière, où tant de succès vous attendent encore, il faut véritablement que vous ayez pour moi un amour immense.

« Mais je ne veux pas vous imposer ce sacrifice, car je vous aime trop, moi aussi, pour ne pas placer au-dessus de tout le légitime orgueil que vous inspire le noble métier où vous vous êtes illustré et où vous vous illustrerez encore davantage.

— Martine, ma bien-aimée, s'écriait Alban, enthousiasmé, vous ne pouvez vous imaginer à quel point je suis heureux de vous entendre me parler ainsi !

— Il en sera toujours de même, promettait Martine, en offrant, en un mouvement de grâce virginale et charmant, son front à son fiancé, qui, avec ferveur, y appuya ses lèvres.

Lentement, une des roses de la corbeille commença à effeuiller ses pétales... On eût dit de grosses larmes tombant sur le marbre d'un tombeau.

. . . .

Deux jours après, vers neuf heures du matin, Mme Avrillé, toute surprise de ne pas encore avoir reçu le bonjour de Martine, et craignant qu'elle ne fût souffrante, monta jusque chez elle et voulut pénétrer chez sa fille.

Ce fut en vain... La porte était fermée au verrou.

Elle frappa... rien ne lui répondit.

Subitement angoissée, elle colla son oreille contre le battant.

Des plaintes très faibles, de sourds gémissements s'élevaient de l'intérieur.

« Mon Dieu, se dit la mère, affolée, qu'a-t-il bien pu arriver à cette pauvre enfant ? Elle que j'ai quittée hier soir si gaie, si parfaitement heureuse ! »

Elle chercha de nouveau à ouvrir la porte... ce fut en vain.

Elle descendit quatre à quatre l'escalier en appelant au secours.

Florent, qui se préparait à se rendre à son usine de Sartrouville, accourut aussitôt.

En quelques mots, sa femme le mit au courant de la situation.

Non moins bouleversé qu'elle, il se dit :

« Pourvu qu'il ne lui soit pas arrivé un malheur ! »

Faisant appel à tout son sang-froid, il monta vite les deux étages, et constata à son tour qu'il était impossible de pénétrer dans la chambre de sa fille.

— Il faut vite envoyer chercher un serrurier, fit Antoinette.

— Non, répliqua l'industriel. Cela demanderait trop de temps. Le mieux est d'enfoncer la porte.

Le maître d'hôtel Augustin apparaissait.

Florent lui dit :

— Allez vite au garage demander à Georges un marteau et un ciseau à froid.

Mme Avrillé ajoutait :

— Mademoiselle doit être bien malade, puisqu'elle ne peut pas ouvrir.

Augustin disparut.

Les plaintes augmentaient d'intensité... C'étaient maintenant presque des cris de détresse.

La pauvre mère, qui de nouveau appuyait son oreille contre le battant, s'écriait, épouvantée :

— Elle appelle au secours. Ah çà ! Augustin ne reviendra donc pas !

Les très brèves minutes qui s'écoulèrent jusqu'à ce que le valet de chambre rapportât les objets réclamés, parurent interminables à M. et Mme Avrillé, qui se demandaient avec terreur quel drame aussi mystérieux qu'inattendu avait bien pu se jouer de l'autre côté de la cloison.

Augustin parut enfin.

Florent s'empara du ciseau et du marteau...

En quelques coups bien placés, il fit sauter le battant supérieur... Un cri d'horreur lui échappa.

Il venait d'apercevoir sa fille étendue, ligotée au pied de son lit, le visage ensanglanté.

Passant son bras à travers l'ouverture, il poussa le verrou.

— Augustin, fit-il, restez dans le couloir et attendez mes ordres.

Et il pénétra dans la chambre, suivi par Antoinette, qui se précipita vers sa fille en disant :

— Martine, mon enfant, on l'a assassinée !

Tout semblait indiquer que Mme Avrillé disait la vérité.

La jeune fille était étendue à terre...

Une cordelette mince, mais très solide, s'enroulait autour de son corps... Un mouchoir, dont on avait dû chercher à faire un bâillon, pendait autour de son cou.

Le sang qui inondait sa figure, provenait d'une blessure assez profonde à l'arcade sourcilière droite, et qui, au premier abord, semblait avoir été faite par ce qu'en terme médico-légal on appelle un instrument contondant.

Elle portait aux deux bras quelques ecchymoses. Sa chemise de nuit brodée était déchirée à plusieurs endroits...

Bref, la malheureuse était dans un état lamentable.

Tandis que Mme Avrillé éclatait en sanglots, l'industriel saisissait sa fille dans ses bras et la transportait sur son lit.

En voulant desserrer la corde qui ligotait Martine, il s'aperçut que celle-ci était quelque peu relâchée.

Florent respira... Sans doute l'assassin, surpris, dérangé par quelque bruit du dehors, ou contrarié par la résistance énergique qu'avait dû lui opposer la jeune fille, avait-il dû prendre la fuite avant d'avoir eu le temps de commettre jusqu'au bout l'odieux attentat qu'il projetait.

Mais ce n'était pas le moment de chercher à deviner ce qui s'était passé.

Martine réclamait des soins immédiats.

Aussi Florent dit à sa femme, qui, avec son mouchoir, commençait à étancher d'une main tremblante le sang qui coulait goutte à goutte de la plaie :

— Ma chère Antoinette, ne perdons pas la tête. Notre fille est vivante, et je suis même à peu près sûr qu'elle n'est pas grièvement blessée.

« Renvoie Augustin, dis-lui même qu'il n'y a rien de grave.

Et il ajouta avec amertume :

— Le drame qui s'est déroulé la nuit dernière, dans cette chambre, est de ceux sur lesquels il faut jeter un voile...

— Je le crains... soupira Mme Avrillé, qui s'en fut exécuter les instructions de son mari.

Quand elle reparut, Martine commençait à revenir à elle.

Ses paupières rouges et tuméfiées s'ouvraient lentement, très lentement.

Sa poitrine se soulevait en soubresauts irréguliers.

Elle chercha à soulever sa tête qui, languissamment, reposait sur l'oreiller... mais ce fut en vain...

Elle semblait brisée, incapable du moindre effort.

— Ma chérie, nous sommes là, faisait Mme Avrillé.

— Maman... père... murmura Martine d'une voix à peine perceptible.

Puis, avec effort, elle fit :

— J'ai soif... très soif...

Mme Avrillé s'en fut dans le cabinet de toilette et en revint avec un verre d'eau qu'elle fit boire très doucement, gorgée par gorgée à sa fille.

Mme Avrillé, un peu rassurée, s'en fut faire bouillir de l'eau, afin de nettoyer et de panser la plaie.

Pour le moment, il ne fallait pas songer à interroger la blessée.

Elle eût été incapable de répondre aux questions qui se pressaient déjà sur les lèvres de ses parents, mais que ceux-ci avaient la prudence de ne pas lui poser.

Un quart d'heure après, tous les soins matériels étaient terminés.

Un pansement adroitement préparé et placé par Antoinette, qui avait été, pendant la guerre, une excellente infirmière, recouvrait une partie du front de la jeune fille, qui, après avoir absorbé une cuillerée d'eau de mélisse, semblait avoir retrouvé les quelques forces dont elle avait besoin pour révéler aux siens le mystère de la nuit précédente.

— Te sens-tu un peu mieux ? interrogeait Mme Avrillé.

— Oui, maman.

L'industriel demandait à son tour :

— Peux-tu nous dire ce qui s'est passé ?

— Je vais essayer, déclarait Martine, d'une voix faible, hésitante.

Puis, lentement, pour reprendre haleine, elle précisa :

— Je m'étais paisiblement endormie, lorsque, vers une heure du matin, je crois, il me sembla entendre du bruit dans mon studio.

« J'allumai l'électricité, et j'écoutai. Je ne m'étais pas trompée...

« Quelqu'un, qui cherchait à étouffer le bruit de ses pas, marchait dans la pièce voisine.

« D'un bond je fus hors de mon lit et je me précipitai vers la porte qui fait communiquer la chambre et le studio, afin d'en pousser le verrou. Il était trop tard...

« Un homme surgit, vêtu de noir et coiffé d'un casque d'aviateur, complété par un masque qui dissimulait entièrement son visage.

« Il tenait à la main un browning dont il me menaçait sans dire un mot...

« Impossible de sonner et d'appeler au secours...

« Instinctivement je levai les bras... Alors cet individu, que je prenais pour un voleur qui s'était introduit dans l'hôtel pour nous cambrioler, marcha vers moi, me forçant à reculer jusqu'à mon lit, sur lequel je m'écroulai, à demi morte de peur.

« Après avoir déposé son revolver sur ma table de nuit, il me bâillonna à l'aide d'un mouchoir et commença à m'attacher les bras le long du corps...

« Et cela, sans prononcer un mot, plus terrible encore dans son silence que s'il eût proféré des menaces.

« A la frayeur qui m'avait terrassé, succéda bientôt un désir instinctif de me défendre...

« Maintenant, j'en étais sûre, le misérable n'en voulait pas à ma vie... S'il avait eu l'intention de me tuer, il l'eût déjà fait.

Et d'une voix qui se brisa en un sanglot, la fille de l'industriel articula :

— Il en voulait à mon honneur.

— Ma pauvre petite fille ! s'écriait Mme Avrillé, toute haletante d'un maternel émoi.

— A ce moment, poursuivit Martine, je me sentis tout à coup galvanisée par la volonté de me défendre... quitte à en mourir...

« Oh ! oui, tout, même la mort, plutôt qu'une chose aussi effroyable.

« Brusquement, je commençai par me débattre... Mon agresseur saisit son revolver... je crus qu'il allait me brûler la cervelle... Mais non, il me frappa au front d'un violent coup de crosse... Le sang jaillit, mais je ne m'évanouis pas, et je continuai de lutter désespérément.

« Impossible de crier... le bâillon m'étouffait...

« Alors, pour la première fois, sa bouche s'entr'ouvrit, et j'entendis une voix que je crus reconnaître, grincer à mon oreille :

« — Je suis venu me venger.

« Comme je me défendais encore, il voulut m'étourdir d'un nouveau coup de crosse... mais tandis qu'il levait le bras, son masque se détacha...

« D'un bond il se précipita sur le commutateur et éteignit l'électricité... mais pas assez vite pour que je n'eusse le temps d'apercevoir sa figure... *c'est-à-dire celle du lieutenant Jacques Moret !*

— Lui ! s'écriaient simultanément M. et Mme Avrillé, en proie à une indicible épouvante.

— Oui, lui ! j'en suis sûre ! martelait la jeune fille avec une foi ardente, une conviction inébranlable.

— Es-tu certaine de ne pas avoir commis de méprise ? interrogeait Florent.

— Non.

— N'as-tu pas été l'objet d'une hallucination ?... objectait Antoinette.

— Non ! non ! s'obstinait Martine... C'est lui, j'en suis sûre... *absolument sûre.* Il pourra affirmer le contraire, moi je soutiendrai toujours que c'est lui !

Consterné, M. Avrillé demandait :

— Que s'est-il passé ensuite ?

Martine répliquait :

— Il s'est enfui dans le studio.

— Par où est-il sorti ?

— Je l'ignore. Je suis restée... étendue sur mon lit, inerte, brisée, à demi étouffée, paralysée, me demandant toujours s'il n'allait pas reparaître.

« Au bout d'une heure environ, quand j'ai été sûre qu'il ne reviendrait pas, j'ai cherché à me dégager de mes liens, de mon bâillon... mais, en me débattant, je suis tombée, là où vous m'avez trouvée, je me suis évanouie et je ne suis revenue à moi que lorsque vous êtes arrivés.

— Encore une fois, questionnait M. Avrillé, es-tu bien certaine que tu n'as pas commis d'erreur ?

— Non, père, c'est impossible ! C'était Jacques Moret... C'était lui.

« Que l'on me confronte avec lui et l'on verra bien s'il ose nier, mentir encore.

— Calme-toi, conseillait M. Avrillé.

— Et Alban qui vient déjeuner... se rappelait sa femme.

« Qu'allons-nous lui dire ?

— La vérité, scandait la jeune fille.

— Donne-nous au moins le temps de réfléchir, suggestait l'industriel.

« Songe que la nouvelle de cet attentat dont tu as failli être victime peut provoquer un scandale dont tu risques de sortir éclaboussée.

— Peu m'importe, s'énervait Martine, je veux que le lieutenant Moret soit démasqué, châtié... comme un bandit, comme un lâche qu'il est.

« Tant pis si son auréole de gloire disparaît dans la boue ! Il l'aura bien voulu et bien mérité.

Mme Avrillé allait répliquer... D'un rapide coup d'œil, son mari l'invita au silence.

— C'est entendu, fit-il à haute voix... Tu peux être entièrement rassurée... Le coupable sera puni... Mais, en ce moment, après une nuit aussi tragique, tu as besoin de repos...

« Je vais te faire prendre un cachet dont je me sers lorsqu'à la suite d'un trop grand surmenage je souffre d'insomnie.

« Trois ou quatre heures d'un sommeil réparateur t'aideront mieux que n'importe quels conseils ou quels remèdes, à retrouver le calme physique et moral dont, ma pauvre enfant, tu as si grand besoin.

Ces mots, prononcés avec une affectueuse fermeté, produisirent sur Martine un effet de détente salutaire.

— Oh ! oui, dormir... je veux bien ! fit-elle.

« Au moins, pendant ce temps, j'échapperai à ce cauchemar vécu qui me poursuit encore.

Florent s'en fut chercher le cachet, que Martine absorba, sans la moindre difficulté ?

Un quart d'heure après, elle était profondément endormie.

Laissant éclater son désespoir, Mme Avrillé se précipita dans les bras de son mari en sanglotant.

— Ce qui nous arrive est vraiment effroyable !

L'industriel déclarait :

— Le malheur aurait pu être encore plus terrible et même irréparable.

— En effet, reprenait Antoinette. Ce misérable était venu certainement dans l'intention de déshonorer notre fille.

— Laissons-la reposer, décidait M. Avrillé, et passons dans le studio... nous pourrons y parler plus à notre aise et sans risquer de réveiller cette pauvre enfant.

Ils s'en furent dans la pièce voisine.

Tout de suite, Antoinette remarqua que la fenêtre qui donnait sur le jardin intérieur était ouverte.

— C'est sans doute par là, fit-elle, que Jacques Moret s'est introduit dans l'appartement de Martine.

Son mari lui prit les mains... Et, tout en la regardant bien dans les yeux, il fit :

— Veux-tu connaître tout le fond de ma pensée ?

— Oh ! je t'en prie, dis-moi tout.

— Eh bien, je ne peux pas croire que Jacques Moret se soit rendu coupable d'un pareil forfait.

Stupéfaite, Mme Avrillé s'écriait :

— Martine a été, cependant, plus que catégorique...

« Tu la connais, elle est incapable de mentir... et, à plus forte raison, d'accuser un innocent !

— D'accord !... mais elle a pu se tromper.

— C'est impossible !... Elle a été beaucoup trop affirmative.

— Ecoute-moi, ma chère Antoinette...

« Tu n'es pas sans avoir entendu parler de ces phénomènes d'autosuggestion, qui font perdre parfois, à ceux qui en sont l'objet, tout contrôle d'eux-mêmes.

— Je connais cette théorie... mais je ne suis pas assez savante pour la discuter.

« Cependant, il est un fait indéniable, c'est que quelqu'un est entré chez Martine, qu'il l'a menacée de son revolver, brutalisée, bâillonnée, ligotée.

— Parfaitement.

— Eh bien ?...

Lentement, M. Avrillé déclarait :

— Et si ce misérable n'était pas Jacques Moret ?...

— Encore un coup, c'est impossible... Martine...

L'industriel interrompait :

— Martine vit depuis quelques jours dans un état de surexcitation qui est tout à fait incompatible avec sa nature.

« Qui te dit qu'hypnotisée en quelque sorte par la pensée de Jacques Moret, troublée, affolée, comme elle devait l'être, elle n'a pas pris pour lui celui qui s'était introduit dans sa chambre.

« En effet, que lui a dit ce misérable ?

« — Je viens pour me venger !

« Or, il y a quelques jours, ainsi que tu

l'as reconnu toi-même, Jacques Moret, très nettement et avec beaucoup de noblesse, a fait justice de l'accusation dont il était l'objet.

« Après une telle explication, ce garçon, qui, en ce moment, se trouve dans une situation admirable, aurait été accomplir un acte aussi odieux que stupide, aussi abject qu'inexplicable ?

« Cela ne tient pas debout ! Il faudrait qu'il fût devenu fou ! S'attaquer ainsi à une jeune fille telle que Martine ! Allons, allons, ce n'est pas possible.

« Je te le répète, parce que j'en suis sûre, notre pauvre enfant a eu une hallucination.

« De tels exemples sont assez fréquents pour asseoir ma conviction, et, lorsque Martine se sera ressaisie, notre premier devoir sera de chasser de son esprit toute trace d'une accusation aussi invraisemblable et aussi injustifiée.

Mme Avrillé répliquait :

— Mon cher Florent, je ne demande qu'à partager ton opinion ! ce serait si épouvantable que Jacques Moret fût le coupable !

« Plus j'y réfléchis, plus, ainsi que toi, je me rends compte de l'invraisemblance de l'accusation que Martine a portée contre lui.

« Mais alors, comment t'expliques-tu ce drame ?

— Je vais te le dire, déclarait l'industriel.

« Pendant quelques jours, nos ennemis se sont tenus tranquilles.

« Peut-être ont-ils su... comment, je l'ignore, que nous avions eu une explication, Jacques Moret et moi, et que nous en étions sortis non pas désunis, comme ils l'espéraient, mais, au contraire, unis plus que jamais.

« Ils se sont dit :

« — De ce côté-là, il n'y a rien à faire, il faut inventer autre chose !

« Ayant appris les fiançailles de Martine avec Monthermé, ils n'ont pas hésité à soudoyer un individu quelque bandit qu'ils auront été chercher dans un bas-fond où ils devaient avoir des accointances... et ils l'auront chargé de cette atroce mission qui consistait à déshonorer notre chère enfant.

— Cela me semble, en effet, des plus logiques, approuvait Mme Avrillé. Mais quelle attitude devons-nous avoir devant le capitaine de Monthermé ?

— Laisse-moi réfléchir encore... pour l'instant, je crois qu'il vaut mieux gagner du temps.

« Je vais téléphoner immédiatement au détective Chantecoq, afin de savoir s'il est revenu de voyage. En ce cas, je prendrai avec lui un rendez-vous et je lui demanderai de bien vouloir faire une enquête au sujet de cette mystérieuse affaire, et, en attendant qu'il démasque nos ennemis, de nous donner les moyens de nous défendre.

M. Avrillé allait s'éloigner, lorsqu'il aperçut un objet à terre sur le tapis. Il le ramassa, c'était une montre-bracelet d'homme.

— Tiens, fit-il, voilà une trouvaille qui va peut-être nous être très utile.

Il sortit la montre de sa gaine. Sur le boîtier en or, il y avait les initiales J. M. Très troublé, il ouvrit la montre. A l'intérieur du boîtier était encastrée une petite photo d'amateur qui représentait l'aviateur tenant dans ses bras une jeune femme.

L'industriel montra sa découverte à sa femme et lui dit d'une voix hésitante :

— Il n'y a aucun doute, cette montre appartenait à Jacques Moret.

— Alors, c'est donc lui ?

— J'en ai peur... A moins que ce bijou lui ait été dérobé ?

Mais M. Avrillé n'était pas au bout de ses surprises. Comme il redescendait dans son bureau, pour serrer dans un tiroir la pièce à conviction terriblement accusatrice qu'il détenait entre ses mains, le premier valet de chambre s'approchait de lui et lui dit :

— Monsieur, il y a Georges qui voudrait vous dire un mot.

— Je l'attend... fit l'industriel en pénétrant dans son cabinet de travail.

Deux minutes après, le chauffeur apparaissait.

Il portait un paquet sous le bras.

— Monsieur m'excusera, fit-il, si je le dérange. Seulement, tout à l'heure, j'ai fait une découverte qui m'a paru plutôt inquiétante et je me suis empressé d'en faire part à Monsieur.

« Je crois que, la nuit dernière, des cambrioleurs ont cherché à pénétrer dans la maison.

— Que me dites-vous là? fit Florent Avrillé en simulant une surprise très vive.

Développant son paquet, Georges retirait une échelle de corde extrêmement fine, mais d'une solidité à toute épreuve.

M. Avrillé eut un léger tressaillement. Il venait, en effet, de reconnaître une échelle fabriquée à son usine et qu'il avait donnée quelque temps auparavant à Jacques Moret, avant son départ pour Buenos-Ayres, afin de lui permettre, au cas où son avion s'accrocherait au cours d'une descente imprévue à des arbres et y resterait suspendu, de regagner le sol, rapidement et sans encombre.

— Déposez cela sur cette table, dit-il au chauffeur.

— Bien, monsieur.

— Maintenant, dites-moi, où l'avez-vous trouvée, cette échelle?

— Au pied du mur qui donne sur la rue du Ranelagh, à droite de l'hôtel.

— Bien, je vous remercie.

— J'ai encore autre chose à dire à Monsieur.

« J'ai remarqué aussi tout le long du mur des traces de pas.

— Y sont-elles encore?

— Oui, monsieur, j'ai bien recommandé à tout le monde de ne pas les effacer.

— Vous avez bien fait, mon garçon. Je vais aviser.

Le chauffeur déclarait:

— Ce qui m'étonne, c'est qu'il devait sûrement y en avoir qu'un, parce que les traces que j'ai repérées étaient partout les mêmes.

« Peut-être bien qu'il y en avait un autre dans la rue qui faisait le guet.

« C'est égal, il faut tout de même avoir un rude toupet pour oser pénétrer dans une demeure habitée.

« Le plus extraordinaire, Monsieur me permettra de le lui dire, c'est que Tom et Mix, les deux chiens policiers que nous lâchons dans le jardin chaque nuit, n'aient même pas aboyé.

« Pourtant, ils ne sont pas commodes.

— Bien, cela suffit, dit l'industriel; retournez dans le jardin, attendez-moi, je vous rejoins dans un instant et vous me montrerez alors ces traces de pas dont vous venez de me parler.

— Bien, monsieur.

Georges se retira.

M. Avrillé prit l'échelle, la considéra pendant un instant, puis il fit, désemparé, abattu:

— Il n'y a pas de doute possible. Cette échelle est bien celle que j'ai donnée à Moret. Elle porte le même numéro que le moteur de l'avion. C'est à en faire perdre la tête!

Il serra l'échelle dans son coffre-fort qu'il referma soigneusement et il s'en fut dans le jardin retrouver son chauffeur qui l'attendait.

Celui-ci le conduisit à une plate-bande qui longeait le mur.

Le père de Martine s'aperçut que le sol avait été foulé par des pas qui étaient bien ceux d'un homme ayant un pied de dimension moyenne et qui était chaussé de souliers sans talon ou même de simples espadrilles.

Il se dit:

« Maintenant, je reconstitue les faits. Le coupable — il n'osait pas encore dire Jacques Moret — à l'aide de l'échelle de corde, a franché le mur extérieur et est redescendu dans le jardin.

« Mais comment a-t-il pu adapter cette

échelle à la fenêtre de la chambre de ma fille qui est située au second étage?

« Ou bien, il avait pu se procurer la clef de la porte de service et monter ainsi jusque là-haut, ou bien il avait un complice dans la place ?

« Et puis, les chiens... les chiens... eux qui, souvent, aboient pour rien ou presque rien !

« Tout cela devient inouï, affolant. Je ne croyais pas qu'il fût possible à un être humain de se débattre dans un pareil mystère. »

Tout haut, il dit à son chauffeur :

— Où sont Tom et Mix ?

— Tout à l'heure, monsieur, ils dormaient dans leur niche.

Sans rien ajouter, l'industriel se dirigea vers le garage. La vaste niche des deux chiens se trouvait à droite de la porte d'entrée. En y arrivant, M. Avrillé fit entendre un sifflement qui suffisait toujours pour faire apparaître les deux chiens.

Cette fois, ils demeurèrent étendus sous leur abri.

M. Avrillé s'approcha. Tom et Mix étaient étendus tous les deux, les pattes raidies, complètement inertes.

L'industriel en amena un à lui, il constata qu'il était mort, l'autre également.

Atterré, il fit au chauffeur qui l'avait rejoint :

— Les pauvres bêtes ! elles ont été empoisonnées toutes les deux.

— C'est donc cela ! fit Georges. Ah ! les bandits, les canailles !

Et naïvement, il ajouta :

— Qu'ils s'attaquent au monde, passe encore, mais à ces braves toutous qui, eux, ne peuvent pas deviner qu'il y a du poison dans une boulette ; ah ! ça, c'est par trop dégoûtant !

« Si Monsieur veut bien, je vais aller tout de suite au commissariat de police.

— Non, refusait l'industriel ; et je vous demande même, jusqu'à nouvel ordre, de garder le silence absolu sur cette histoire, car donner trop vite l'éveil à des bandits de cette espèce, c'est souvent leur permettre de prendre la fuite.

— Je ferai comme Monsieur voudra, mais, cette nuit, je ne dormirai que d'un œil et je mettrai mon revolver sous mon traversin.

— C'est cela, approuvait l'industriel qui retourna aussitôt dans son cabinet de travaill

Alors, il saisit son téléphone et demanda le numéro de Chantecoq.

On lui répondit que celui-ci ne rentrerait que le soir même et peut-être même que le lendemain matin.

L'air découragé, M. Avrillé raccrocha l'appareil et, se prenant la tête entre les mains, se posa cette question qui révélait tout le désarroi de son âme profondément ulcérée :

— Que faire, mon Dieu, que faire ?...

On frappait à sa porte.

— Entrez ! fit-il distraitement.

Cyprien se présentait, annonçant :

— M. le capitaine de Monthermé.

— Faites entrer, ordonna Florent en cherchant à donner à sa physionomie son expression habituelle.

VII

ENTRE FRÈRES D'ARMES !

Lorsque Alban de Monthermé parut, M. Avrillé fut immédiatement frappé par le trouble qui se lisait sur la physionomie du jeune officier.

— Cher monsieur, fit celui-ci avec une volubilité fiévreuse, permettez-moi tout d'abord de m'excuser si je me présente chez vous avant l'heure du déjeuner ; mais je viens de recevoir une lettre qui, bien qu'anonyme, m'a littéralement bouleversé.

« J'ose espérer qu'elle n'est qu'un tissu d'odieux mensonges, car si elle disait vrai, ce serait vraiment par trop épouvantable.

« Quoiqu'il en soit, j'ai considéré qu'il était de mon devoir de vous le communiquer.

— Vous avez très bien fait, mon cher ami, approuvait l'industriel qui s'empara fiévreusement du papier que lui tendait son futur gendre.

Voici ce qu'il lut :

« Mon cher capitaine,

« J'ai appris, comme tout le monde, d'ailleurs, puisque la nouvelle en a été officiellement donnée par toute la presse parisienne, que vous alliez épouser Mlle Martine Avrillé.

« J'ai été sur le point de vous écrire pour vous déconseiller vivement ce mariage, autant par sympathie pour vous que pour d'autres raisons personnelles qu'il m'est d'ailleurs impossible pour l'instant du moins de vous expliquer.

« Sachez seulement que Mlle Martine n'est pas du tout la jeune fille douce et charmante que vous pensez.

« C'est une intrigante, une jalouse capable de très mauvaises actions et peut-être même pire.

« J'en sais quelque chose, puisqu'elle a failli briser ma vie par ses intrigues méchantes et des calomnies perfides.

« Je me suis promis de tirer d'elle une vengeance éclatante...

« A l'heure où vous recevrez ces lignes, ce sera fait.

« Sachez seulement qu'au lieu de la jeune fille pure et chaste que vous comptiez épouser, vous vous trouverez en face d'une fiancée dont le plus précieux apanage aura cessé d'être une réalité.

« Si vous désirez de plus amples détails, adressez-vous à son papa, à sa maman et à elle-même.

« J'ose espérer qu'ils auront la franchise de vous dire toute la vérité.

« Vous jugerez sans doute, mon cher capitaine, que le châtiment est disproportionné à la faute. Il n'en est rien... Vous saurez tout un jour et vous jugerez que, loin d'être un coupable, je suis un justicier.

« Je vous envoie mes salutations les plus distinguées.

« *Signé :* VINDEX. »

Incapable de maîtriser l'émotion qui, de nouveau, s'était emparée de lui, l'industriel s'écriait :

— Monsieur de Monthermé, je vous dois toute la vérité.

« Vous en cacher la moindre parcelle, après cette lettre que vous venez de recevoir, serait de ma part un acte de déloyauté auquel ma conscience m'interdit.

« Je commence par vous dire, ou plutôt par vous jurer sur l'honneur, que ma fille n'a été l'objet d'aucun de ces outrages irréparables qui comptent parmi les plus odieux forfaits. Elle est toujours digne d'être votre femme...

— Monsieur, reprenait le capitaine de plus en plus ému, je ne vous fais pas un seul instant l'injure de mettre en doute votre parole. Mais ce que vous me dites me donne à penser qu'il y avait du vrai dans cette lettre.

— Beaucoup de vrai, hélas ! répliquait Florent. Mais il faut d'abord que je vous mette au courant de certains événements qui ont précédé vos fiançailles.

L'industriel fit alors au capitaine aviateur le récit exact et détaillé de l'explication qu'il avait eue avec Jacques Moret à la suite des lettres anonymes qu'ils avaient reçues l'un et l'autre et du prétendu coup de téléphone que, soi-disant, Martine aurait adressé à Moret.

Il lui communiqua même les lettres en question.

Effaré, Alban de Monthermé, après en avoir pris connaissance, conclut avec toutes les apparences de la plus saine logique.

— Il n'y a pas à douter un seul instant. Vous êtes, ainsi que Jacques Moret, l'objet d'une campagne abominable et qui ne peut être inspirée que par des gens qui ne vous pardonnent pas votre commun succès.

— J'ai eu cette impression, répliquait l'industriel ; mais j'en suis revenu.

« Et maintenant, je vais vous dire tout ce qui s'est passé cette nuit, dans cette maison.

« Un misérable vêtu de noir, coiffé d'un casque d'aviateur, masqué, s'est introduit dans la chambre de ma fille et, après l'avoir menacée et terrorisée de son revolver, l'a jetée sur son lit, bâillonnée, ligotée, tout en lui disant :

« — Je viens me venger !

« Ma fille, héroïquement, au péril de sa vie, a lutté, s'est défendue, s'est débattue et son agresseur l'a frappée d'un coup de crosse de revolver à la tempe, qui a provoqué une blessure avec hémorragie.

« A ce moment, son masque est tombé, et savez-vous qui Martine a reconnu ?... Jacques Moret !...

— Lui ! c'est impossible ! s'exclamait de Monthermé avec un accent de spontanéité absolue.

— C'est ce que je me suis dit tout d'abord, déclarait M. Avrillé.

« J'ai pensé comme vous le pensez vous-même que ma fille avait été l'objet d'un phénomène d'auto-suggestion. Et j'eusse certainement persisté dans cette opinion si, quelques instants après, je n'avais trouvé dans le studio de ma fille un bracelet-montre appartenant à Jacques Moret et si une demi-heure plus tard, mon chauffeur ne m'avait pas apporté une échelle de corde qu'il avait trouvé au pied du mur, échelle que j'avais donnée moi-même à Jacques Moret au moment de son départ pour son dernier raid.

— Cela me semble écrasant, répliquait le capitaine. Mais à quel mobile un homme tel que Jacques, jusqu'alors irréprochable, a-t-il pu obéir pour commettre un crime aussi abominable.

— Il l'a dit lui-même à ma fille, il a voulu se venger.

— Se venger, de quoi ?

— Rappelez-vous les termes des lettres que je viens de vous donner à lire. Là est, sans doute, la vérité.

« Moret était amoureux de ma femme. A tort ou à raison il aura cru voir en ma fille une adversaire, un obstacle et y aura perdu la tête et ainsi qu'il l'a dit, il aura voulu se venger.

Monthermé répliquait :

— Je reconnais, cher monsieur, qu'il existe contre Moret plus que des apparences, des preuves, mais cependant, je ne sens pas contre lui la colère, la haine, la révolte que devrait m'inspirer sa conduite.

« Pourquoi ? Est-ce en quelque sorte une prescience qu'il est innocent ?

« Je serai tenté de le croire. Cependant, plus je réfléchis à ce que vous venez de me révéler, plus je me rends compte que tout l'accuse, et plus aussi je me dis que, pour l'honneur de Martine, il ne faut pas qu'un scandale éclate...

— Ah ! nous sommes d'accord... notait l'industriel...

D'une voix énergique, Monthermé affirmait :

— Il faut pourtant que ce crime soit châtié !

« Certes, il m'est profondément douloureux d'être obligé de m'attaquer à un camarade tel que Jacques Moret ; mais désormais, entre nous deux, il ne peut plus exister une fraternité d'armes.

« Il ne doit plus y avoir qu'un coupable et qu'un justicier !

« Ce justicier, je vous demande de l'être.

— Soit, acquiesçait M. Avrillé. Mais que comptez-vous faire ?

— Je vais d'abord aller trouver Moret. Maintenant qu'il est mon égal en grade, nous pouvons avoir tous les deux une explication d'homme à homme, sans que nous risquions d'aller à l'encontre des règlements militaires.

« Si vous m'y autorisez, je le mettrai au courant de l'accusation qui pèse sur lui, en même temps que toutes les charges accumulées sur sa tête.

« Selon ce qu'il me répondra, je verrai ce que j'ai à faire ; en tout cas, je ne prendrai aucune décision, sans vous avoir demandé votre avis.

— Dans ces conditions, déclarait Florent, je ne puis qu'approuver entièrement votre décision.

« Je crois que le mieux est d'aller très vite.

— C'est absolument mon avis.

— Le capitaine Moret, déclarait le père de Martine, doit être aujourd'hui pour la journée à mon usine de Sartrouville, où il assiste à la révision de son moteur.

— J'ai mon auto devant votre porte, reprenait Monthermé. Je vais immédiatement filer là-bas.

— Permettez-moi, auparavant, de vous conseiller le calme et la prudence.

— Soyez tranquille, cher monsieur, j'en aurai, autant qu'il faudra.

Tous deux échangèrent une cordiale poignée de mains.

Alban allait se retirer, lorsque la porte s'ouvrit brusquement, laissant apparaître Mme Avrillé qui, les traits convulsés, appelait :

— Florent, viens vite, Martine est au plus mal !

Apercevant son futur gendre, Antoinette scanda d'un ton désespéré :

— Venez vite, aussi, car j'ai peur, j'ai très peur !...

L'industriel et l'officier se précipitèrent sur les traces de Mme Avrillé, qui déjà, remontait quatre à quatre l'escalier conduisant à l'appartement de la jeune fille.

Lorsqu'ils pénétrèrent dans la chambre de Martine, ils virent celle-ci étendue dans son lit, immobile, les yeux fermés et d'une pâleur marmoréenne.

M. Avrillé et le capitaine de Monthermé eurent la même atroce pensée :

— Elle est morte !

Mais aussitôt ils se rassurèrent, car ils venaient de s'apercevoir que, sous la couverture, la poitrine de la malheureuse se soulevait en saccades irrégulières.

— Que s'est-il passé, interrogeait Florent, au comble de l'angoisse.

— Je vais te le dire, répliquait sa femme d'une voix haletante.

Elle allait entamer son récit, lorsque le valet de chambre annonça :

— M. le docteur Ramey.

— Faites entrer, ordonnait immédiatement Mme Avrillé.

Le médecin parut.

C'était un homme d'une cinquantaine d'années, à l'allure distinguée et sympathique, qui n'avait rien de l'austérité solennelle des pontifes d'autrefois, ni de l'ironique désinvolture de ceux d'aujourd'hui..

Professeur agrégé à la Faculté de Médecine, doué d'une grande valeur professionnelle, il était un de ces rares praticiens qui, au lieu de se spécialiser dans telle ou telle maladie, considèrent qu'il est encore nécessaire et même très utile de se consacrer à la médecine générale.

Il était depuis plusieurs années déjà le docteur de la famille Avrillé et il était devenu leur ami.

Il avait connu Martine toute petite et il s'était d'autant plus attaché à elle, qu'il avait perdu une fille qui aurait aujourd'hui son âge.

Antoinette s'avançait vers lui en disant :

— Ami, je vous suis infiniment reconnaissante d'être accouru aussi vite à mon appel.

Le docteur répliquait :

— J'allais quitter mon hôpital de Boulogne au moment où j'ai reçu votre coup de téléphone.

« Le temps de sauter dans mon auto et me voici !

S'approchant de Martine, il fit :

— Alors c'est cette chère enfant qui ne va pas ?

Puis, apercevant tout à coup le pansement qui lui recouvrait une partie du front, il s'exclama :

— Blessée ?

Antoinette allait répliquer ; M. Avrillé, l'arrêtant d'un geste affectueux mais énergique, expliqua au médecin :

— Ce que je vais vous dire, mon cher ami, est absolument confidentiel ; mais, pardonnez-moi, dans mon émotion, j'avais oublié de vous présenter le fiancé de ma fille... Monsieur le capitaine Alban de Monthermé... Monsieur le docteur Ramey.

Les deux hommes échangèrent un rapide salut. L'instant n'était pas aux grandes politesses. L'industriel reprenait :

— La nuit dernière, un homme, dont je ne puis vous dire le nom, s'est introduit dans l'appartement de ma fille et après l'avoir bâillonnée, ligotée et frappée au front d'un coup de crosse de revolver, s'apprêtait à la violenter, lorsque cette pauvre enfant, en se débattant avec un courage admirable, a fait tomber le masque de ce bandit, qui s'est enfui rapidement, croyant sans doute ne pas avoir été reconnu.

« Martine est tombée de son lit et s'est évanouie.

« Ce matin, sa mère et moi, nous avons dû enfoncer la porte pour pénétrer jusqu'à elle.

« Elle a repris presque aussitôt connaissance et au prix de grands efforts, elle a pu raconter dans tous ses détails, l'agression dont elle avait failli être la victime.

« Comme elle était dans un état d'énervement extrême, j'ai pris sur moi de lui faire absorber un des cachets de véronal que vous m'aviez ordonné il y a quelques temps ! Et elle s'est endormie paisiblement.

Se tournant vers sa femme, Avrillé ajouta :

— Maintenant, ma chère amie, raconte au docteur la suite de ce drame.

Antoinette reprit aussitôt :

— Il y a environ trois quarts d'heure, j'étais entrée à pas de loup dans la chambre de ma fille qui reposait encore.

« Elle semblait même très calme ; et j'allais me retirer, lorsque je la vis se redresser soudain sur un grand cri, agiter les bras comme si elle se défendait contre quelque ennemi imaginaire, puis, retomber sur les oreillers en exhalant un soupir douloureux qui ressemblait à un râle mortel.

« Je me penchai vers elle, j'écoutai son souffle, elle respirait encore ; mais elle était inerte, rigide, glacée comme un cadavre.

« J'ai voulu la ranimer, mais en vain ; vite je vous ai téléphoné.

« Je ne voulais encore rien dire à son père que je savais être en conversation avec M. de Monthermé, car j'espérais toujours qu'elle rouvrirait les yeux ; mais j'eus bientôt l'impression qu'elle se refroidissait encore davantage.

« Alors, sans attendre votre arrivée, j'ai vite couru vers mon mari.

« Voilà tout ce que je sais, tout ce que je puis vous dire.

Le docteur se taisait, tout en regardant fixement la jeune fille qui, blanche comme un lys, ressemblait à une jolie statue, telle qu'on en voit dans les églises, couchées sur des tombeaux.

M. Avrillé demandait d'une voix tremblante :

— Vous ne croyez pas, docteur, que ce soit ce cachet de véronal ?...

M. Ramey hocha négativement la tête, puis, il dit :

— Mon cher Avrillé, et vous capitaine, je vous demande de vous retirer, pendant que je vais procéder à un examen minutieux et détaillé de Martine.

— Vous ne craignez pas que cela soit grave ? interrogeait fiévreusement Alban.

— Je ne le suppose pas, répliquait le praticien.

« Bien qu'il me soit encore assez difficile de me prononcer, tout ce que je puis vous affirmer, à priori, c'est que cette chère petite n'est pas en danger de mort.

« Maintenant allez et laissez-nous tranquilles !...

« Vous, madame, restez, mais vous seule. Je sais que vous êtes une excellente infirmière et que nul mieux que vous ne saura me seconder.

Monthermé et l'industriel passèrent dans le studio dont ils refermèrent la porte. Un grand quart d'heure s'écoula, lourd d'incertitude et d'anxiété.

Ils ne s'adressaient que de brèves et inutiles paroles, se raccrochant à l'assurance que venait de leur donner le docteur Ramey, à savoir que les jours de Martine n'étaient pas en péril.

Néanmoins, ils se sentaient envahis, l'un comme l'autre, d'une inquiétude morbide, d'une impatience fébrile.

Leurs épaules ployaient comme sous le poids d'un fardeau mystérieux et il leur semblait que l'air qu'ils respiraient était imprégné de malheur.

Enfin la porte s'ouvrit. Le docteur Ramey apparut sur le seuil. Il semblait préoccupé, mais il n'avait pas cet aspect d'un homme qui, même avec de grands ménagements, s'apprête à vous annoncer une catastrophe.

— Mon cher ami, fit-il en s'adressant à Avrillé, Martine, à la suite des événements de cette nuit, a subi un traumatisme nerveux dont elle supporte en ce moment les conséquences. Elle est atteinte de catalepsie.

L'industriel et le capitaine eurent simultanément un mouvement d'effroi.

Le docteur Ramey fit en souriant :

— J'ai eu tort d'employer ce mot qui semble vous épouvanter à ce point tous les deux ; car il y a catalepsie et catalepsie... La forme qu'affecte celle-ci n'est pas inquiétante, et je tiens à vous déclarer avant tout que mon premier diagnostic était bon et que Martine n'est nullement en danger.

« Ceci dit, et non pas pour vous rassurer en vous trompant, mais parce que c'est au contraire ma conviction la plus absolue, je ne vous cacherai pas, cependant, que cet accident est le symptôme d'une affection nerveuse qu'il va falloir combattre avec beaucoup de soins et d'énergie.

« Je me rappelle toujours la parole de mon vieux maître Mazelier qui, chaque année, commençait son cours en disant :

« — Toutes les maladies sont guérissables, à la condition d'être prises à temps. »

« Aucune maladie n'est guérissable si elle est prise trop tard.

« Voilà pourquoi, j'ai la certitude que la crise fâcheuse que traverse en ce moment cette chère enfant, non seulement n'aura pas de conséquences graves, mais sera même de courte durée.

« Ainsi que je viens de le recommander tout à l'heure à sa mère, ce qu'il faut avant tout à cette enfant, c'est un grand repos moral et physique.

« Nous ne l'obtiendrons vraiment que lorsque nous aurons réussi à chasser de son cerveau le souvenir cauchemardant de cette nuit tragique.

« Tout à l'heure, en rentrant chez moi, je vais téléphoner à mon grand ami, le professeur Sérillon qui, en matière de maladie nerveuse, est certainement plus compétent qu'avant lui personne ne l'a jamais été.

« Si vous n'y voyez pas d'inconvénient, je lui demanderai de venir ce soir après dîner voir votre fille avec moi.

« Je suis persuadé qu'il trouvera le moyen, beaucoup mieux que moi, d'apaiser vos anxiétés en hâtant la guérison de Martine.

— Mon cher ami, s'écriait l'industriel, puisque vous le croyez utile, je serais très heureux et ne vois aucun obstacle à ce que votre confrère Sérillon voie mon enfant et je vous remercie de tout mon cœur de la nouvelle preuve d'affection que vous me donnez en cette triste circonstance.

Le capitaine de Monthermé reprenait :

— Permettez-moi, monsieur, de m'associer aux paroles de M. Avrillé et de vous exprimer à mon tour toute ma vive gratitude.

Le docteur Ramey leur serra la main à tous deux ; puis il ajouta :

— Donc à ce soir. En attendant, laissez-là tranquille, absolument tranquille...

« S'il se produisait le moindre incident, — mais il ne se produira rien, — téléphonez-moi immédiatement.

« Vous êtes sûr de me trouver chez moi ; car c'est mon jour de consultation et je vous le répète, à moins d'un accident imprévu... mais il n'y en aura pas ! Le cœur est en parfait état et c'est le principal.

Il s'en fut, accompagné jusqu'à la porte par M. Avrillé et le capitaine Alban de Monthermé.

Lorsque le docteur fut parti, l'aviateur dit à son futur beau-père :

— Vous êtes bien sûr, n'est-ce pas, qu'il nous a dit toute la vérité.

— J'en suis sûr, répliquait Avrillé.

— Ah ! s'il me fallait la perdre, s'écriait Alban !

Mais se raidissant contre la douleur qui l'empoignait, il fit :

— Non, non, je ne peux pas croire une chose pareille !

« Pardonnez-moi, cher monsieur, de me laisser aller, devant vous, à un désespoir aussi injustifié. Mais je viens de vivre des instants si cruels, si effrayants même, que je n'ai pu rester maître de moi. Vous ne m'en voulez point ?

— Moi, vous en vouloir, mon cher enfant, répliquait l'industriel, je ne puis, au contraire, qu'être profondément touché de l'amour si sincère que vous avez pour ma fille.

— Nous la sauverons, n'est-ce pas ?

— Oui, nous la sauverons.

— En attendant, déclarait Alban, je ne dois pas oublier que j'ai un devoir sacré à remplir, celui d'aller demander des comptes au misérable qui est la cause de nos angoisses.

— Oui allez, allez mon cher ami, encourageait M. Florent Avrillé. N'oubliez pas le conseil que je vous ai donné.

— Du calme et de la prudence.

— C'est cela. Dès que vous aurez terminé votre audition, quelle qu'en soit l'issue et quelque tournure que prennent les événements, revenez vite près de moi et nous verrons alors ce que nous avons à faire.

— C'est promis, monsieur.

Tous deux échangèrent une chaleureuse poignée de mains et Monthermé regagna son auto, une torpédo carrossée sport qui filait quand cela était nécessaire à une allure vertigineuse.

Et, mettant son moteur en marche, il murmura :

— Et maintenant, Jacques Moret, à nous deux !

VII

LES DEUX CAPITAINES

L'usine de M. Avrillé s'élevait près de Sartrouville sur les bords de la Seine.

Très importante, elle s'étendait sur une superficie de plusieurs hectares.

Les bâtiments étaient neufs, l'outillage très moderne et remarquablement perfectionné... En plus de cela, l'industriel avait su créer parmi le personnel technique, administratif et ouvrier qu'il employait et qu'il avait recruté avec le plus grand soin, un excellent esprit...

Certes, il exigeait un grand rendement en même temps qu'une sévère discipline ; mais il ne négligeait rien de ce qui pouvait améliorer la situation matérielle et morale de tous.

Il avait établi un restaurant coopératif où l'on pouvait, moyennant des prix très modérés, déjeuner d'une façon saine et même variée, si bien que cela évitait aux ouvriers, aux uns comme aux autres, d'aller dépenser beaucoup d'argent au dehors, pour y manger des aliments trop souvent de qualité inférieure et en qualité insuffisante.

De plus, il avait intéressé tout le monde, du plus petit au plus grand, aux bénéfices et il n'y avait vraiment à être mécontents que ceux qui sont atteints d'un parti pris systématique ou d'un mauvais caractère.

M. Avrillé ne se montrait implaccable que pour les paresseux et les ivrognes. Ceux-là ne traînaient pas longtemps chez lui.

Quant à ceux qui faisaient leur devoir, il les considérait comme des collaborateurs, comme des amis, s'associant effectivement à leurs joies, comme à leurs deuils de famille, bref, réalisant le type du bon patron, comme il en faudrait tant si l'on voulait résoudre réellement, au profit de tous, ce que l'on appelle la question sociale.

Nous ajouterons que l'ordre et la propreté régnaient dans ces vastes établissements et que le coulage, le chapardage, l'inertie, bref tous ces véritables vers rongeurs de l'industrie, étaient complètement ignorés à l'usine de Sartrouville.

Vers une heure de l'après-midi, le capitaine de Monthermé franchissait sur sa torpédo le grand portail qui donnait accès à la cour d'entrée au fond de laquelle s'élevaient les bâtiments administratifs.

Un concierge s'avança vers le capitaine qui avait stoppé aussitôt et il lui demanda, fort poliment, en portant la main à sa casquette :

— Vous désirez, mon capitaine ?

Monthermé répliquait :

— Je voudrais parler à M. le capitaine Jacques Moret.

— En ce moment, il doit être en train de déjeuner, voulez-vous que je l'envoie chercher ?

— Inutile, répliquait Alban, je vais me rendre près de lui. Je suis un de ses amis, le capitaine de Monthermé...

— Je vous avais bien reconnu, répliquait le portier.

— Vous m'avez donc déjà rencontré, mon brave ?

— Non, mais j'ai vu votre portrait dans les journaux et je sais que c'est vous qui commandez l'escadrille des *Hirondelles*.

« Aussi, je n'ai pas besoin de vous dire, mon capitaine, que vous êtes ici comme chez vous.

« Si vous coulez garer votre auto, là, à droite, sous le hangar, c'est là que ces messieurs mettent tous leurs voitures et personne n'y touche jamais.

— C'est entendu, je vous remercie, reprenait Alban.

Il remit son auto en marche et s'en fut la placer dans le hangar qui abritait déjà plusieurs « chignolles ».

Le concierge appelait :

— Théodore !...

Un gamin de douze ans sortit de la loge qui s'élevait près de la porte d'entrée et s'avança vers son père qui fit en désignant Monthermé en train de ranger soigneusement sa voiture :

— Tu vois le capitaine qui est là-bas ?

— Oui, papa !...

— Eh bien, conduis-le au restaurant des ingénieurs et tâche d'être gentil, car c'est encore un as celui-là. Je te souhaite un jour d'en être un pareil !

Le pauvre Théodore s'empressa de rejoindre M. de Monthermé.

— Mon cap'taine, fit-il, en soulevant sa casquette... papa m'a dit de vous conduire jusqu'à la salle à manger des ingénieurs.

Et un peu intimidé, à la pensée qu'il allait servir de guide à un as dont les exploits lui apparaissaient, en son imagination enfantine, comme autant de prouesses fabuleuses, il hasarda :

— Ça ne vous dérange pas, mon cap'taine ?

— Pas du tout... mon petit, affirmait le fiancé de Martine, conquis d'emblée par la gentillesse du gamin.

— Alors, mon cap'taine, si vous voulez bien me suivre ?

— Je ne demande pas mieux.

Théodore fit traverser à l'aviateur la cour d'entrée...

Après avoir contourné les bâtiments de l'administration, ils pénétraient dans une seconde cour rectangulaire, plantée d'arbres et entourée de plusieurs petits pavillons composés d'un rez-de-chaussée et d'un étage, et dont les façades coquettes et fleuries rappelaient celles de ces charmants cottages que l'on remarque dans la campagne, aux environs de Londres.

Théodore se dirigea vers l'un d'eux et dit à l'officier :

— C'est là, mon capitaine.

Monthermé glissa dans la main du petit bonhomme une pièce de deux francs.

Rougissant, Théodore chercha quelques paroles de remerciement...

Il n'eut pas le temps de les prononcer...

Une voix joyeuse s'élevait :

— Ah ! c'est vous, mon cher ami ?

C'était Jacques Moret qui, sortant du pavillon, venait presque de heurter Alban sur le point d'y pénétrer

— Mon cher camarade, attaquait aussitôt Monthermé d'un ton grave, j'ai absolument besoin de vous parler.

Surpris par cette attitude, Jacques s'écriait sur un ton de plaisanterie cordiale :

— Seigneur !... pourquoi cet air tragique ?

— Vous allez le savoir, posait Alban avec fermeté.

— Je ne comprends pas ! faisait le jeune aviateur, que l'attitude de son interlocuteur surprenait maintenant au plus haut point.

Monthermé déclarait :

— L'entretien que nous allons avoir étant strictement confidentiel, je vous prie de bien vouloir m'indiquer un endroit où nous pourrons parler sans courir le risque d'être entendus.

De plus en plus étonné, Jacques Moret reprenait en désignant le pavillon :

— Entrons ici. Au premier étage, il y a une salle de repos où nous serons tranquilles.

« Vous permettez que je vous montre le chemin ?

— Je vous en prie.

Jacques pénétra le premier dans la maison.

Monthermé lui emboîta le pas.

Ils gravirent un escalier et pénétrèrent dans une petite pièce formant un petit salon-bibliothèque, simplement, mais confortablement meublée.

De grands fauteuils de cuir invitaient au délassement...

Sur une table, les feuilles du jour s'étalaient, voisinant avec des publications techniques.

Dès que la porte se fut refermée sur eux, Monthermé qui, ainsi que M. Avrillé le lui avait si instamment recommandé, était bien décidé à conserver tout son sang-froid, entama :

— Capitaine Moret, je vous demande de m'écouter avec tout le calme dont vous êtes capable et de me répondre ensuite avec toute la franchise que je suis en droit d'attendre de vous.

« Il s'agit, en effet, d'une affaire dans laquelle votre honneur est en jeu, que dis-je, en péril.

— Mon honneur en péril! sursautait le héros de l'air...

« Que me dites-vous là, Monthermé... Voyons, ce n'est pas possible !...

« Vous me connaissez pourtant, vous savez bien que je suis incapable, je ne dirai pas d'une lâcheté, d'une félonie, mais d'une simple mauvaise action.

Et se rappelant tout à coup l'histoire de cette lettre anonyme adressée à sa maîtresse et qui avait provoqué entre les Avrillé et lui une explication terminée si nettement à son avantage, il pensa tout haut, reprenant pour son compte l'expression imagée de l'industriel :

— Les crapauds ont encore bavé !

Et d'un ton méprisant, il poursuivit :

— Avant tout, mon cher camarade, permettez-moi de vous déclarer que tout récemment j'ai été l'objet de calomnies d'autant plus odieuses qu'elles étaient anonymes.

— Je suis au courant, répliquait froidement le fiancé de Martine.

Jacques Moret poursuivait avec force :

— Je me doute que la campagne continue et que si vous m'avez demandé un entretien particulier et si je vous vois aujourd'hui un visage aussi préoccupé, je dirai même aussi sévère, c'est parce que vous avez à m'apprendre des choses qui ne sont pas faites pour m'être agréables et mettent sans doute encore en jeu votre fiancée.

Tandis que le jeune aviateur parlait, son aîné se disait :

— Si je n'avais pas eu sous les yeux les preuves indiscutables de sa culpabilité, je me dirais qu'il ne peut pas avoir commis un tel crime, tant son attitude me paraît loyale et son langage sincère.

« Mais pourtant, les faits sont là, décisifs, écrasants...

« Alors, il veut prendre les devants et déclencher son offensive avant la mienne.

« Nous allons bien voir.

Toujours avec la même maîtrise de lui-même, Alban reprenait :

— Capitaine, avant de vous défendre, je crois qu'il est utile que vous sachiez de quoi vous êtes accusé.

— Parlez donc, invitait le jeune aviateur avec nervosité.

Monthermé déclarait aussitôt :

— La nuit dernière, chez les Avrillé, il s'est passé un événement aussi inouï qu'abominable.

Et tout en plongeant son regard dans celui de son interlocuteur, qui l'accepta et le soutint sans la moindre velléité de dérobade, le fiancé de Martine continua :

— Un homme vêtu de noir, coiffé d'un casque d'aviateur et le visage recouvert d'un masque, s'est introduit, vers une heure du matin, dans la chambre de Mlle Avrillé, et après l'avoir bâillonnée et brutalisée, a tenté de se livrer sur elle aux pires outrages.

— Quelle horreur ! s'écriait Jacques avec l'accent d'une indescriptible émotion.

— Attendez ! coupait impérieusement Monthermé.

Puis, âprement, il martela :

— Pendant que Mlle Avrillé se débattait, le masque de cet homme s'est détaché.

« Et savez-vous qui Mlle Avrillé a reconnu dans son agresseur ?

— Comment voulez-vous que je le devine ?

— Vous ! précisait Alban.

— Moi ? s'exclamait Jacques Moret, blême d'indignation.

« Moi !... Vous dites, moi ?

— Oui, vous !

— Mais il faut que Mlle Avrillé ait perdu la raison.

— Capitaine !

— Ou qu'elle ait été l'objet d'une hallucination.

— J'ai moi-même soutenu cette dernière hypothèse, reconnaissait Monthermé, et je m'y fusse certainement arrêté d'une façon définitive si, malheureusement pour vous, vous n'aviez pas laissé rue du Ranelagh deux preuves indiscutables de votre culpabilité.

— Comment ! éclatait Moret, incapable de se contenir davantage. Comment vous, mon frère d'armes, vous, sous les ordres duquel j'ai appris à servir, vous qui m'avez toujours témoigné mieux que de la bienveillance, c'est-à-dire une amitié fraternelle, avez-vous pu, un seul instant, me croire capable d'un crime aussi exécrable ?...

Alban répliquait :

— Cette conviction que j'ai dû me faire, à mon corps défendant, m'a causé la plus affreuse des déceptions et le plus violent chagrin de ma vie.

— C'est effroyable ! s'écriait Jacques Moret... Moi, j'aurais...

« Mais, pourquoi ?

« Dans quel but ?...

« D'abord, les preuves, quelles sont-elles ?...

« Je veux les connaître tout de suite. Quelles qu'elles soient, je me charge de les anéantir.

— Laissons de côté l'affirmation solennelle de Mlle Avrillé.

« Ainsi que je viens de vous le dire, si grande soit ma confiance dans sa sincérité, j'aurais très bien admis qu'elle eût été victime d'un phénomène d'autosuggestion.

« Le cas est plus fréquent qu'on ne le pense.

« Mais cette fois, ce n'est plus un être humain, toujours sujet à l'erreur, qui vous accuse.

« Ce sont des objets inanimés.

« D'abord, votre montre bracelet.

— Ma montre-bracelet ? répétait Jacques Moret.

— Que l'on a trouvée dans le studio qui communique directement avec la chambre de Mlle Martine.

« Puis une échelle de corde que M. Avrillé avait fait fabriquer pour votre usage et qu'il vous a donnée lorsque vous êtes parti pour votre raid de Paris-Buenos-Ayres.

— C'est insensé ! scandait Jacques Moret, qui n'en croyait pas ses oreilles.

— Cette échelle, poursuivait Monthermé, qui, fidèle à la promesse qu'il avait faite au père de sa fiancée, conservait tout son sang-froid, cette échelle a été retrouvée dans le jardin de l'hôtel, au pied du mur qui longe la rue du Ranelagh.

— Et c'est tout ? interrogeait le héros de l'air, tout frémissant de colère.

— Oui, c'est tout ! répondait Monthermé.

Et avec une froideur redoutable, il ajouta :

— Je crois que cela doit suffire.

— A vous peut-être, mais pas à moi.

Et avec l'accent de la plus douloureuse des amertumes, il s'écria :

— Ah ! Monthermé ! Monthermé ! faut-il que votre amour pour Mlle Avrillé vous aveugle, pour que vous me jugiez avec une aussi implacable férocité !...

— Vous avouerez pourtant, ripostait Alban, que tout vous accable.

— Puis-je me défendre à présent ? interrogeait le jeune aviateur, en redressant fièrement la tête.

— Je vous écoute ! acceptait son interlocuteur.

Dominant ses nerfs, Jacques Moret reprenait, sans emportement cette fois, mais avec la netteté et la lucidité d'un homme qui a l'habitude de faire face aux dangers et ne se laisse nullement intimider par l'approche et même l'imminence de la pire des catastrophes :

— Tout d'abord, il est impossible que j'aie pu me trouver la nuit dernière vers une heure du matin, dans la chambre de Mlle Avrillé...

« J'accomplissais un vol de nuit sur une avionnette de la marque *Le Héron*.

« Je suis parti du Bourget à vingt-deux heures, seul, puisque cet appareil ne peut contenir qu'un passager et ayant Bordeaux pour objectif.

« Mon moteur s'est mis à bafouiller entre Orléans et Blois, j'ai dû atterrir au petit bonheur dans une vaste prairie qui s'étend au bord de la Loire et que fort heureusement éclairait la pleine lune.

« J'ai constaté que mes bougies étaient encrassées et que deux étaient fendues.

« Je les ai changées et je suis reparti, mais, constatant bientôt que mon moteur ne marchait pas à plein rendement, j'ai préféré rentrer au Bourget, où je suis arrivé ainsi que l'on peut le constater à deux heures vingt-quatre du matin.

« Je crois que voilà un alibi indiscutable.

« Quant à ma montre-bracelet...

— Auparavant, interrompait Monthermé, je voudrais vous poser une question.

— Faites, ponctuait le jeune aviateur, car encore plus que vous, j'ai intérêt à ce que toute la lumière se fasse, et elle se fera.

— Avez-vous repéré exactement l'endroit où vous avez atterri ?

— Ma foi non ! répliquait Moret. J'avais à ce moment d'autres soucis en tête

— Quelqu'un vous a-t-il vu ? Avez-vous rencontré une personne qui pourrait en témoigner ?

— Non, déclarait sans réticences le jeune aviateur...

« Le pays était absolument désert. A cet endroit, ainsi que vous le savez, la Loire n'est pas navigable.

« J'ai , n'ai remarqué, aux alentours, aucune ferme ni aucun village.

— Voici donc un alibi qu'il sera bien difficile de contrôler, concluait Monthermé, avec logique.

— Pourquoi ? s'étonnait Jacques Moret avec toutes les apparences d'une entière bonne foi.

La réponse ne se fit pas attendre :

— S'il vous sera très aisé, raisonnait Alban, d'établir que vous êtes parti du camp d'aviation du Bourget la nuit dernière à vingt-trois heures et que vous y êtes revenu à deux heures vingt-quatre, comment expliquez-vous l'emploi de votre temps !...

« Comment prouverez-vous qu'à la suite d'une panne, vous avez dû descendre dans une prairie ?

— Capitaine, s'écriait Jacques Moret, je n'aurais jamais cru que vous aviez autant d'aptitudes pour les fonctions d'inquisiteur.

Avec dignité et sans la moindre acrimonie, le fiancé de Martine reprenait :

— Vous avez tort de me juger ainsi...

« Vous m'aviez promis tout à l'heure que vous feriez justice de l'accusation que je porte contre vous, et je l'espérais ardemment, je vous le jure...

« Vous avez imaginé un alibi. Je vous fais observer qu'il n'est guère solide... mais c'est tout... brisons là ?

— Non ! non ! protestait Moret. Je veux aller jusqu'au bout !...

« Ces deux objets que l'on a trouvés chez M. Avrillé, je puis, à leur sujet, vous donner tous les éclaircissements nécessaires.

« En rentrant du bal que les parents de votre fiancée avaient donné en mon honneur, j'ai constaté que ma montre-bracelet avait disparu.

« Ne voulant pas faire de la peine à mon amie qui me l'avait offerte, je lui ai dit qu'un ressort s'étant brisé, je l'avais envoyée à réparer.

« Dès le lendemain, je me suis occupé d'en trouver une pareille, j'y suis parvenu. La voici.

« Quant à l'échelle de corde, je n'ai pas eu à m'en préoccuper, parce que je n'avais pas à en faire usage.

« Si elle ne trouve plus dans la carlingue de mon avion, c'est qu'elle m'a été volée.

« Voulez-vous que nous allions nous en assurer tout de suite ?

— Soit.

Ils s'en furent vers le hangar où était enfermé sous clef l'appareil qui avait servi à Moret pour son dernier raid.

Il n'y avait encore personne dans le hangar.

Jacques Moret invita Monthermé à monter avec lui à bord de l'appareil.

Désignant un coffre qui adhérait à la paroi gauche de la coque, près du banc du pilote, Jacques fit :

— Elle doit être encore là.

Il ouvrit le coffre... Celui-ci était vide.

— Vous voyez, faisait constater le jeune aviateur.

— Quitte à ce que vous me traitiez encore d'inquisiteur, déclarait Monthermé, puis-je vous demander si vous croyez qu'un pareil larcin a pu être facilement accompli.

— Très difficilement, au contraire, répliquait Moret avec une netteté qui parut impressionner favorablement son interlocuteur.

Tous deux descendirent de la carlingue.

Toujours avec le même accent de franchise, Moret continua :

— Ce hangar, nuit et jour, est fermé, ainsi que vous le constatez, par une serrure de sûreté dont il n'existe que trois clefs.

« L'une est entre mes mains.

« L'autre entre celles du mécanicien.

« Quant à la troisième, elle est déposée chez le concierge, qui a ordre de ne s'en dessaisir qu'en cas d'incendie.

« Mon mécanicien m'est dévoué jusqu'à la mort. J'ai éprouvé son attachement en plusieurs circonstances...

« Pas un seul instant, il ne saurait être incriminé.

« Reste le concierge. C'est un ancien militaire, esclave de la consigne, un surveillant d'une conscience et d'un zèle tels qu'on n'en rencontre guère.

« Lui aussi est au-dessus de tout soupçon.

— Et en dehors d'eux, vous ne voyez personne ?

— Personne.

Monthermé faisait observer :

— En défendant ainsi ce concierge et votre mécanicien, ne vous apercevez-vous pas que vous vous accusez vous-même ?

Jacques Moret s'écriait :

— Je ne puis cependant pas mentir et parler contre ma conscience !

Et, avec force, il ajouta :

— Je dis ce qui est, et non pas autre chose.

— Je voudrais tant vous croire ! s'écriait Monthermé ; et, cependant, je ne peux pas.

— Vous ne pouvez pas, répliquait le héros de l'air, parce que, en ce moment, vous êtes encore sous l'impression que vous ont causées les déclarations erronées de votre fiancée et soi-disant la preuve de ma culpabilité.

« Pourquoi ne pas admettre la réalité de ce vol de nuit, de la panne qui m'a forcé à atterrir et à regagner le Bourget ?

« Pourquoi ne pas admettre également que cette montre-bracelet m'a été volée, ainsi que cette échelle ?

« Par qui ? je n'en sais rien encore, mais je vais chercher, et je trouverai.

« Car, voyez-vous, de Monthermé, ainsi que je vous le disais au début de notre entretien, il n'y a pas l'ombre d'un doute, c'est la conspiration ourdie contre M. Avrillé et moi-même qui continue.

« On veut nous abattre tous les deux, lui, en le frappant dans ce qu'il a de plus cher, sa femme et sa fille, et moi, en faisant sombrer mon honneur dans la plus écœurante et la plus honteuse des aventures.

« Accusez-moi publiquement si vous le voulez, étalez donc au grand jour toute cette boue, toute cette ignominie, je saurai me défendre, et vous regretterez alors d'avoir cru un de vos camarades, un de vos compagnons d'armes, capable d'un crime horrible dont la seule pensée me révolte autant qu'elle peut vous révolter vous-même.

« Mais les choses ne vont pas en rester là.

« Vous m'avez accusé d'homme à homme, face à face, seul à seul. Cela ne me suffit pas.

« J'exige qu'immédiatement vous vous

rendiez auprès de mes supérieurs hiérarchiques, que vous les saisissiez d'une plainte contre moi.

« Alors, on fera une enquête, vous citerez des témoins, j'appellerai les miens, vous fournirez des preuves, je répondrai par les miennes.

« Ce sera la lutte, la bataille au grand jour !

« J'en suis sûr, Monthermé, j'en sortirai vainqueur, et vous aurez alors la douleur ineffaçable, non seulement d'avoir accusé injustement un de vos camarades, mais d'avoir encore compromis peut-être le nom sans tache de votre fiancée.

— Qu'osez-vous insinuer là ? s'écriait Alban, en perdant cette fois tout son calme.

— Je n'insinue rien, rectifiait le jeune aviateur ; je considère, au contraire, que Mlle Martine Avrillé doit planer au-dessus de ce débat tragique, et je ne puis que vous renouveler l'expression du profond respect que je lui porte.

« Mais vous connaissez le monde, et sa méchanceté.

« Vous n'ignorez pas les jalousies sournoises et sans scrupules qu'ont suscitées les succès de son père.

« Voilà pourquoi, n'est-ce pas, je vous disais que vous regretteriez d'être tombé dans le piège que lui ont tendu ses ennemis, puisque, si maintenant le scandale éclate, et cela est inévitable, tous ces gredins qui ont machiné dans l'ombre cette atroce comédie ne manqueront pas d'en faire subir les éclaboussures à celle qui représente la plus grande part du bonheur de l'homme qu'ils cherchent à terrasser.

— Qui vous dit, reprenait Monthermé, que je veuille provoquer un scandale ?

« Mon intention, en venant ici, était, au contraire, de traiter cette question dans le plus grand secret, entre nous deux, et je vous dis ceci, Moret : si vous êtes coupable, vous savez ce qui vous reste à faire.

— Quoi donc ?

— Disparaître.

Avec un grand cri d'indignation, Jacques répliquait :

— Croyez-vous donc que j'eusse attendu ce conseil, si j'avais été le misérable que vous pensez ?

« Je me serais tué tout de suite, aussitôt que j'aurais repris conscience de mes actes.

« Car, pour me rendre coupable d'un attentat aussi abominable, il eût fallu que je fusse devenu fou subitement... Et j'ai toute ma raison.

Appuyant ses deux mains sur les épaules de Monthermé, il lui dit, en le fixant bien dans les yeux :

— Je suis innocent... innocent...

Et comme Alban se taisait, Jacques Moret poursuivait :

— Voyons, réfléchissez à votre tour. Pourquoi me serais-je rendu coupable d'un pareil crime ? Pourquoi ?...

Alban de Monthermé observait :

— Mlle Avrillé vous aurait entendu dire : « Je viens me venger. »

— Me venger de quoi ? de qui ?

« Alors, vous adoptez la version des lettres anonymes, que c'est parce que je serais amoureux de Mme Avrillé, et que, furieux de la voir m'échapper, j'ai cherché à déshonorer sa fille ?

« Mais c'est absurde, cela ne tient pas debout.

« Au contraire... que dis-je... tout cela se tient admirablement.

« Ce n'est qu'un tissu de calomnies. En voulez-vous la preuve ? Un soir, le lendemain du bal, j'ai reçu un coup de téléphone, soi-disant de Mlle Avrillé, qui me défendait de poursuivre plus longtemps sa mère de mes prétendues assiduités, et me donnant rendez-vous pour le lendemain à l'entrée du Pré Catelan, si je désirais recevoir de sa bouche des explications supplémentaires.

« Qu'ai-je fait ?

« Dès le lendemain matin, je suis allé trouver M. Avrillé et je l'ai mis au courant de cette démarche aussi extraordinaire qu'inattendue.

« Mlle Avrillé a juré sur la tête de son père et de sa mère qu'elle ne m'avait pas téléphoné.

« Je l'ai crue, ainsi que vous devez bien le penser. Et maintenant vous sentez-vous toujours aussi fort pour m'accuser ?

« Monthermé, vous qui êtes l'honneur même, demandez-vous une dernière fois si vraiment une chose pareille est possible.

« Quand on vient de risquer sa vie, et qu'on la risque tous les jours comme je le fais ; quand on est prêt à la risquer encore, — et mieux que tout autre vous savez ce que c'est, — on ne se dégrade pas, on ne s'abaisse pas, on ne s'avilit pas à un tel point ; et quand bien même — ce qui n'est pas — aurais-je été emporté par une passion coupable vers la femme de mon bienfaiteur, uniquement par dépit amoureux, aurais-je fait ce que vous dites ?

« Non, non, vous ne le croyez plus maintenant, je le lis dans vos yeux, qui, comme les miens, sont prêts à se mouiller de larmes.

« Déjà, mon ami, vous regrettez d'avoir douté de ma sincérité, parce que, bien mieux que les arguments que je vous ai donnés et que j'ai opposés à vos preuves faussement décisives, vous avez lu dans mon cœur, vous avez pénétré dans mon âme, et, reconnaissant votre erreur, vous n'attendez plus que le moment où je vais vous tendre la main pour me la serrer avec toute l'expression de notre amitié reconquise.

— Eh bien, oui, vous avez raison, s'écriait Monthermé, au comble de l'émotion, et il ne me reste plus, mon cher camarade, qu'à vous demander pardon de vous avoir ainsi offensé.

— Je vous pardonne, mon cher Alban, déclarait noblement le jeune aviateur, d'autant plus facilement et sincèrement qu'à votre place, moi aussi, j'eusse sans doute agi comme vous venez de le faire.

« Je sais que vous aimez Mlle Martine Avrillé d'un amour admirable et qui ne doit pouvoir supporter aucune atteinte.

« Je comprends donc très bien que, ayant appris tout ce que vous venez de me dire, vous soyez accouru ici, et cela a même été très bien de votre part d'avoir tenu à avoir avant tout avec moi une entrevue confidentielle.

« Dans cette affaire, après avoir vu en moi un ennemi, et quel ennemi ! il faut que vous me considériez comme un allié.

« Il faut que nous fassions bloc contre l'ennemi commun qui nous guette et cherche à nous frapper tous dans l'ombre, vous maintenant aussi bien que les autres.

— Soit, acquiesçait Monthermé, mais que faire ? Avez-vous une idée, un plan ?

— Laissez-moi réfléchir. Voulez-vous me donner jusqu'à demain matin neuf heures ?

« J'ai besoin de ce temps pour remettre en ordre toutes mes idées.

« Si vous y consentez, je me rendrai chez vous et nous aurons une conversation, au cours de laquelle nous pourrons établir les bases d'un plan de la campagne que nous aurons à mener contre un ennemi inconnu, donc invisible.

« Maintenant, laissez-moi vous poser une dernière question.

— Parlez, je vous en prie !

— M. Avrillé, naturellement, croit à ma culpabilité ?

— Quand je l'ai quitté, ce matin, déclarait Monthermé, il en était persuadé.

— Eh bien, mon cher ami, je viens vous demander de bien vouloir faire tous vos efforts pour l'amener à partager votre conviction en mon innocence.

— C'est ce que je me proposais de faire immédiatement, déclarait Alban.

— Merci. Je n'en attendais pas moins de votre loyauté.

Spontanément, les mains des deux aviateurs se tendirent l'une vers l'autre ; puis ils s'étreignirent longuement.

Monthermé, maintenant, en était sûr... Jacques Moret était innocent !

VIII

MONSIEUR CHANTECOQ

Lorsque, une heure après environ, le capitaine de Monthermé pénétra dans le cabinet de travail de M. Florent Avrillé, il aperçut, assis en face de l'industriel, installé à son bureau, un homme de quarante à cinquante ans environ, vêtu avec une sobre élégance, complètement imberbe, au profil de médaille, à l'œil vif, perçant, et à la physionomie essentiellement franche et sympathique.

A sa vue, le fiancé de Martine fit :

— Monsieur Avrillé, excusez-moi, je ne savais pas que vous étiez occupé, et l'on ne m'avait pas dit que vous n'étiez pas seul.

— Mon cher ami, reprenait Florent, sans présenter d'ailleurs l'un à l'autre son visiteur et le nouveau venu, vous pouvez tout dire devant Monsieur. Il est au courant de l'affaire.

Monthermé jeta un rapide regard vers le mystérieux personnage, qui se contenta d'un léger sourire, accompagné d'un hochement de tête approbatif.

Monthermé, qui était encore tout ému de l'entretien qu'il venait d'avoir avec Jacques Moret, répliquait :

— Monsieur Avrillé, je tiens à vous dire, tout d'abord, que, maintenant, j'ai la conviction que Jacques Moret est innocent...

Le visiteur accentua son sourire, tout en gardant toujours le silence.

L'industriel reprenait :

— C'est justement ce qu'était en train de me dire ce monsieur.

Et, s'adressant à ce dernier, il ajouta :

— Vous permettez, maintenant, que je dévoile à mon futur gendre votre identité ?

— Certainement, déclarait l'inconnu.

Le père de Martine reprenait :

— Monsieur Chantecoq, l'illustre détective, qui, ayant appris que je lui avais téléphoné plusieurs fois pendant son absence, a bien voulu venir, dès son retour, me rendre visite.

« Je viens de lui révéler toute la vérité, et je dois vous dire que, sans la moindre hésitation, monsieur Chantecoq, après m'avoir écouté religieusement, c'est le cas de le dire, a commencé par me déclarer très nettement qu'il fallait mettre immédiatement hors de cause le capitaine Jacques Moret.

« Je n'ai pas besoin de vous dire que j'en ai ressenti une grande joie, car rien ne m'était plus douloureux que de penser qu'un homme, qui vient d'illustrer si glorieusement son pays, ait pu se déshonorer à ce point !

« Voici donc un point nettement acquis.

— Alors, questionnait le capitaine de Monthermé, Martine aurait donc été, ainsi que nous l'avions pensé tout d'abord, l'objet d'un phénomène d'autosuggestion ?

— Cela est infiniment probable, déclarait Chantecoq, à moins que... Mais, par exemple, je vous demanderais que ceci restât bien entre nous !

— Vous pouvez compter sur notre discrétion, affirmait l'industriel.

— Eh bien, je voulais dire, reprenait le détective, qu'il se peut très bien que le véritable auteur de cet attentat se soit fait la tête du lieutenant Moret. N'auriez-vous pas, par hasard, sa photographie ?

— Si, parfaitement, répliquait M. Avrillé.

Il ouvrit l'un des tiroirs de son grand bureau, et il y introduisit la main.

— Tiens, c'est bizarre, fit-il, je croyais

avoir placé là ce portrait. Comment se fait-il qu'il ait disparu ?

Chantecoq eut un léger frémissement des narines. On eût dit un limier déjà prêt à partir sur une piste.

Avrillé, qui semblait très surpris de ne plus trouver la photo en question, se préparait à ouvrir un autre tiroir. Mais Chantecoq l'arrêta en disant :

— Ne vous donnez pas cette peine, monsieur.

« D'ailleurs, je me rappelle fort bien avoir vu, dans les journaux, le portrait de ce jeune aviateur. Il a une tête assez caractéristique, et, somme toute, assez facile à copier, surtout pour quelqu'un qui a une grande habitude du camouflage. Ainsi, moi, si j'avais... mettons vingt ans de moins, je me chargerais de me faire la tête de Jacques Moret d'une façon tellement saisissante, que vous-mêmes, messieurs, seriez incapables de vous en apercevoir.

— Mais vous, monsieur Chantecoq, faisait observer Avrillé, je sais que vous êtes passé maître dans l'art du maquillage, et que, sur ce point, vous êtes même, dit-on, inimitable.

— On exagère, faisait modestement le grand détective ; certes, j'aurais mauvaise grâce à ne pas reconnaître ce qui est une partie de mon métier, que je connais à fond, mais je ne suis pas le seul à posséder ce talent, et il se peut fort bien que l'individu qui a réussi à se faire passer pour Jacques Moret soit, lui aussi, un as dans ce genre.

« Je voulais simplement exprimer que, si Mlle Avrillé a la conviction fort explicable qu'elle a bien reconnu Jacques Moret dans l'immonde gredin qui cherchait à la violenter, il est aussi certain que ce n'est pas lui, que la bonne foi de Mlle Avrillé est absolue.

— Donc, complot ? posait l'industriel.

— Ah ! monsieur Avrillé, n'allons pas si vite, déclarait Chantecoq, toujours avec son aimable sourire.

« Complot, en effet, implique l'idée de plusieurs individus associés dans un but précis.

« Or, à l'heure actuelle, je suis insuffisamment documenté, et je n'ai pas assez eu le loisir de la réflexion pour pouvoir me faire déjà une opinion exacte à ce sujet.

« L'intention de vous nuire est évidente, mais est-elle faite d'un ou de plusieurs individus ?

« Il serait bien téméraire de ma part de la préciser.

« L'affaire, je ne vous le cache pas, est excessivement grave et en même temps fort compliquée.

« Qu'allons-nous découvrir ?

« Mon flair me répond quelque chose de formidable.

« Il s'agit donc de manœuvrer avec la plus grande prudence.

« Y a-t-il des complicités dans la place ?

« De prime abord, cela me semble bien difficile à établir, après les renseignements si favorables que vous m'avez donnés vous-même de tous vos domestiques.

« Mais il faut parfois se méfier de l'eau qui dort, et je ne vous cacherai pas que mes recherches vont d'abord s'orienter de ce côté.

« Après, toutefois, que j'aurai eu, avec le capitaine Jacques Moret, une conversation au cours de laquelle je pourrai peut-être recueillir d'appréciables renseignements sur les circonstances dans lesquelles a disparu son bracelet-montre, et dans lesquelles on lui a volé son échelle de corde.

Monthermé intervenait :

— Je viens d'avoir une conversation très nette et très explicite à ce sujet avec Moret.

« Je ne vous parlerai pas de l'alibi qu'il m'a fourni, alibi qui m'a d'ailleurs paru discutable ; cela n'a aucune importance, puisque nous sommes absolument d'accord pour le mettre entièrement hors de cause.

« Pour le bracelet-montre, il m'a dit que c'était en rentrant du bal offert par

M. Avrillé qu'il s'est aperçu de la disparition de ce bijou.

— Donc, observait Chantecoq, comme s'il se parlait à lui-même, ce bracelet-montre aurait très bien pu se détacher lorsque Jacques Moret dansait et, par conséquent, être subtilisé par quelqu'un qui assistait au bal.

« Tout à l'heure, je vous demanderai, monsieur Avrillé, d'ajouter, dans le dossier que vous m'avez préparé, la liste aussi exacte que possible de vos invités.

— Rien de plus facile, cher monsieur, déclarait l'industriel.

Chantecoq, qui poursuivait son enquête avec cet esprit de logique et de méthode qui n'était pas une de ses moindres qualités, reprenait aussitôt :

— Maintenant, parlons un peu de l'échelle de corde.

Monthermé mit au courant le détective de la scène qui s'était déroulée entre Moret et lui dans le hangar où était enfermé l'appareil.

Chantecoq, que ces déclarations semblaient vivement intéresser, reprit, toujours en souriant :

— Ça, par exemple, voilà qui n'est pas banal.

« Vous me dites bien qu'il y a trois clefs pour ouvrir la serrure de sûreté du hangar ?

— Parfaitement, monsieur Chantecoq ; l'une est entre les mains du capitaine Moret, l'autre entre celles du mécanicien qui lui est affecté, et la troisième, enfin, confiée à la garde du concierge, un vieux soldat à l'abri de tout soupçon.

« Le problème, donc, se pose de la façon suivante : comment le malfaiteur a-t-il pu s'introduire dans le hangar ?

Monthermé déclarait :

— C'est ce que le capitaine Moret m'a déclaré à moi-même incapable d'expliquer.

— J'en fais mon affaire, déclarait Chantecoq avec une tranquillité absolue.

Et il continua :

— Je vous remercie, capitaine, des renseignements très intéressants que vous venez de nous fournir et qui ne font que confirmer l'opinion que je m'étais faite au sujet des événements qu'avec tant de précision et de netteté M. Avrillé m'avait déjà racontés.

« Ma besogne s'en trouve singulièrement facilitée par le temps gagné que vous me procurez.

« Et le temps gagné, en matière de police, c'est le meilleur des auxiliaires.

« Il est donc inutile que je voie le capitaine Moret, du moins pour l'instant...

« Il ne m'apprendrait rien de plus que ce que vous m'avez dit vous-même...

« Vous pourriez cependant lui faire savoir que je vais partir à la chasse du ou des coupables et que j'espère bien que je ne tarderai pas à mettre la main sur son sosie.

— Si je lui téléphonais tout de suite ! s'écriait l'industriel.

— Oh ! non, pas de coup de téléphone ayant trait à l'affaire, surtout en ce moment.

— Entendu, cher monsieur Chantecoq, se soumettait le père de Martine, en éloignant sa main de l'appareil téléphonique, qu'il s'apprêtait à décrocher.

Et il ajouta :

— J'aurais pourtant bien voulu lui faire savoir tout de suite, en même temps que mes regrets de l'avoir soupçonné, ma joie de savoir qu'il n'a pas cessé un seul instant de mériter mon affection et mon estime.

Le grand limier que le public, parmi lequel il était si populaire, avait si justement surnommé le roi des détectives, reprenait avec une autorité que tempérait une autorité charmante :

— Cher monsieur, je suis sûr que cela fera encore plus de plaisir au capitaine Moret, si vous lui dites tout cela vous-même.

« Revenons, si vous le voulez bien, au sujet qui nous occupe.

« Je me vois obligé de vous poser quelques questions.

— Faites, je vous en prie.

— En plus du personnel domestique que vous m'avez énuméré, et parmi lesquels vous ne découvrez aucun suspect, n'avez-vous pas ici d'autres employés ?

— Si, mon secrétaire, Philippe Potier.

— Ah ! bien.

— Je commence par vous déclarer qu'il est tombé assez gravement malade, deux jours avant que j'eusse reçu la lettre anonyme que je vous ai montrée tout à l'heure.

— Vous dites deux jours avant ? insistait le limier.

— Parfaitement.

— Bien.

Sans prendre aucune note, ainsi qu'il en avait l'habitude, enregistrant dans sa prodigieuse mémoire les faits importants, ainsi que les moindres détails, Chantecoq poursuivait :

— Quel homme est-ce, ce Philippe Potier ?

— Un très brave garçon, d'une intelligence moyenne, mais d'une discrétion, d'une honnêteté et d'un dévouement absolus.

— Depuis combien de temps est-il à votre service ?

— Depuis quinze ans, et je n'ai jamais eu un reproche à lui faire.

— Quel âge ?

— Quarante-deux ans.

— Marié ?

— Célibataire.

— De la famille ?

— Non. Entre nous, monsieur Chantecoq, Potier est un enfant de l'Assistance publique.

— Tiens ! ponctua le roi des détectives.

— Est-ce que vous le soupçonneriez ? interrogeait Florent, un peu interloqué.

— Pas plus lui que d'autres, affirmait le limier... Je me documente, voilà tout... et cela m'est indispensable, car je ne suis pas de ceux qui se lancent au hasard et sans avoir approfondi d'avance, sur la première piste venue.

« Croyez-moi, monsieur Avrillé, il n'y a pas de métier où le travail préparatoire soit plus indispensable que dans la police.

— J'en suis convaincu, déclarait le père de Martine, voilà pourquoi, monsieur Chantecoq, ne vous gênez nullement pour me poser toutes les questions que vous jugerez utiles.

« Je vous répondrai toujours avec la meilleure volonté du monde, trop heureux si je puis être pour vous un utile auxiliaire.

Avec cette bonne humeur cordiale qui lui conquérait immédiatement tous les cœurs, le limier répliquait :

— Vous l'êtes déjà, cher monsieur, ainsi que le capitaine de Monthermé.

« Vous ne vous figurez pas combien, grâce à vous deux, mon enquête marche, je ne dis pas encore à pas de géant, mais d'un bon pas de chasseur à pied, ce qui revient presque au même.

— Vous m'en voyez ravi, déclarait le chef de l'escadrille des *Hirondelles*.

Jugeant que cette digression avait assez duré, Chantecoq, qui détestait changer de sujet lorsque celui qu'il traitait n'était pas entièrement épuisé, reprenait de suite avec entrain :

— Voulez-vous, monsieur Avrillé, que nous revenions à votre secrétaire ?

— Très volontiers, répliquait Florent.

Le limier précisait :

— Tout à l'heure, vous m'avez parlé de ses qualités, mais vous ne m'avez rien dit de ses défauts... N'en aurait-il point ?

— Si, quelques-uns.

— Lesquels ?

Sans la moindre hésitation, l'industriel révélait :

— Il est d'abord vieux garçon endurci, assez renfermé, cachottier même. Cela, sans doute, tient à ce qu'il n'a jamais eu de parents et qu'il a été rudement élevé par des étrangers qui ne lui ont jamais témoigné aucune affection.

« Ainsi, depuis qu'il est chez moi, je n'ai

jamais pu savoir où il passait ses dimanches.

« Quand je l'ai interrogé à ce sujet, il m'a toujours répondu d'une façon évasive.

« Je crois qu'il écrit des tragédies en vers. Un jour, j'ai trouvé sur sa table un cahier qu'il avait laissé là par mégarde.

« J'ai eu la curiosité de l'ouvrir, et j'ai lu, en grosse écriture moulée à l'encre rouge, ce titre : *Le fils de Salammbô*, drame en cinq actes en vers, destiné à la Comédie-Française, ou, au pis aller, à l'Odéon.

— Passion très innocente, soulignait Monthermé.

— En effet, reconnaissait Avrillé.

« Aussi, pour ne pas effaroucher sa modestie, je lui ai dit le lendemain, en lui remettant son cahier :

« — Hier, Potier, vous avez oublié ceci.

« Le pauvre diable a rougi jusque derrière les oreilles, et d'une voix timide et presque bégayante, il m'a demandé :

« — Monsieur, avez-vous lu ?

« — Non, mon cher ami, lui ai-je dit. Je n'ai eu ni le temps, ni l'idée de feuilleter ces pages.

« Et, afin de le rassurer, j'ai ajouté :

« — Est-ce que, par hasard, mon cher Potier, vous écririez vos *mémoires ?*

« De rouge, il est devenu écarlate, et il a littéralement bafouillé :

« — Non, monsieur, ce ne sont pas mes *mémoires*... ce sont des... des bagatelles...

« Et prestement, il a remis sa « bagatelle » dans la poche de son veston..

— C'est donc un timide, concluait Chantecoq.

— Plus qu'un timide. Quand je l'invite à déjeuner, même dans l'intimité, il ne sait plus où se fourrer.

« Il ose à peine toucher aux mets qui sont dans son assiette... Sa main tremble en approchant son verre de sa bouche. Il lui est même arrivé, au cours des repas, d'appeler ma femme « mademoiselle » et ma fille « madame ».

— Il est complet.

— Oh ! plus que complet, mais, ainsi que vous le voyez, monsieur Chantecoq, ce sont plutôt des travers que des défauts.

— Il ne joue pas aux courses ?

— Lui ! risquer un centime sur un cheval ! je crois qu'il préférerait encore le donner à un pauvre, bien qu'il ne brille pas précisément par la générosité.

— Donc, il est d'une avarice que l'on pourrait qualifier de sordide.

— Je suis obligé de le reconnaître.

— Lui connaît-on des maîtresses ?

— Aucune.

— Pour un poète, ou plutôt non, un homme qui a la prétention de l'être, voilà qui n'est pas banal.

— C'est un original, définissait l'industriel, un faiseur de rêves ou plutôt songe-vivant.

— Mon cher Alban, vous qui le connaissez bien, n'est-ce pas, que c'est tout à fait cela ?

— Tout à fait, approuvait le capitaine.

Chantecoq écoutait avec une attention toujours aussi soutenue M. Avrillé, qui continuait :

— Tenez, je me rappelle la réponse qu'il me fit un jour, réponse qui, mieux que tout, vous dépeindra le bonhomme.

« Comme je lui demandais s'il n'avait jamais été amoureux, il eut un sursaut, et, levant les yeux au ciel, il me répondit, en poussant un profond soupir :

« — Oui, monsieur Avrillé, je suis amoureux, amoureux d'une étoile.

« Et il ajouta cette phrase, qu'il semblait puiser tout au fond de lui-même.

« — Mais les étoiles ne s'accrochent qu'au firmament ou sur la poitrine des braves.

« Et il s'en fut en s'essuyant les yeux.

« Je ne me suis plus jamais permis de renouveler cette question, car je me suis aperçu que je lui avais fait de la peine.

Chantecoq reprenait :

— Ainsi qu'Arvers l'a chanté dans son immortel sonnet :

Son âme a son secret
SON CŒUR *a son mystère*

— L'étoile en question, fit le père de Martine, est peut-être une gentille petite blanchisseuse ou une plantureuse crémière.

— Qui sait ? fit le détective. Enfin, c'est son affaire.

Puis, revenant aux interrogations directes, il scanda :

— Où demeure-t-il ?

— A Montmartre, 37, rue Lepic.

— Lorsqu'il est bien portant, il vient ici tous les jours ?

— Tous les matins, à neuf heures, il est là... Il ouvre le courrier, me le communique, je lui dicte mes réponses, et, l'après-midi, il les tape à la machine.

— Dans cette pièce ?

— Non, dans un petit bureau attenant au mien.

— Puis-je y jeter un coup d'œil ?

— Très volontiers.

Florent se leva et s'en fut ouvrir une petite porte qui se trouvait placée derrière lui.

Chantecoq s'approcha, jeta un coup d'œil dans la pièce assez exiguë qui servait de bureau au secrétaire de l'industriel.

Elle renfermait une table qui supportait une machine à écrire, recouverte de sa housse en cuir, un fauteuil en bois recourbé, deux chaises et un cartonnier.

— Parfait ! déclarait le détective, dont l'œil si instinctivement investigateur n'avait rien laissé dans l'ombre.

Quand il eut terminé son rapide examen, il reprit :

— Tout à l'heure, monsieur Avrillé, vous me disiez que votre secrétaire était tombé malade deux jours avant que vous eussiez reçu la première lettre anonyme ?

— C'est cela même.

— Depuis ce moment, M. Potier a-t-il reparu chez vous ?

— Non, monsieur...

« Chaque jour, je fais prendre de ses nouvelles... La brave femme qui fait son ménage a déclaré à mon envoyé que M. Potier était atteint d'une fluxion de poitrine et qu'il en avait au moins pour trois semaines avant de se rétablir.

« Si je n'avais pas été très pris, et ensuite très troublé par le drame mystérieux qui vient de se passer dans ma maison, je serais certainement allé le voir.

« Si, cet après-midi ou demain, j'ai un instant à moi, je le ferai de grand cœur.

— Monsieur Avrillé, reprenait le détective avec gravité, puis-je vous demander de vous abstenir de cette visite ?

— Monsieur Chantecoq, je ne saisis pas très bien... Vous venez de m'affirmer que vous n'aviez aucun soupçon à l'égard de Potier...

« Puis-je, à mon tour, vous prier de me dire pourquoi vous ne tenez pas à ce que je me rende auprès de lui ?

Avec une rondeur bien faite pour inspirer la confiance, le grand limier ripostait :

— Cher monsieur, j'ai une déclaration de principe à vous faire... Je suis très méthodique, très maniaque... si vous le préférez.

« Ne vous froissez pas, surtout, de ce que je vais vous dire... je serais si désolé de vous déplaire...

« Je ne demande, au contraire, qu'à vous être agréable... Mais voilà, quand je suis ce qu'on appelle en action, je m'interdis rigoureusement de répondre aux questions que l'on me pose, parce que cela risque de me troubler, de me dérouter, de me distraire, et surtout de m'inspirer des avis ou des indications, des suggestions qui, par le fait qu'ils sont hâtifs, risquent de me lancer sur une mauvaise route.

« Laissez-moi, à ce sujet, vous raconter une brève anecdote.

« Un jour, le roi de l'un de nos plus

grands pays d'Europe me fait venir dans le secret le plus absolu, et me charge de débrouiller, toujours dans le plus grand mystère, une énigme familiale qui n'était pas sans l'inquiéter vivement.

« Je me mets au travail.

« Le lendemain, le roi me fait venir et me questionne.

« Je lui réponds :

« — Sire, je ne puis encore rien vous dire.

« Sa Majesté le prend de très haut et s'écrie :

« — Sachez, monsieur, qu'un roi doit tout savoir.

« Vexé, du tac au tac, je lui réponds :

« — Alors, sire, pourquoi m'avez-vous fait venir ?

Avrillé, amusé, demandait :

— Qu'a répondu le roi ?

— Il a d'abord tiqué assez fortement, répliquait le détective, puis, comme Pandore à son brigadier, il m'a dit :

« — Monsieur Chantecoq, vous avez raison.

L'industriel, littéralement conquis par le grand limier, s'exclama :

— Comme je ne veux pas être plus royaliste que le roi, je m'engage à ne plus vous poser de questions.

— Et moi, déclarait le grand limier, enchanté d'avoir été tout de suite si bien compris, je m'engage à tout mettre en œuvre, non seulement pour vous débarrasser de vos ennemis, mais encore pour vous donner le moyen de leur procurer le châtiment qu'ils méritent.

Et le policier martela avec force :

— Au cours de ma déjà longue carrière, j'ai été appelé à faire la connaissance d'un certain nombre de criminels et d'en aider beaucoup, les uns à porter leurs têtes sur l'échafaud, les autres à s'embarquer pour la Guyane ou à séjourner pendant plus ou moins d'années dans ces établissements pénitentiaires qui, quoi qu'on en dise, n'ont aucune espèce de rapport avec un casino, même de dernière catégorie.

« Eh bien, messieurs, rarement j'ai été autant révolté que par l'attentat abominable dont Mlle Avrillé eût été certainement victime si elle ne s'était pas défendue avec un courage admirable contre son agresseur.

« Et savez-vous pourquoi ?

« D'abord, parce que je ne trouve rien de plus abject que de chercher à briser les cœurs d'un père et d'une mère en s'attaquant ignoblement, sauvagement à l'honneur de leur fille, mais parce que je juge non moins infâme de s'ingénier à traîner dans la boue et à faire passer pour le plus lâche des criminels un jeune aviateur, un officier français qui, en se couvrant de la gloire la plus pure et la plus rayonnante, n'a pas fait que s'illustrer lui-même, mais a encore grandi son pays.

« Voilà pourquoi j'ai accepté avec tant d'enthousiasme, tant de ferveur la mission dont M. Avrillé a bien voulu me charger. J'ose espérer que je me montrerai digne de sa confiance.

Spontanément, l'industriel tendit la main à Chantecoq, qui s'en empara et la serra chaleureusement, ainsi que celle du capitaine de Monthermé, qui s'écria :

— Je vous remercie, monsieur, pour ma fiancée et aussi pour l'aviation française.

— Avant de me remercier, mon cher capitaine, attendez que j'aie réussi.

— Vous réussirez, j'en suis sûr, s'écriait le fiancé de Martine.

— Jusqu'ici, observait Florent, n'avez-vous pas toujours été vainqueur ?

— Un de mes principes, déclarait modestement Chantecoq, est de ne jamais vendre la peau de l'ours avant qu'il ne soit à terre.

Monthermé lançait :

— Quoi qu'il en soit, je préférerais être dans votre peau que dans celle de l'ours, d'abord parce que je serais dans celle d'un honnête homme, puis parce que si habile, si retors, si peu scrupuleux soient nos adversaires, je connais trop bien la longue et brillante série de vos exploits pour ne pas être convaincu que, très promptement, vous aurez éclairci, comme eût dit Balzac, *cette ténébreuse affaire.*

— Je suis très flatté, capitaine, de l'opinion que vous avez de moi.

« Mais, jusqu'à présent, je marche presque à tâtons.

« C'est à peine si je viens d'allumer ma lanterne...

« Cependant, sans trop m'avancer, je puis déjà vous dire que, malgré l'obscurité presque complète qui m'environne, je crois apercevoir cependant au lointain quelques petites lueurs qui ne sont pas précisément de mauvais augure.

— Bravo ! s'écriait Avrillé.

Monthermé allait poser une question au détective, mais se rappelant la déclaration de principe que ce dernier venait de leur faire, il s'arrêta à temps et se contenta d'ajouter en écho :

— Bravo ! Bravo !

Chantecoq reprenait :

— Maintenant, assez discuté et raisonné.

« Des paroles, passons aux actes...

« Monsieur Avrillé, je vais vous prier de me confier les lettres anonymes que vous m'avez communiquées tout à l'heure...

— Les voici ! acquiesçait l'industriel, en remettant au policier une « chemise » qui contenait les documents en question.

Chantecoq reprenait :

— Je vous serais très reconnaissant si vous vouliez me donner aussi la liste des invités qui assistaient à votre bal.

Florent ouvrit un tiroir de sa table et en sortit un dossier méticuleusement rangé, d'où il retira plusieurs feuilles dactylographiées qu'il remit au limier.

Celui-ci déclarait en souriant :

— Avec cela, j'ai de quoi m'amuser... mais ce n'est pas tout.

« Il s'agit maintenant de « réaliser » au plus vite.

« Monsieur Avrillé, vous allez dire que, si je refuse de répondre aux questions, moi j'en pose de très nombreuses et parfois même de très indiscrètes.

— Il le faut, monsieur Chantecoq... Tout, dans l'intérêt de la vérité.

Le détective reprenait :

— Alors, je n'éprouve plus aucun scrupule à vous demander si, parmi vos parents et vos amis de province ou de l'étranger, il n'en est pas un qui ne soit pas connu de Mme Avrillé, ni de Mlle Martine, ni d'aucun de vos serviteurs.

L'industriel chercha un instant dans sa mémoire. Puis il reprit :

— Je ne vois pas ça tout de suite.

— Vous êtes bien en correspondance ou en relations d'affaires avec le directeur d'une importante maison anglaise, américaine ou autre ?

— Oui.

— Alors, tout va coller admirablement.

« Il faut que vous annonciez à Mme Avrillé, dans l'après-midi, que vous avez reçu un télégramme d'un constructeur d'avions anglais, sir Robertson, qui vient s'entendre avec vous au sujet d'une collaboration éventuelle. Ce Robert ne sera autre que moi.

— Naturellement.

— Vous m'inviterez à descendre chez vous, et j'accepterai, après avoir fait, pour la forme, quelques petites difficultés.

« Vous me donnerez une chambre, celle qui vous conviendra le mieux, et vous n'aurez qu'à me laisser faire.

— C'est entendu, monsieur Chantecoq, acceptait Florent, et soyez sûr que je serai enchanté de vous avoir comme hôte, même sous les traits d'un collègue britannique que je ne connais d'ailleurs ni d'Eve ni d'Adam, puisqu'il n'existe que dans votre fertile imagination.

— J'arriverai vers sept heures avec mes malles, et je dînerai donc à votre table ; vous voyez comme je suis indiscret !

— Pas du tout.

— J'ai encore une autre requête à vous adresser. Dans l'affaire qui nous occupe, je vais avoir besoin de la collaboration de mon secrétaire, un garçon extrêmement intelligent, habile, sérieux et dévoué, qui connaît mes habitudes et parfois même devine ma pensée sans que j'aie besoin de l'exprimer.

« Je l'ai surnommé Météor, parce que, bien qu'il ne soit doué d'aucune faculté surnaturelle, il a le don tout précieux et tout particulier de paraître ou de disparaître avec une facilité ébouriffante.

« Vous le croyez là, devant vous, près de votre table de travail ?

« Ah ! bien oui, il est au premier étage, en train de se faire la barbe ou bien de se camoufler.

« Vous vous figurez qu'il est dans la rue, près de vous ?

« Pas du tout, il a déjà franchi la chaussée et il est en train d'observer les allées et venues d'un individu qui lui paraît sujet à caution.

« Vous croyez, au contraire, qu'il est loin, très loin, dans un quartier excentrique de Paris ou même dans un coin retiré de banlieue ?

« Erreur, Météor est là, en face de vous, il vous parle, il vous renseigne, il vous demande des directives, toujours prêts à repartir et à revenir avec la même étourdissante rapidité.

— Je vois, en effet, monsieur Chantecoq, soulignait Monthermé, que vous avez en ce Météor un collaborateur inestimable.

— C'est ainsi que je le juge, et voilà pourquoi, dans des expéditions aussi délicates que celle-ci, je ne m'en sépare jamais.

— Rien de plus simple, observait Florent, vous n'avez qu'à le faire passer pour votre secrétaire, je le recevrai avec beaucoup de plaisir.

« Je mettrai même à sa disposition une chambre voisine de la vôtre.

— Je vous remercie infiniment de votre obligeance, s'écriait Chantecoq, mais j'ai une autre proposition à vous faire.

« Je préférerais, si vous n'y voyez pas d'inconvénient, qu'au lieu que Météor passât pour mon secrétaire, il fût, pendant le temps qui me sera nécessaire, considéré comme le vôtre.

— Comme il vous plaira, consentait l'industriel.

— En ce cas, poursuivait le limier, il ne se présentera que demain matin, vers neuf heures, pour remplacer M. Potier. Vous n'aurez qu'à faire semblant de lui dicter votre courrier...

« Ah ! au fait, j'y pense, vous aviez peut-être déjà donné un remplaçant à votre secrétaire défaillant ?

— Non, non, répliquait Florent Avrillé, j'emportais tous les jours mon courrier à l'usine, où la dactylo de mon ingénieur en chef se chargeait de cette besogne.

— Très bien, ponctuait le détective. Pour aujourd'hui, je ne vois pas autre chose à vous dire, ni à vous demander.

« Je vais donc rentrer chez moi, me maquiller en industriel anglais et, à sept heures sonnant, je sonnerai à votre porte.

— Entendu, monsieur Chantecoq.

« Vous voyez que je ne vous ai plus posé aucune question ? Etes-vous satisfait de moi ?

Modestement, le roi des détectives ripostait :

— Je voudrais l'être autant de moi-même.

« Un dernier mot, cependant : vous avez peut-être été surpris que je vous demande de ne pas révéler ma véritable identité à Mme Avrillé ?

— J'ai pensé, monsieur Chantecoq, que vous deviez avoir pour cela une bonne raison.

— Je n'en ai qu'une... J'estime que, dans une affaire aussi grave, si grande soit la confiance que l'on puisse avoir envers ceux et celles qui vous entourent, il est préférable de ne mettre que le minimum de personnes dans ses confidences.

« Je vous prie donc instamment de ne point parler de moi à Mlle Avrillé.

— La pauvre petite, déclarait Florent, elle ne serait guère en état de vous entendre.

« Elle est plongée, depuis ce matin, dans une sorte d'état cataleptique.

« Malgré les affirmations si sûres de mon médecin, cela n'est pas sans m'inquiéter. Il doit y avoir ce soir une consultation entre le professeur Sérillon et notre docteur.

— Je souhaite, déclarait Chantecoq avec sincérité, que les pronostics de votre docteur soient exacts et que bientôt Mlle Avrillé, délivrée de l'affreux cauchemar qui doit si cruellement, si obstinément la hanter, retrouve à la fois le repos de son esprit, toute sa santé, toute sa jeunesse.

Monthermé, à ces mots, exprima une profonde émotion. Mais Chantecoq n'était pas homme à s'attarder en effusions, si touchantes soient-elles. Déjà il prenait congé de l'industriel et du capitaine, qui, de nouveau, lui serrèrent cordialement la main.

Lorsque Alban de Monthermé fut seul avec son beau-père, il lui dit :

— Ce détective a produit sur moi une excellente impression.

— Moi aussi, appuyait le père de Martine.

Et il ajouta :

— Je ne serais pas autrement surpris qu'il fût déjà sur la route de la vérité.

Comme il prononçait ces mots, Mme Avrillé apparut subitement dans le bureau.

Cette fois, son visage ne portait aucune trace de bouleversement ni d'épouvante. L'espérance, au contraire illuminait son beau visage et tout de suite elle s'écria :

— Martine vient de revenir à elle. Venez vite, car elle vous demande tous les deux.

. . . .

Lorsqu'ils pénétrèrent dans la chambre de Martine : la jeune fille était assise dans son lit, le visage déjà beaucoup moins pâle, les yeux toujours fermés, et la tête languissamment appuyée sur les oreillers. Elle tendit vers son père et son fiancé une main encore lasse, si lasse, qu'aussitôt elle laissa retomber près d'elle.

Florent se précipita vers sa fille et la serra tendrement dans ses bras ; puis, s'effaçant, il laissa Alban s'approcher d'elle.

Celui-ci lui prit la main et, avec ferveur, y appuya ses lèvres.

A ce contact, il ne put réprimer un léger tressaillement, il venait d'avoir l'impression qu'il avait embrassé une morte.

— Alors, interrogeait M. Avrillé, te sens-tu un peu mieux, ma chérie ?

— Oui, père, répondait la jeune fille, d'une voix faible, tandis que sa mère, délicatement, ménageant bien tous ses gestes, relevait légèrement les oreillers.

Avec effort, Martine poursuivit :

— Tout à l'heure, lorsque je suis revenue à moi, et que je me suis retrouvée dans ma chambre, je n'en croyais pas mes yeux ; car ce matin, lorsque j'ai perdu connaissance, dans les bras de ma chère petite maman, j'avais eu l'impression que mon âme me quittait, que je mourais, que j'étais morte...

« Il s'est produit alors une chose tout à étrange : je me suis vue étendue sur un lit, inerte, toute blanche, comme si on n'attendait plus que l'instant de m'ensevelir.

« Maman pleurait tendrement, penchée vers moi. Je l'ai entendue m'appeler, je l'ai senti me prodiguer ses soins, cherchant à me faire revenir à moi, puis s'éloigner, aller dans le studio, partir affolée, revenir avec vous, je vous ai vus tous les deux, toi, papa et vous, Alban.

« La douleur était sur vos visages, et maman pourtant ne m'a rien dit... N'est-ce pas, mère, que tu ne m'as rien dit ?

— Non, ma chérie...

— Vous êtes bien allés dans le studio, n'est-ce pas, pendant que le docteur m'examinait ? Je pourrais même répéter les paroles qu'il a prononcées... je l'ai très bien entendu.

« La preuve, c'est que, ce soir, il doit revenir avec le professeur Sérillon...

« C'est extraordinaire, n'est-ce pas? on aurait dit que j'avais un don de double vue, ou plutôt que j'étais comme dédoublée; que, d'un côté, il y avait mon corps, et, de l'autre, mon âme...

« Et, tandis que l'un demeurait là, figé, inutile, paralysé, sans vie, l'autre, au contraire, se montrait d'une activité agissante que je ne lui avais jamais connue.

— Il faudra dire tout cela ce soir au docteur, conseillait M. Avrillé...

— Les docteurs... je ne veux pas les voir, déclarait Martine avec énervement.

— Pourquoi ? questionnait sa mère.

— Parce que, maintenant, je sens que je n'ai plus besoin de leurs soins. Demain, tu verras, mère, j'irai bien, tout à fait bien.

« Savez-vous ce qui me rappelle ainsi à l'existence et qui va me rendre mes forces? c'est la pensée que l'homme qui s'est attaqué à moi ne tardera pas à être à jamais flétri par la justice et par l'opinion publique.

— Martine, s'écria Alban, dans un élan de loyauté magnifique, laissez-moi vous dire que Jacques Moret...

Mais, d'un coup d'œil rapide et impérieux, l'industriel lui imposait le silence...

Tour à tour, Martine regarda son père d'un air à la fois méfiant et étonné.

M. Avrillé reprenait :

— Ma chère enfant, Alban voulait dire que le capitaine Moret n'est pas encore arrêté.

— Ah ! et pourquoi ? questionnait Martine.

— Parce que répondait son père, nous avons préféré ne pas porter une plainte officielle contre lui.

— Pourquoi ? questionnait Martine.

Monthermé, qui avait compris du premier coup la tactique de son futur beau-père, répliquait, certain cette fois d'être approuvé par lui :

— Nous avons jugé, ma chère Martine, votre père et moi, qu'il était aussi dangereux qu'inutile de jeter votre nom en pâture à la malignité publique en étalant un scandale dont nos ennemis sauraient tirer contre nous un parti regrettable.

— Alors, s'écriait Martine, M. Jacques Moret ne sera pas puni ?

— Ma chère enfant, intervenait Avrillé, tu n'es pas encore assez forte pour pouvoir soutenir davantage une conversation aussi pénible pour toi.

« Fais-nous crédit, à ton fiancé et à moi, et tu ne tarderas pas à apprendre que, non seulement ton honneur n'aura pas même été éclaboussé de la moindre tache, mais encore que celui qui a voulu le ternir d'une honte ineffaçable a expié son affreux forfait.

Cette adroite réponse parut apaiser les inquiétudes de Martine, et, détournant sa mère, qui n'avait pas quitté son chevet, demanda :

— Mère, je voudrais bien prendre quelque chose qui me réconforte; car je ne voudrais pas retomber de nouveau dans ces ténèbres, dans ce néant, qui m'est apparu comme l'antichambre de la mort.

« C'est si épouvantable de se sentir s'en aller ainsi.

— Que désires-tu prendre ? interrogeait la mère, tendrement empressée.

— Un peu de bouillon, cela me fera du bien, cela me réchauffera, car je me sens encore très froide à l'intérieur.

« J'ai l'impression que, pendant plusieurs heures, j'ai été en marbre.

Mme Avrillé s'en fut sonner la femme de chambre.

Son mari se pencha vers Martine et lui dit :

— Nous allons te laisser, Alban et moi, car tu dois avoir encore besoin de repos.

— Oui, c'est vrai, je suis anéantie, dit la jeune fille que l'on devinait encore toute brisée.

Et elle ajouta d'une voix dolente :

— Merci d'être venus, je vous aime tant, tous les deux...

« Vous reviendrez ce soir, n'est-ce pas, me

tenir un peu compagnie. Oh ! j'espère bien être debout demain.

— Ne va pas trop vite, conseillait Florent.

— Pas d'imprudence, appuyait le capitaine.

— En attendant, père, souriait vaguement Martine, tu seras bien gentil de téléphoner tout de suite au docteur Ramey que, lui, je veux bien le voir, mais je ne veux pas entendre parler de Sérillon...

— Pourquoi ?

— Parce que je n'ai plus rien, rien...

— Ne l'énerve pas, intervenait Antoinette Avrillé.. Elle a encore besoin de grands ménagements.

— Nous partons, décidait l'industriel, trop heureux de voir sa fille aussi promptement revenue à un état normal pour insister davantage.

Il s'en fut avec Monthermé qui guettait sur les lèvres de sa fiancée une parole qui eût achevé d'apaiser ses craintes, d'effacer toutes ses angoisses. Mais la jeune fille fit simplement :

— Au revoir, Alban...

Dans cet au revoir, le jeune officier crut remarquer une expression de profonde tristesse. Instinctivement, son cœur se serra.

Mais Avrillé, le prenant par le bras, l'entraînait en disant :

— Ah ! je crois que, cette fois, tout va s'arranger au delà de nos espérances. Martine commence à échapper à l'empreinte du cauchemar qu'elle a vécu.

« Chantecoq s'est formellement engagé à nous livrer promptement *le* ou *les* coupables.

« Maintenant, mon cher Alban, nous pouvons être tranquilles.

« Il ne nous reste plus qu'à aller trouver ce malheureux Jacques Moret, que nous avons si injustement accusé, et à lui dire combien nous sommes heureux d'être sûrs, à présent, de son innocence.

D'une voix un peu embarrassée, Monthermé disait à son futur beau-père :

— Puis-je vous demander, cher monsieur, pourquoi vous n'avez pas voulu tout à l'heure révéler à Martine que ce n'était pas Jacques Moret qui avait pénétré dans sa chambre.

L'industriel répondait :

— Rappelez-vous les recommandations que nous a faites ce matin le docteur Ramey.

L'officier faisait :

— Oui, je me souviens, il nous a dit surtout de la laisser tranquille.

— Voilà pourquoi je n'ai pas voulu me lancer dans des explications qui l'eussent forcément beaucoup fatiguée.

« Qui sait même si, encore sous l'influence de ce qu'elle a cru voir ou de ce qu'elle a vu, elle aurait admis qu'elle avait commis une erreur ou qu'elle avait été trompée.

« En tout cas, il valait mieux éviter à tout prix une discussion à ce sujet entre elle et nous.

« Quoiqu'elle en dise, elle a encore besoin de beaucoup de ménagements et il est indispensable de lui éviter, jusqu'à nouvel ordre, toute émotion prématurée.

« Lorsque Chantecoq aura découvert le véritable criminel, nous la mettrons en face de la vérité, de l'évidence.

« C'est, je le crois, beaucoup plus prudent.

— En effet, reconnaissait Alban, je n'avais pas pensé à tout cela.

« Monsieur Avrillé, vous êtes la sagesse même.

« Mais dites-moi, allez-vous, conformément au désir exprimé par Martine, contremander la consultation qui doit avoir lieu ce soir ?

— Je vais téléphoner tout de suite au docteur Ramey.

« Ensuite, nous filerons jusqu'à Sartrouville, où doit se trouver Jacques Moret... car j'ai hâte de le voir, et de mettre un point final à l'horrible malentendu qui a failli nous séparer à tout jamais.

L'industriel se rendit dans son cabinet de travail avec son futur gendre.

Il se dirigeait vers son bureau, sur lequel

se trouvait placé son appareil téléphonique lorsqu'il aperçut, étalée sur son buvard, une enveloppe blanche qui portait son adresse tapée à la machine et accompagnée de cette double mention : *Urgente et personnelle.*

Il l'ouvrit aussitôt à l'aide d'un coupe-papier et il en retira une feuille de papier pliée en quatre sur laquelle ces lignes étaient dactylographiées :

« Monsieur Avrillé,

« Je viens de voir, sortant de chez vous, le « fameux policier privé Chantecoq, dit le « roi des détectives ».

« M. Chantecoq vous a dit, — car, si je « vois tout, j'entends tout également, — « donc, M. Chantecoq vous a dit que ce « n'était pas le capitaine Jacques Moret qui « s'était introduit nuitamment auprès de « Mlle votre fille et avait cherché à la violen- « ter, mais que c'était l'agent de l'un de vos « ennemis qui s'était fait la tête du jeune et « célèbre aviateur.

« Décidément, ce détective est doué d'une « imagination qu'envieraient bien des ro- « manciers.

« L'affaire, *que je connais bien*, est beau- « coup plus simple. Aussi, je vous conseille « vivement de prier M. Chantecoq de rester « chez lui et cela, dans votre intérêt, et dans « celui de Mlle votre fille.

« En persistant à vouloir rechercher une « vérité qu'il vaut beaucoup mieux pour « vous ne pas connaître, vous risquez de « provoquer un scandale dont votre hon- « neur ainsi que celui de la charmante fian- « cée d'Alban de Monthermé risquent d'être « à jamais éclaboussés d'une honte ineffa- « çable.

« UN AMI SINCÈRE. »

Le père de Martine, qui avait lu le message avec une stupeur croissante, le passa au capitaine en disant :

— Prenez connaissance, mon cher... car cela dépasse les bornes de tout.

Lorsque Monthermé, non moins stupéfait que Florent, eut terminé sa lecture, il s'écria :

— C'est inouï !... Il y a une demi-heure que Chantecoq est parti.

— Mettons trois quarts d'heure.

— Et voilà que déjà une lettre vous parvient, établissant d'une façon péremptoire que la conversation que vous avez eue avec le détective a été entendue.

« Ici, les murs ont donc des oreilles ?

Et, s'animant de plus en plus, le fiancé de Martine scanda :

— Nos ennemis ont certainement ici un complice, un espion...

— Espérons que Chantecoq ne tardera pas à le découvrir.

« En attendant, nous pouvons toujours chercher à savoir qui a déposé cette lettre dans votre bureau.

Tout en reprenant la missive que lui tendait Alban et en la serrant dans son portefeuille, M. Avrillé déclarait :

— Ne bougeons pas, au contraire.

« Chantecoq sera ici à sept heures...

« Mais, j'y songe ; si l'auteur de cette lettre a, comme il le prétend, — et cela doit être, — entendu notre conversation avec le détective, celui-ci est grillé et il lui devient impossible de réaliser ce personnage d'industriel anglais grâce auquel il comptait s'introduire chez moi en toute sécurité.

« Il va falloir aussi qu'il renonce à remplacer mon secrétaire par le sien.

— Evidemment, appuyait Alban de Monthermé.

Et il ajouta :

— Voilà un avatar qui va déranger bien malencontreusement les plans de Chantecoq.

— Il faut le prévenir tout de suite, décidait l'industriel.

« Par téléphone ?...

« Ce serait imprudent.

« Lui écrire ?...

« Cela demanderait trop de temps...

« Je vais plutôt me rendre chez lui tout de suite...

« Vous, mon cher Alban, filez vite à Sartrouville... Rejoignez Moret... Dites-lui de ma part les mots que vous sentez aussi bien que moi-même... Et revenez ici !

« Je vous mettrai alors au courant de ce qu'aura décidé Chantecoq.

— C'est entendu, cher monsieur.

Ils se séparèrent, l'un pour filer jusqu'à l'usine, dans sa rapide torpédo sport, l'autre pour gagner l'avenue de Vergy, qui donne avenue des Ternes, et où demeurait le roi des détectives.

IX

OU L'ON VOIT QUE CHANTECOQ, TEL UN CHAT, SAIT TOUJOURS RETOMBER SUR SES PATTES

Dans le vaste et clair studio situé au rez-de chaussée de sa villa et qui ressemblait beaucoup plus à un cabinet de travail d'un homme de lettres qu'à celui d'un détective privé, Chantecoq, tout en souriant avec une malicieuse finesse, lisait, ou plutôt relisait le billet anonyme que M. Avrillé venait de lui apporter au moment où il allait commencer dans le véritable cabinet de toilette-laboratoire attenant à son studio, à se camoufler en industriel anglais.

Reposant le papier sur la table, et dirigeant son regard vers le père de Martine, visiblement contrarié, et même empoisonné, par ce contretemps, il fit, au plus vif étonnement de ce dernier :

— Tout cela est parfait. L'ennemi est moins fort que je ne le pensais, puisque, dans cette lettre par laquelle il croit si naïvement nous intimider, il nous apporte au contraire la preuve matérielle qu'il a une oreille et un œil, ou plutôt deux yeux et deux oreilles ouverts dans votre maison.

« Cela, voyez-vous, monsieur Avrillé, c'est énorme, HÉNAURME, comme eût dit notre grand Flaubert, l'immortel auteur de *Madame Bovary et de l'Education sentimentale*.

« Décidément, songeait l'industriel, cet homme est formidable...

« Rien ne le décourage, ne le démonte, ne l'abat...

« On dirait, au contraire, que l'obstacle le surexcite. »

En effet, le grand limier, avec un entrain de plus en plus vif, poursuivait :

— Alors, cet X... ou ces Z... mystérieux se figurent qu'ils vont me faire peur ?

« Ils me connaissent bien mal.

« Quant à vous, monsieur, vous avez donné, dans votre existence de capitaine d'industrie, trop de preuves d'énergie et je lis dans votre regard une trop ardente volonté d'aboutir pour ne pas être déjà certain que, loin de renoncer à la lutte, vous entendez, au contraire, la continuer jusqu'au bout, c'est-à-dire jusqu'à la victoire finale.

Florent martelait:

— On ne saurait mieux deviner et interpréter ma pensée.

— Nous sommes donc bien d'accord ?

— Absolument.

Et Chantecoq de s'exclamer joyeusement :

— *All right !* comme disent les Anglais.

« Mais, pour l'instant, nous allons laisser la Grande-Bretagne tranquille.

« Il va falloir que je cherche un moyen de m'introduire chez vous autrement que sous les traits de votre collègue Robertson.

« Quant à Météor, je vais lui trouver un autre déguisement...

« Quelques secondes de réflexion, vous permettez ?

— Je vous en prie.

Chantecoq allait s'isoler dans ses pensées lorsque, tout à coup, il fit :

— Excusez-moi, monsieur Avrillé, si je ne vous ai pas encore demandé des nouvelles de Mlle votre fille.

— Elle va beaucoup mieux, répliquait Florent... Elle est sortie de cet état cataleptique qui nous inquiétait fort, et, bien que très faible encore, elle a pu soutenir avec sa mère, son fiancé et moi, une conversation de quelques instants.

— Lui avez-vous parlé de moi ?

— Je m'en suis d'autant plus gardé que vous aviez beaucoup insisté pour qu'en dehors du capitaine de Monthermé et moi, tous, y compris ma femme et ma fille, demeurassent dans l'ignorance de votre intervention.

— Parfait !

— Je me suis également abstenu de lui apprendre que l'innocence de Jacques Moret était reconnue.

« Le médecin, en effet, m'a recommandé de lui éviter toute émotion. C'est ce que j'ai fait... Je m'en suis bien trouvé.

« Avant de venir vous voir, je suis remonté près d'elle... Elle dormait tranquillement... Son visage était complètement détendu... Son sang avait repris sa circulation normale... Ses joues, ce matin si pâles, se coloraient même d'un léger incarnat.

« Je me suis empressé de téléphoner cette bonne nouvelle à notre médecin qui en a été tellement satisfait qu'aussitôt, ainsi que Martine, une heure auparavant, m'en avait manifesté le désir, il a contremandé la consultation qu'il devait avoir dans la soirée avec le professeur Sérillon.

— Vous m'en voyez enchanté, cher monsieur, déclarait le roi des détectives.

— Me voilà, en effet, rassuré de ce côté, reprenait l'industriel.

« D'ailleurs, mon médecin me l'avait bien dit, que Martine n'était pas en danger, et j'ai la plus grande confiance dans le docteur Ramey.

Au prononcé de ce nom, Chantecoq eut une exclamation joyeuse :

— Ah ! par exemple ! voilà qui est amusant !

« Comment ! le docteur Ramey est votre médecin ?

— Mais oui ! répliquait Avrillé... Peut-être est-il aussi le vôtre ?

— Il l'a été, il y a déjà un certain temps... répondit le limier qui précisa :

« C'était en janvier 1915... J'étais mobilisé comme capitaine d'infanterie... Je fus grièvement blessé... Passons... Cela n'a plus pour moi qu'un vague intérêt rétrospectif...

« Ce qui est curieux, c'est que je fus précisément soigné, et avec quelle intelligence, quel dévouement, par le docteur Ramey, et que, depuis ce moment, bien que doué d'une santé de fer, je n'aie plus eu jamais besoin de ses services, nous sommes demeurés les meilleurs amis de la terre.

L'industriel constatait :

— Voilà une rencontre pour le moins imprévue.

— Dites providentielle, se réjouissait le limier... Car elle va me donner le moyen de pénétrer chez vous, et d'y faire pénétrer mon secrétaire sans que nous courions le risque de nous faire repérer par ce mystérieux Argus qui n'a peut-être ni cent yeux, ni cent oreilles, mais sait, du moins fort bien se servir des organes visuels et auditifs dont l'a gratifié la nature.

— Par exemple ! ne pouvait s'empêcher de s'écrier Florent, je me demande comment...

Et, souriant à son tour, il prit un léger temps puis il fit :

— Excusez-moi, monsieur Chantecoq, j'allais vous poser une question.

— Mais non ! rectifiait gaiement le détective...

« Vous n'avez pas dit :

« Je vous demande... » mais « Je me demande... »

« Saisissez-vous la nuance ?... C'est vous

et non moi que vous interrogez... Je n'ai rien à dire.

Puis, se levant, il fit cordialement:

— Monsieur Avrillé, disposez-vous d'un quart d'heure ?... mettons vingt minutes...

— Certainement.

— Eh bien, veuillez m'attendre... Sur mon bureau, vous trouverez des journaux, des revues...

« Dans cette bibliothèque, vous pourrez choisir le livre qui vous plaira.

« J'ai dit vingt minutes, n'est-ce pas... Eh bien, je reviendrai vous dire au bout de vingt minutes comment je vais m'y prendre pour pénétrer chez vous avec mon secrétaire, et cela sans être reconnu par personne.

« Vous m'attendez ?

— Si je vous attends ! scanda l'industriel, de plus en plus émerveillé par le brio du détective.

Celui-ci s'en fut par une petite porte.

Demeuré seul, M. Avrillé suivit le conseil que lui avait donné le détective et prit au hasard un journal et en commença la lecture.

Mais son esprit était ailleurs... ses yeux ne parvenaient pas à se fixer sur les caractères d'imprimerie.

Il se disait :

« Maintenant, j'en suis persuadé, Chantecoq ne va pas tarder à découvrir la vérité...

« Mais que vais-je apprendre ?...

« Ce complot est-il encore l'œuvre de ce Ducouroux qui a déjà tenté de mettre le feu à mon usine et de faire sauter un de mes appareils ?

« Quel est ce complice qui a réussi à s'introduire chez moi ?

De nouveau, il passait en revue tout son personnel depuis Philippe Potier jusqu'à la fille de cuisine.

Dans la confiance si justifiée que lui inspiraient chacun d'entre eux, il ne parvenait pas à fixer ses soupçons.

Alors, il se disait :

« Je suis ridicule de me fatiguer le cerveau en des recherches aussi déprimantes qu'inutiles... Un autre s'en est chargé, et quel autre !

« Le mieux est de me tenir tranquille et d'attendre avec sérénité la suite des événements qui ne vont pas tarder d'ailleurs à se précipiter. »

Mais, malgré lui, Avrillé était toujours obsédé par cette question qui se posait sans cesse à son esprit sous la forme d'un seul mot, d'une unique syllabe :

« Qui ? »

La porte du studio s'ouvrait et un valet de chambre, qui avait conservé dans ses allures un je ne sais quoi de militaire, faisait pénétrer dans la pièce une femme d'un âge bien défini qui était revêtue d'un costume d'infirmière.

Elle était suivie par un monsieur d'une cinquantaine d'années dont la vue arracha cette exclamation au père de Martine :

— Comment ! c'est vous, mon cher Ramey ?

Pour répondre, le nouvel arrivant attendit que le valet de chambre eût refermé la porte.

Alors, s'avançant vers l'industriel, tandis que l'infirmière s'effaçait discrètement dans l'un des coins du studio, il fit:

— Alors, vous trouvez que je lui ressemble ?

— Comment ! c'est vous, monsieur Chantecoq ?... s'exclamait Avrillé, qui avait reconnu la voix claire et bien timbrée du détective.

— Hé ! oui, c'est moi.

— Ah ! c'est inouï.

— Alors, je n'ai pas trop mal « pigé » ce cher docteur ?...

— C'est tout simplement ébouriffant de ressemblance... Les gestes, l'attitude, l'expression, c'est lui, en chair et en os.

— J'en suis ravi.

— Je crois que, s'il se voyait en vous, il se dirait : « C'est moi ! »

Toujours modeste, le limier reprenait :

— Ramey est d'ailleurs très facile à « copier ». Plusieurs fois, je me suis amusé à lui faire des blagues.

« Un jour, je me suis présenté, camouflé ainsi à un de ses cours, en même temps que lui... Il était complètement affolé...

« — Je suis deux ! s'est-il écrié.

« Pendant un moment, il me l'a avoué depuis, il a cru au dédoublement physique de sa personnalité.

— Le fait est que, c'est formidable ! admirait l'industriel.

« Mais avec qui... Diable ! j'allais vous poser une question.

— Inutile ! J'ai deviné... Vous voudriez savoir qui m'a appris cet art si difficile du maquillage ?

« A cela, je puis vous répondre immédiatement :

« C'est l'un des plus grands acteurs qui aient jamais existé et qui était passé maître dans cet art si difficile, si délicat, d'adapter sa personnalité à celle des autres.

« Rappelez-vous ses sublimes créations de l'*Emigré*, de la *Griffe*, de *Crainquebille*, des *Cinq messieurs de Francfort*, de *Talleyrand*, de *Pasteur*...

— Lucien Guitry ?

— Lui-même !

« C'était un de mes intimes amis... Il a bien voulu me donner des conseils.

— Et vous en avez profité ?

— De mon mieux.

— Ça se voit.

« Encore tous mes compliments !...

— Gardons les corbeilles de fleurs pour la fin de la pièce, plaisantait Chantecoq... et rentrons en plein corps dans l'affaire.

Et le grand détective, redevenu sérieux, demanda :

— Qui se trouve auprès de Mlle votre fille ?

— Ma femme. Le docteur Ramey, en effet, a interdit à son chevet la présence de toute personne étrangère.

— Il a très bien fait, à tous points de vue... approuvait le limier, et notamment au mien.

« Voilà une décision qui va faciliter grandement ma tâche.

« Maintenant, je vais vous dire comment nous allons procéder.

« Je vous prie, cher monsieur, dès que vous serez rentré chez vous, de faire courir dans votre maison le bruit que le docteur Ramey doit venir voir Mlle votre fille vers dix-neuf heures, accompagné de son infirmière qui doit remplacer Mme Avrillé auprès de la malade.

— Rien de plus facile...

— Alors, expliquait Chantecoq, une fois dans la maison, je me charge du reste.

— C'est entendu, affirmait l'industriel. Je vois que, décidément, vous êtes un homme de ressource.

— J'ai, en effet, plusieurs tours dans mon sac.

Puis, se retournant vers l'infirmière qui, fort discrètement, était restée dans son coin, le roi des détectives ajouta :

— Au fait, j'avais oublié de vous présenter mon secrétaire.

— Comment ! s'écria l'industriel, Mademoiselle... c'est M. Météor ?

— Parfaitement.

— Mes félicitations reprenait le père de Martine. Sans doute, vous aussi, monsieur, avez-vous pris des leçons de maquillage avec le regretté Lucien Guitry.

— Non, monsieur, répondait la fausse infirmière avec son plus gracieux sourire ; c'est mon patron qui m'a fait travailler, et je suis trop heureux si j'ai réussi à profiter de ses excellentes leçons.

— Maintenant, reprenait Chantecoq, en attendant que nous nous rendions chez vous, cher monsieur, nous allons examiner, mon secrétaire et moi le dossier que vous nous avez remis.

« Je vous demande, également, de conserver la lettre que vous m'avez apportée tout à l'heure.

— Certainement, acquiesçait l'industriel. Et il ajouta :

— Je vous quitte, monsieur Chantecoq et je rentre directement à la maison pour y préparer votre arrivée.

« Mais il ne faudrait pas que vous vous rencontriez chez moi avec le docteur Ramey.

— Tranquillisez-vous, déclarait le limier, j'en fais mon affaire !

Florent serra la main du détective et celle de son secrétaire ; puis il se retira, accompagné par le maître de la maison jusqu'au seuil de la porte du studio.

Quand il eut disparu, Chantecoq revint vers Météor et lui dit :

— Allons, tout va bien, et je crois que nous allons découvrir chez cet excellent homme qu'est M. Avrillé, un de ces pots au roses...

Il n'acheva pas, craignant sans doute d'en avoir dit trop long, car, même avec son secrétaire, lorsqu'il était en action, il se gardait toujours de prononcer des paroles qu'il considérait comme inutiles et prématurées.

Il s'en fut à son téléphone, demanda le numéro du docteur Ramey, quand il l'eut obtenu, il fit :

— Ici Chantecoq. Le docteur Ramey ?

— Oui.

— Je vous demande pardon, mon cher, de vous déranger en pleine consultation, mais j'ai absolument besoin de vous voir le plus promptement possible.

« Est-ce que je puis passer chez vous entre dix-huit et dix-neuf heures ?...

« Bien... entendu, merci et encore pardon...

— Voyons, reprenait Chantecoq, il est dix-sept heures, nous avons encore une bonne heure pour travailler, profitons-en.

« Au fait, mon vieux Météor, j'ai oublié de te donner un nom... Et bien tu t'appelleras Mme Constance... Tu seras veuve de guerre... sans enfant... et tu afficheras des sentiments très patriotiques... C'est très bien porté dans la maison où nous allons...

« As-tu bien compris tout ce que je t'ai dit ?... Bien retenu tout ?...

— Oui, patron.

— Tu n'as pas d'explications à me demander ?

— Je voudrais savoir, autant que possible, ce que je vais faire ce soir avec vous ?

— Comment veux-tu que je te le dise, puisque je n'en sais rien moi-même.

« En effet, si je suis l'homme des préparations, je suis aussi celui de l'imprévu et je suis convaincu que cette nuit, ne sera pas sans nous réserver quelque surprise.

« Aussi le mieux est-il de ne pas nous livrer à des pronostics ou à des calculs ou à des plans que les événements pourraient démentir.

« Occupons-nous, maintenant, de ce que l'on appelle les contingences, c'est-à-dire de ces lettres anonymes qui ont été, évidemment, écrites ou, plutôt inspirées par un seul et même individu...

« Tu les as lues attentivement ?

— Oui, patron...

« As-tu remarqué, soit dans leur rédaction, soit dans la façon dont elles ont été tapées, quelques éléments dignes d'être retenus ?

Très fier d'être consulté par son maître qui lui inspirait une admiration et un attachement sans bornes, Météor se gonfla les joues, ce qui signifiait qu'il se préparait à prononcer d'importantes paroles...

En effet, il attaqua, tandis que Chantecoq bourrait consciencieusement sa pipe :

— Patron, pour moi, il n'y a pas d'erreur, ces lettres-là ont été inspirées par quelqu'un qui est très jaloux...

— Pas mal, continue, fit le détective, en lançant une bouffée de tabac vers le plafond. Est-ce un concurrent de M. Avrillé ?

— Ça m'étonnerait.

— Ah ! ah ! ponctua Chantecoq d'un air un peu mystérieux.

— J'ai dit une bêtise ?... faisait Météor subitement inquiet.

— Pas du tout, je retiens seulement ton appréciation, reprenait le limier, ça va, ça va même très bien, au contraire, parle, continue...

Météor allait se gonfler les joues, Chantecoq plaisanta :

— Ah çà ! quand auras-tu donc perdu la mauvaise habitude de transformer ton visage en baudruche, comme si tu voulais donner l'impression que tu as une fluxion, ou si tu te préparais avec une paille à lancer des bulles de savon !...

— Excusez-moi, patron, c'est un tic ; mais puisqu'il vous déplaît, je ferai l'impossible pour m'en corriger.

— Très bien, approuvait Chantecoq.

— Patron, je vous disais donc que je ne croyais pas, contrairement à l'avis de M. Avrillé, que ce soit un de ses concurrents, un de ses ennemis en affaires, qui se soit amusé à lui jouer ce tour-là...

« D'abord, il faudrait vraiment qu'il fût à la fois bien imprudent et bien canaille.

« Je crois bien qu'il s'agit plutôt d'un amoureux évincé, qui, après avoir jeté les yeux sur Mlle Avrillé, aurait appris que celle-ci allait épouser le capitaine Alban de Monthermé et en aurait conçu un tel dépit, une telle rage, qu'il aurait songé, afin d'empêcher cette union, à s'offrir le luxe, comment dirai-je bien... enfin oui... se payer la fantaisie de faire ce qu'il a fait, ou tout au moins de ce qu'il a tenté de faire.

« Alors, pour être bien sûr de l'impunité, il se serait fabriqué la tête plus ou moins approximative du capitaine Jacques Moret et voilà !...

— Météor mon garçon, reprenait Chantecoq, autant la première partie de ton raisonnement me semble exacte, autant la seconde me paraît sujette à caution.

— Ah ! vous croyez, patron ?...

— J'en suis sûr. Est-ce que tu as vérifié les dates des lettres anonymes qui figurent au dossier ?

— Ma foi non, patron !...

— Négligence ! Météor, grave négligence !

« Retiens bien ceci, c'est qu'en matière de police la date ou les dates sont toujours d'une importance capitale, et la preuve, c'est qu'il va me suffire d'une seule pour jeter par terre toute la deuxième partie de ton raisonnement.

« La date de la première lettre anonyme précède de plusieurs jours l'annonce des fiançailles officielles de Mlle Avrillé et du capitaine de Monthermé...

« Oh !... je sais ce que tu m'objectes déjà... que ces fiançailles peuvent très bien avoir été décidées depuis quelque temps et que, par conséquent, avant que les journaux n'en parlassent, le bruit avait très bien pu s'en répandre, tout au moins dans l'entourage direct des Avrillé.

« C'est bien cela que tu penses, n'est-ce pas ?

— Oui, patron.

— Eh bien, mon petit bonhomme, tu te fourres le doigt dans l'œil, jusqu'au coude, plus loin encore, jusqu'à l'épaule.

« Moi aussi, je le reconnais, j'ai été un moment — un peu turlupiné — par cette idée que tu viens de me développer.

« Aussi, une des première choses que j'ai faites, ça été de m'informer auprès de M. Avrillé, le plus adroitement possible si ces fiançailles n'avaient pas déjà été décidées depuis un certain temps.

« Il m'a répondu que non, et qu'il avait été même fort étonné, lorsque sa fille lui avait annoncé qu'elle aimait le chef de l'escadrille des *Hirondelles* et qu'elle était décidée à l'épouser.

« Donc, ne nous attardons pas sur le chapitre de jalousie...

« Evidemment, il doit y avoir de cela, mais peut-être l'attentat a-t-il un autre mobile.

« Lequel ? je ne sais pas, je cherche. Evidemment, il y a là dessous un problème psychologique, très énigmatique, très troublant.

« J'arriverais peut-être à le solutionner, par la force du raisonnement... Mais cela demanderait beaucoup trop de temps et j'ai l'impression que dans cette affaire, il va falloir aller très vite.

« Si nous nous attardons trop à nous demander le comment et le pourquoi des choses, nous bafouillerons lamentablement.

— Ça, patron, je ne puis que dire comme vous...

« Ah ! là ! là ! ce que j'en ai du chemin à faire avant de vous arriver à la cheville !...

— Allons, allons, encourageait Chantecoq, pas de fausse modestie.

« Tu sais très bien ce que tu vaux déjà, puisque à plusieurs reprises, depuis quelque temps, je t'ai déclaré que j'étais content de toi, et pour te faire ce compliment, il faut vraiment que tu le mérites !

La fausse infirmière se rengorgea, souffla ; mais frappant un grand coup de poing sur la table, Chantecoq s'écria :

— Allons bon, il va encore se gonfler les joues !...

« La prochaine fois, je te ferais camoufler en marchand de petits ballons. Je suis sûr que tu seras tout à fait dans la peau du bonhomme...

« Mais avec tout cela, tu n'as pas répondu à la seconde question que je t'avais posée...

« Comment, tu as déjà oublié ?

« Me ferais-tu regretter de t'avoir adressé des félicitations ?

— Oh ! patron, excusez-moi, j'y suis.

« Vous m'avez demandé si je n'avais rien remarqué d'anormal dans la façon dont les lettres anonymes avaient été tapées.

— C'est cela...

— Oui, patron, j'ai remarqué quelque chose, c'est que partout la lettre « r » avait été reprise à la plume.

— Bravo, très bien. Mais, t'es-tu demandé pourquoi ?...

— Ma foi non.

— Tu as eu tort, Météor ; car quand on se rend compte d'un effet, il faut toujours s'efforcer de remonter à la cause.

« Eh bien, ce que tu as négligé, moi je l'ai fait.

— Ça ne m'étonne pas de votre part.

— Tout à l'heure, avant que M. Florent Avrillé n'arrive, je me suis amusé à l'aide d'un ingrédient spécial, à faire disparaître les traces d'encre qui recouvraient la lettre originale et je me suis aperçu que, sans doute, par la suite d'une avarie arrivée à la machine, la lettre « r » remontait un peu au-dessus de ses voisines.

— Ah ! ça, patron, c'est épatant !

— Il ne nous reste donc plus, continuait Chantecoq, qu'à découvrir la machine qui est atteinte de ce que j'appellerai une légère infirmité.

— Patron, ça ne va pas être commode, car je ne nous vois pas obligés d'examiner toutes les machines à écrire qui existent dans Paris...

— Mon cher secrétaire, souriait le roi des détectives, soyez persuadé que cela n'a jamais été dans mon intention, d'autant plus que... je crois savoir, à moins d'une erreur toujours possible, où se trouve cette machine.

— Pas possible ?

Affectant un ton comiquement sévère, Chantecoq se leva et, tout en envoyant un nuage de fumée à la figure de la fausse infirmière, il lui dit :

— Ah çà ! mademoiselle Constance, est-ce que j'ai l'habitude de vous raconter des bobards ?...

— Oh ! patron, patron, ne croyez pas que j'ai jamais eu une telle pensée !...

— Et maintenant, assez parlé... Envoie Pierre chercher un taxi...

Et il martela :

— Point de direction : le docteur Ramey.

Malgré lui, Météor se gonfla les joues... Chantecoq ne le vit pas, car il était occupé à ranger dans son portefeuille les quatre lettres anonymes que lui avait remis M. Avrillé.

Le jeune secrétaire reprenait :

— Patron, sans flatterie, laissez-moi vous dire que chaque jour vous me remplissez d'admiration.

— Pourquoi donc, vil flagorneur ?

— Jamais vous ne vous embarrassez de rien.

— Il ne manquerait plus que cela.

— Lorsque vous tombez sur un bec de gaz, on dirait qu'au lieu de vous démonter, ça vous émoustille.

— C'est comme cela que cela doit être.

— Ainsi, tout à l'heure, moi, si j'avais appris que j'étais grillé et que l'ennemi savait que vous deviez vous camoufler en industriel anglais pour pénétrer chez M. Avrillé, j'aurais été littéralement empoisonné et je me serais demandé : que faire ?

« Eh bien, vous, pas du tout... En cinq secs, en moins de temps qu'il n'en faut pour le dire, vous décidez :

« — Je ne peux pas être le constructeur Robertson, eh bien, je vais être le docteur Ramey... » On vous dirait qu'il faut vous transformer en Poincaré, que ça ne vous gênerait pas plus que de bourrer votre pipe !

« Ça, c'est prodigieux ! Et je n'ai pas pu m'empêcher de vous le dire.

Chantecoq se levait, et, se dirigeant vers la fausse cheminée, il lui dit, tout en lui frappant sur l'épaule :

— Vois-tu, Météor, je suis un type dans le genre des chats.

« Quoi qu'il m'arrive, je retombe toujours sur mes pattes.

. . . .

Une demi-heure après, quelle n'était pas la surprise du valet de chambre du docteur Ramey, lorsque, ayant répondu à l'appel de la sonnerie de l'extérieur, il aperçut, en ouvrant la porte, son propre patron flanqué d'une infirmière.

Littéralement ahuri, il s'écriait :

— Ah ! c'est vous, monsieur le docteur... Je vous croyais encore dans votre cabinet de consultation.

Le faux médecin eut un haussement d'épaules et, faisant signe à Météor de le suivre, il pénétra dans l'antichambre et se dirigea vers le salon dont il ouvrit lui-même la porte et où il entra avec son secrétaire, qui, à l'exemple de son maître, incarnait remarquablement son personnage féminin.

Le domestique en demeura tout pantois.

« Ah çà ! voyons, est-ce que j'aurais des visions ? se dit-il...

« Il n'y a pas trois minutes que j'ai accompagné le dernier client.

« Jamais le docteur n'aurait eu le temps de descendre, d'aller chercher une infirmière et de la ramener...

« Certainement, il y a là-dessous, quelque chose de pas ordinaire.

Il s'en fut immédiatement frapper à la porte du cabinet de son maître... Celui-ci lui répondit aussitôt :

— Entrez !

Lorsque le valet de chambre se glissa dans la pièce, le docteur Ramey, assis devant son bureau, parcourait un journal du soir.

— Ah ! tiens, monsieur le docteur est là ? s'exclama le brave serviteur.

— Mais oui, Prosper, je suis là.

— Pourtant, Monsieur est bien entré, il y a un moment à peine, dans le salon avec une infirmière.

— Moi ! s'exclama le médecin.

— Mais oui, monsieur le docteur, vous ! affirmait Prosper avec l'ardeur d'un confesseur de la foi.

Se rappelant le coup de téléphone qu'une heure auparavant lui avait lancé le roi des détectives, le docteur Ramey se dit :

« C'est encore un tour de ce diable de Chantecoq. »

Et affectant une certaine impatience, il fit :

— Cela va bien, Prosper... laissez-moi.

Le valet de chambre se retira, convaincu qu'il avait été l'objet d'une hallucination.

Dès qu'il eut tourné les talons, le médecin s'en fut ouvrir la porte qui faisait communiquer directement son cabinet avec son salon.

Et, « s'apercevant » en même temps que l'infirmière était là, il s'exclama :

— Je ne m'étais pas trompé... Ah çà ! mon cher Chantecoq, quelle bonne blague me ménagez-vous encore ?

— Cette fois, déclarait le détective en serrant la main que lui tendait son ami, il s'agit d'une affaire très sérieuse... cette infirmière n'est autre que mon secrétaire...

— Ma parole ! s'exclama le médecin, je ne l'aurais jamais reconnu.

Météor eut un sourire de satisfaction.

Il allait répliquer, mais le docteur Ramey proposait :

— Retournons dans mon cabinet ; là, je suis sûr que nous ne serons pas dérangés.

Tous trois s'en furent dans la pièce voisine.

Chantecoq et Météor s'installèrent dans deux fauteuils en face du bureau, derrière lequel s'assit le docteur.

— Mon cher ami, attaquait le roi des détectives, je viens vous demander la permission d'utiliser pendant quelques heures votre personnalité.

— Il me semble, plaisantait le thérapeute, que vous vous êtes déjà passé de ma permission.

— Oui, mais avant d'aller plus loin, j'ai voulu vous mettre au courant de ce que je comptais faire.

— C'est très chic de votre part, appréciait le docteur Ramey.

« Mais, d'avance, je suis certain que vous ne me ferez pas jouer un rôle qui risquerait de compromettre ma réputation d'homme et de médecin.

— Vous pouvez être absolument tranquille à ce sujet.

— Vous n'avez pas l'intention de rédiger des ordonnances ni de donner des consultations ?

— Pas le moins du monde.

— Alors, tout va bien.

— En deux mots, voici : vous êtes certainement au courant de ce qui se passe chez vos amis Avrillé.

— Parfaitement ! Florent m'a tout dit.

— M. Avrillé m'a chargé de découvrir l'auteur de l'attentat dont sa fille a failli être victime.

— Il ne pouvait mieux choisir.

— Merci ! Je suis sur une piste, et afin de m'assurer qu'elle est bonne, j'ai besoin de pénétrer ce soir chez les Avrillé avec mon secrétaire, sans que personne en dehors du maître de la maison ne se doute, comme on dit dans les tragédies : « de ma présence en ces murs ! »

« Vous êtes le médecin de la famille... Alors...

Cordialement, le docteur Ramey interrompait :

— J'ai compris mon cher. Inutile de m'en dire plus long. C'est entendu...

« Une objection, cependant...

— Faites.

— Si j'étais appelé auprès de Mlle Avrillé ?

— Son père m'a dit qu'elle allait beaucoup mieux.

— Je sais, mais enfin elle peut avoir une rechute.

— Ne venez pas entre dix-neuf et vingt heures, déclarait Chantecoq.

« Ensuite, la maison vous sera largement ouverte.

« Je m'en voudrais de priver cette pauvre jeune fille des soins d'un maître tel que vous.

Et sans avoir l'air de rien, le détective ajouta :

— Elle est sans doute assez fragile, n'est-ce pas ?

— Elle... pas du tout ! protestait le médecin.

« A part quelques maladies d'enfants, jusqu'à ce jour je n'avais jamais eu l'occasion de la soigner.

« Elle est, au contraire, très robuste...

— Nerveuse seulement?

— Même pas.

— Allons, tant mieux !

— Ce qui est même extraordinaire, c'est que, ce matin, elle était dans un tel état de prostration que j'avais diagnostiqué un début de catalepsie, et voilà que son père me téléphone cet après-midi qu'elle avait repris ses sens et qu'elle allait aussi bien que possible.

— Alors, tout va bien, disait le détective.

« Je ne connais pas Mlle Avrillé, je ne l'ai jamais vue... Il paraît qu'elle est charmante.

— Exquise.

— Mais je vous quitte, mon cher docteur, je ne voudrais pas faire poser ce bon M. Avrillé, qui doit m'attendre avec une vive impatience.

— Alors, demandait le docteur Ramey à Chantecoq, vous croyez que vous allez démasquer le misérable qui a voulu déshonorer cette chère Martine?

Avec un accent plein de force tranquille, le roi des détectives articula :

— Si je le crois?... Mais j'en suis sûr !...

X

EN ACTION !...

A sept heures précises, Chantecoq, qui était l'exactitude même, sonnait à la porte des Avrillé, flanqué de son infirmière.

Cyprien, le valet de chambre, venait leur ouvrir et, croyant reconnaître immédiatement le docteur Ramey, il fit, conformément aux instructions que lui avaient données son patron :

— Si Monsieur le docteur veut bien me suivre, ainsi que Mademoiselle : Monsieur vous attend tous deux dans son bureau.

Silencieusement, Chantecoq et Météor emboîtèrent le pas au domestique, qui les conduisit dans le cabinet de travail, où se trouvait, en effet, l'industriel.

Immédiatement, celui-ci attaquait avec une satisfaction visible :

— Décidément, monsieur...

Chantecoq lui fit un signe imperceptible de la main qui signifiait clairement : « Prenez garde !... »

Avrillé comprit tout de suite le fond de sa pensée et se reprit :

— Mon cher docteur, vous n'êtes pas seulement un grand médecin, vous êtes aussi un merveilleux chronomètre.

Chantecoq s'inclina, fit de nouveau signe au père de Martine d'avoir à garder le silence, puis, il se dirigea à pas de loup vers la petite porte qui communiquait avec le bureau du secrétaire. Doucement, avec beaucoup de précautions, il saisit le bouton de la porte et voulut l'ouvrir ; mais la porte résista ; elle avait été fermée à l'intérieur, au verrou.

Chantecoq eut un sourire de satisfaction.

Puis, revenant vers M. Avrillé, il lui murmura à l'oreille :

— Le bureau de votre secrétaire a-t-il une autre issue au dehors?

— Oui, une porte dissimulée derrière une tenture et qui communique avec un couloir de service aboutissant lui-même à un escalier descendant dans les sous-sols.

— Bien, nota Chantecoq, cela me confirme tout à fait que je suis sur la bonne piste.

Et il murmura cela comme s'il se parlait à lui-même :

« Maintenant, nous allons pouvoir travailler. »

A voix basse, également, M. Florent Avrillé demandait au détective :

— Alors, vous croyez qu'il y a quelqu'un dans le petit bureau?

Chantecoq dressa l'oreille, demeura silencieux pendant quelque temps; puis, il fit :

— Tout à l'heure, oui, mais maintenant il n'y a plus personne.

Il retourna vers la porte, fit manœuvrer la poignée et pénétra cette fois sans résistance dans l'antre de Philippe Potier.

La pièce était vide.

A haute voix, cette fois, le détective s'écria :

— Vous voyez, je ne me trompais pas.

Et d'un bond, prompt comme l'éclair, il se précipita vers une tenture qui pendait le long de la muraille et l'écarta vivement.

Ainsi que l'avait dit M. Avrillé, il y avait là une porte. Le limier voulut l'ouvrir, mais, impossible: elle était fermée à double tour.

Il se baissa, approcha son œil de la serrure et constata que la clef y était restée.

Le gaillard a pris ses précautions, fit-il... et, comme on dit vulgairement, il a assuré ses derrières, en cas de surprise et de poursuite. Mais il ne perdra rien pour attendre.

« Maintenant, M. Avrillé, nous allons nous livrer à une première expérience.

« Je vais rester dans cette pièce ; et après en avoir refermé la porte, veuillez avoir l'obligeance de retourner avec Météor. Je puis bien maintenant l'appeler par son nom puisque à présent aucune oreille indiscrète nous écoute... Donc, vous allez entamer avec mon secrétaire une conversation sur le même ton que vous vous entretenez avec quelqu'un.

— J'y vais, décidait l'industriel, qui, conformément au désir de Chantecoq, passa dans son cabinet, dont il referma la porte.

Chantecoq tendit l'oreille; au bout d'un instant, il entendit bien un murmure de voix qui s'élevait de l'autre côté de la cloison, mais bien qu'il eût l'ouïe extrêmement fine, il lui fut impossible de saisir autre chose que quelques mots espacés, auxquels il était impossible de donner une véritable signification.

Après, il se leva. L'épreuve était concluante, et il s'en fut dans le cabinet de travail de M. Avrillé, auquel il dit :

— Il est impossible, du bureau de votre secrétaire, d'entendre ce qui se dit dans le vôtre.

— Alors, s'étonnait le père de Martine, ce n'est donc pas de là que j'étais espionné?

— Si, répondait Chantecoq, avec un accent de conviction absolue. Et il doit certainement exister, caché je ne sais où encore, mais je vais bien le découvrir, un microphone grâce auquel tout ce qui se dit ici doit être entendu là.

Et s'adressant à Météor, qui avait déposé sur ses genoux une valise qu'il tenait à la main, il fit en souriant :

— Prudence...

— Non, Constance, patron... pas Prudence...

— Pourquoi ne veux-tu pas que je t'appelle Prudence?

— Parce qu'on dit toujours que la prudence est mère de la sûreté, et que je suis tout de même encore trop jeune pour avoir une fille de cet âge-là...

A ces mots, M. Avrillé, malgré toutes ses préoccupations, ne put s'empêcher d'éclater de rire.

Quant à Chantecoq, affectant une fausse sévérité, il fit :

— D'abord, toi, tu n'es pas ici pour faire le bouffon.

Et d'un ton immédiatement radouci, il ajouta :

— Petit, donne-moi le vilbrequin b, le ciseau r, et le marteau k.

Météor se leva, déposa la valise à terre et l'ouvrit toute grande.

Elle contenait un véritable arsenal de menuisier. Il choisit les outils que lui demandait son patron et il les lui remit.

Chantecoq retourna sur le parquet, examinant avec attention les lames de bois dont il était formé.

Son regard s'arrêta sur l'une d'elles qui semblait séparée de ses voisines par un interstice un peu plus large que les autres.

Avec assurance, il murmura :

— C'est là, certainement !...

Il prit le vilbrequin, fit un trou dans le bois, assez large pour laisser passer son petit doigt, qu'il engagea sous l'ouverture, tâtant pour voir s'il ne rencontrerait pas un objet résistant.

Bientôt, relevant la tête, il lança à M. Florent Avrillé un regard de triomphe ; puis il fit :

— Je ne me trompais pas... Il y a un fil qui passe là-dessous.

— Vous croyez ?

— J'en suis sûr et je vais vous en donner immédiatement la preuve.

Il prit son ciseau, l'introduisit dans la rainure du parquet, frappa sur la poignée quelques coups de marteau, et exerça une pesée très forte sur la lame de bois, qui se souleva ; et, achevant de l'enlever avec ses mains, il montra à l'industriel un fil téléphonique qui, venant de son bureau, aboutissait à la table de travail de Philippe Potier. Sans la moindre hésitation, il fit :

— Le récepteur doit se trouver dans l'un des tiroirs du bureau.

— Malheureusement, observait Florent, ils sont fermés à clef !...

— Cela n'est pas bien gênant, répliquait le détective.

Et se tournant vers Météor-Constance, il ajouta, après avoir lancé un rapide coup d'œil aux serrures des deux tiroirs :

— Donne-moi le trousseau numéro cinq.

Météor revint vers la valise, qui était restée dans le cabinet de travail de M. Avrillé, et reparut avec l'objet demandé.

Chantecoq s'en empara et, après avoir essayé en vain trois clefs dans les serrures, il réussit avec la quatrième à ouvrir le tiroir de droite.

Il ne contenait que des papiers sans importance.

— Voyons l'autre, fit-il.

Il l'ouvrit sans peine. Il semblait rempli de papier carbone et de grandes enveloppes jaunes.

Le limier les enleva et eut une exclamation satisfaite.

Au fond du tiroir, il venait d'apercevoir le récepteur d'un microphone.

S'adressant à M. Avrillé, que cette découverte sensationnelle plongeait à la fois dans la stupeur et dans l'admiration, il fit :

— Vous voyez, je ne me suis pas trompé. Il est inutile, maintenant, de ne rien démolir dans votre bureau pour chercher où aboutit l'autre bout du fil.

« Maintenant, je suis fixé ; allons, tout va bien.

— Alors, scandait le père de Martine, Potier serait un espion !...

— Cher monsieur, déclarait Chantecoq avec un sourire pleins de sous-entendus, ne vous affolez pas, vous n'êtes pas au bout de vos étonnements.

— Est-ce possible ?

— Nous commençons à peine notre travail, et, afin de bien vous prévenir contre tout événement, je dois loyalement vous déclarer qu'il va falloir vous attendre à quelques coups de théâtre, dont celui-ci n'est qu'un bien faible prélude.

— C'est effrayant ! ne pouvait s'empêcher de s'écrier l'industriel.

« A qui se fier ? Ce garçon, qui, ainsi que je vous l'ai dit, a ses défauts, jamais je n'aurais pu le croire capable...

« Au fait, j'y songe, il se peut très bien que ce ne soit pas lui... C'est même certain, puisqu'il est malade, et même très malade...

— Monsieur Avrillé, reprenait Chantecoq, avec cette bonhomie spirituelle qui lui permettait de tout oser, puisque ce M. Potier est si malade, laissez-le donc tranquille, et, si vous le voulez bien, continuons nos re-

cherches, sans nous hypnotiser sur aucune individualité...

— Je vous en prie, monsieur Chantecoq, faites donc comme bon vous plaira.

« Je ne suis ici que pour vous renseigner en cas de besoin. Je n'ai pas d'autre intention.

— Parfait ! ponctuait le célèbre limier.

S'installant devant le bureau de Potier, en face de la machine à écrire, dont il enleva la housse, il prit les lettres anonymes et la liste des invités, qu'il avait serrées dans son portefeuille, et il les étala devant lui.

Prenant une feuille de papier blanc, il la fixa sur la machine et il se mit à tapoter sur le clavier, copiant exactement le texte de la première lettre.

Quand il en eut écrit une vingtaine de lignes, il s'arrêta, enleva le papier, le compara aux autres documents, et se prit à sourire.

Se levant, il dit à M. Avrillé, en lui montrant d'une main les lignes qu'il venait de taper et de l'autre celles qui lui avaient servi de modèle :

— Ne remarquez-vous pas quelque chose d'étrange, monsieur Avrillé ?...

— Quoi donc ? interrogeait ce dernier.

— Ne vous semble-t-il pas que, parmi les lettres, l'une d'elles a un caractère particulier ? La lettre *r*, par exemple ?

— En effet, s'apercevait le père de Martine, elle semble dépasser un peu les autres !

— Eh bien, cher monsieur, ce n'est pas une machine à écrire dont se servait votre secrétaire, c'est une machine parlante, car elle vient de nous révéler tout simplement que c'était Philippe Potier, et non un autre, qui avait tapé les lettres anonymes et la liste de vos invités.

« Donc, ce gaillard doit certainement faire le malade et est au courant de tout le secret de l'affaire qui vous occupe.

L'industriel s'écriait :

— En tout cas, il ne peut être qu'un agent, et non pas l'auteur principal du complot ourdi contre les miens et moi !

D'un air mystérieux, Chantecoq grommela :

— Complot, complot, complot... il faudrait voir ; mais admettons que je n'ai rien dit.

S'approchant de M. Florent Avrillé, qui, littéralement bouleversé, s'était effondré sur un siège, il lui dit :

— Je vous l'avais bien dit, monsieur Florent, qu'il ne fallait pas vous affoler. Je comprends que vous soyez très désillusionné d'apprendre tout à coup qu'un garçon auquel vous aviez accordé toute votre confiance, vous a si ignoblement trahi.

« Mais un homme tel que vous ne doit pas se laisser abattre par un avatar qui n'est rien à côté du malheur qui vous menaçait...

— Vous avez raison, monsieur Chantecoq, s'écriait Florent en se relevant avec énergie.

Et il ajouta d'une voix raffermie :

— Pardonnez-moi cet instant de défaillance, mais je viens de traverser une journée si terrible que, véritablement, si je ne vous avais rencontré sur ma route et si vous ne m'aviez pas rendu le service de vous intéresser à cette affaire, je me demande si je n'aurais pas été complètement désemparé !...

— Du cran ! s'écriait Chantecoq avec une expression de bonté infinie.

Il ajouta :

— Je me mets à votre place, cher monsieur. Moi aussi, j'ai une fille que j'adore, qui est toute ma vie, et je comprends très bien par quelles angoisses vous avez dû passer, dont vous subissez encore le contrecoup si cruel.

« Je vous plains de tout mon cœur ; mais courage, il faut que vous teniez jusqu'au bout, si pénibles puissent être encore pour vous les événements qui vont suivre.

— Mon Dieu, que vais-je encore apprendre ?... murmurait Avrillé.

— Oh ! fit Chantecoq, c'est fort simple, et je puis vous le dire tout de suite : c'est que, parfois, l'on va chercher bien loin ses ennemis, et que les pires, ou plutôt le pire de tous, est tout près de vous...

Florent Avrillé allait poser une question au célèbre détective, mais, se rappelant que celui-ci lui avait demandé de ne pas lui en poser, il garda le silence. Il se sentait oppressé, mal à l'aise.

Chantecoq s'en rendit compte et, comme l'industriel lui était infiniment sympathique, il dit :

— Maintenant, monsieur Avrillé, que je vous ai mis en garde contre ces surprises désagréables, je dois vous dire que je vais faire l'impossible pour que tout s'arrange. Je crois que j'y arriverai sans peine, car vous êtes un de ces rares hommes qui méritent d'être parfaitement heureux.

« Je n'ai pas besoin de connaître les gens depuis de nombreuses années pour les juger. Il me suffit de regarder leurs yeux, d'entendre leur voix, de sentir la pression de leur main pour savoir ce qu'ils valent.

« Eh bien, monsieur Avrillé, permettez-moi cette expression familière, vous êtes un grand bonhomme, mais vous êtes aussi un grand brave homme !

« Il n'en faut pas davantage pour que je vous sois entièrement dévoué.

« Comptez donc sur moi et allez dîner tranquillement avec Mme Avrillé, et lorsque, tout à l'heure, le docteur Ramey, le vrai, celui-là, viendra rendre visite à Mlle votre fille, dites-lui, dans le tuyau de l'oreille, que je suis très content, que tout marche bien, que tout ira bien, et que, pour l'instant, je suis en train de jouer l'avant-dernier tableau du drame.

« Ajoutez, si vous le voulez bien, que ce soir, à minuit, peut-être avant, ainsi que je l'espère, je lui aurai intégralement restitué sa personnalité.

« Là-dessus, je vous quitte.

« Je vous demande pardon d'avoir abîmé un peu le plancher de ce bureau ; mais il le fallait, n'est-ce pas ?

Réconforté, le père de Martine répliquait :

— Cela a à la fois beaucoup et très peu d'importance...

— Au revoir, cher monsieur, reprenait Chantecoq, je vois qu'une question brûle vos lèvres ; vous voudriez savoir, n'est-ce pas, quand je vous donnerai de mes nouvelles ?

— Oui.

— Demain matin, à huit heures, je vous ferai passer un mot sous pli cacheté, car j'ignore encore sous quel aspect je me présenterai à vous.

« Tout cela dépendra de la tournure que prendront les événements au cours de cette nuit.

« Mais tranquillisez-vous, à huit heures tapant, je sonnerai à votre porte.

— Entendu, cher monsieur Chantecoq. Je n'ai pas besoin de vous dire avec quelle hâte je vais attendre ce moment.

— Surtout, tâchez de bien dormir, car vous savez, le sommeil, il n'y a rien de tel pour apaiser les nerfs et vous rendre une forme dont, à nos âges, plus qu'à tout autre, on a un grand besoin.

Comme l'industriel, le roi des détectives et son secrétaire regagnaient le cabinet de travail de M. Avrillé, Chantecoq dit à ce dernier :

— Je vais vous demander de me reconduire jusque dans le vestibule, et, là, de me dire à haute voix ceci : « Mon cher docteur, je suis enchanté de ce que vous me dites au sujet de ma fille, vous me rassurez entièrement, et, puisque vous me l'affirmez, je crois inutile que, ce soir, nous gardions cette infirmière. »

— C'est entendu, acquiesçait M. Avrillé.

Les choses se passèrent telles que le détective l'avait désiré en présence de Cyprien, le valet de chambre.

Deux minutes après, le faux docteur et la fausse infirmière avaient rejoint le taxi qui les avait amenés et stationnait le long du trottoir. Le limier lança au chauffeur l'adresse suivante :

— 37, rue Lepic...

Le taxi s'éloigna à bonne allure.

Avant de prononcer un mot, Chantecoq réfléchit pendant plusieurs minutes, puis, sans que Météor se permît de l'interrompre par la moindre observation, il se prit à monologuer :

— Oui, évidemment, ce Potier est certainement l'auteur des lettres... Son patron m'a dit : 1° qu'il était avare, par conséquent intéressé, et il a très bien pu se laisser acheter ; 2° il paraît qu'il composait des tragédies, ce qui prouve que, s'il n'est pas réellement fou, il est tout de même un peu piqué.

« Lorsque l'on est secrétaire d'un constructeur d'avions, et encore secrétaire particulier, c'est véritablement une drôle d'idée que de s'amuser à utiliser ses loisirs en alignant des hexamètres pour la Comédie-Française, et encore moins pour l'Odéon ;

« 3° Toujours d'après ce que m'a dit ce cher M. Avrillé, ce Philippe Potier serait amoureux, amoureux d'une étoile... et il aurait même ajouté ce propos, qui n'est pas tombé dans l'oreille d'un sourd, « que les étoiles ne s'accrochent qu'au firmament ou sur la poitrine des héros... »

« La poitrine des héros !... qu'a-t-il voulu dire par là ?... Voyons, qu'est-ce qu'il y a comme héros à l'heure actuelle ?

« Dis un peu, toi, Météor ?

— Patron, je... oui... non...

— Ah çà ! tu dors ?...

— Non, patron, je vous écoute... les yeux fermés, pour mieux me concentrer et ne rien perdre de la leçon de police que vous êtes en train de me donner.

— Ouais ! ponctuait Chantecoq ; en attendant, veux-tu me dire, s'il te plaît, quels sont, selon toi, les héros du jour, sur la poitrine desquels, seule, peut s'accrocher une médaille ?

— Mais, patron, il y a d'abord les aviateurs... et puis un, surtout, le lieutenant Jacques Moret.

— Pas bête, ça... bien déduit même ; on dirait que le costume d'infirmière t'inspire. En effet, le capitaine Moret... Ah ! mais, ah ! mais, je crois bien que je brûle... Une étoile, c'est Mlle Martine Avrillé ! Le poète tragique en est devenu éperdument amoureux et, croyant qu'elle en pinçait pour Moret, il...

« Arrête-toi, mon vieux Chantecoq, tu es en train de dérailler avec autant de maestria qu'un chemin de fer de l'Etat.

« Et puis, j'oubliais Monthermé.

Et il ajouta :

— Et toi, Météor, qui me disait que je te donnais une leçon de police admirable, quand, au contraire, je ne formulais que des idioties.

— Ah ! patron, patron, vous vous calomniez...

— Tais-toi, plus un mot, j'ai besoin de me renfermer dans mon cabinet de travail.

Le roi des détectives parut se concentrer sur une pensée qui venait de germer soudain en son cerveau. Ses narines palpitèrent, ses lèvres frémirent, une lueur brillante flamba dans son regard, et il grommela :

— Cette fois, ça y est, j'ai trouvé !

X

OÙ LE ROI DES DÉTECTIVES S'APERÇOIT UNE FOIS DE PLUS QU'IL NE FAUT JAMAIS SE FIER AUX APPARENCES.

Le taxi qui emmenait Chantecoq et son secrétaire s'arrêtait devant le n° 37 de la rue Lepic.

C'était un immeuble de construction assez

ancienne. Il pouvait remonter à la IIe République, et peut-être même aux dernières années du règne de S. M. Louis-Philippe.

Une large porte cochère, flanquée, à droite, d'un marchand de chaussures, et à gauche, d'un vins-restaurant, y donnait accès.

Après avoir réglé son chauffeur, qui parut d'ailleurs fort satisfait du pourboire que lui octroya le détective, celui-ci, toujours flanqué de sa fausse infirmière, pénétra sous la voûte.

Avisant sur la droite une loge de concierge, il s'en fut frapper à l'un des carreaux d'une porte vitrée et garnie d'un léger rideau de tulle, derrière lequel on voyait s'agiter la silhouette importante de la préposée au cordon, en train de mettre son couvert.

— Entrez ! fit la concierge, qui répondait au nom poétique de Mme Fleur.

Après avoir fait signe à Météor de ne pas bouger, Chantecoq pénétra dans la loge, tout imprégnée d'une forte odeur de soupe à l'oignon.

Tout en enlevant poliment son chapeau, le détective interrogeait :

— M. Philippe Potier ?

Gratifiée par la nature d'une forte moustache qu'elle n'avait même pas pris soin de tailler à l'américaine, Mme Fleur répliquait, sur un ton d'autorité quelque peu hargneuse :

— Le petit pavillon, au fond de la cour... Il n'y en a qu'un... Vous ne pourrez pas vous tromper...

Chantecoq demandait :

— Savez-vous si M. Potier est chez lui ?

— Il y a des chances... Seulement, je vous préviens que vous aurez beau sonner et carillonner à sa porte, ce n'est toujours pas lui qui viendra vous ouvrir.

— Il est donc si gravement malade ?

— Ah ! vous êtes au courant ?

— Oui, j'ai entendu dire...

— Ce soir, à cinq heures, il paraît qu'il était en train de « claboter ».

— Est-ce qu'il y a quelqu'un auprès de lui ?

— Sa femme de ménage, Mme Heurtelin, va le voir chaque fois qu'elle le peut, et elle fait de son mieux.

« Seulement, elle ne peut pas être toujours là... Elle a quatre gosses, et puis, son homme à *s'occuper*.

« Alors, dame, M. Potier est plutôt soigné à la flan...

« C'est bien de sa faute aussi...

« On ne peut pas dire que c'est un mauvais homme, mais il est tellement égoïste, tellement solitaire, tellement rapiat, qu'il ne s'est pas fait beaucoup d'amis.

« On peut même dire qu'il n'en a aucun... A moins, cependant, que vous n'en soyez un...

Le plus naturellement du monde, Chantecoq répliquait :

— Je suis le médecin de M. Avrillé, le patron de M. Potier... Et c'est M. Avrillé qui, ayant appris que son secrétaire allait plus mal, m'a envoyé près de lui, avec une infirmière.

Mme Fleur appréciait :

— C'est très bien de la part de ce monsieur... Je connais les patrons... Il n'y en a pas beaucoup qui en feraient autant.

« Malheureusement, je crains que vous arriviez trop tard.

— Nous verrons bien, déclarait le faux médecin...

Il ajouta :

— Est-ce que cette Mme Heurtelin est chez elle ?

Mme Fleur, qui s'amadouait peu à peu, reprenait :

— Vous voudriez lui demander de vous ouvrir ?

— Hé oui !

— Elle est partie faire une course dans le quartier, mais elle ne tardera pas à rentrer.

« Si vous voulez l'attendre...

— Je ne voudrais pas vous déranger.

— Ça ne me gêne pas du tout.

Chantecoq aperçut alors son secrétaire qui lui adressait un signe de tête spécial, destiné à le prévenir qu'il avait besoin de lui parler tout de suite en particulier.

Le limier reprit :

— Je vous remercie, madame, de votre amabilité...

Et tout en lui glissant un billet de dix francs dans la main, il fit :

— Je vais renvoyer mon taxi, et si, pendant ce temps, Mme Heurtelin revient, veuillez être assez aimable pour la prier de m'attendre.

— C'est entendu, monsieur le docteur, promettait la concierge, qui, à l'ombre de sa moustache... en fleur... s'efforça d'esquisser un sourire qui ne réussit qu'à être une grimace.

Chantecoq rejoignait Météor sous la voûte, et tout de suite l'entraîna vers la rue.

Lorsqu'ils furent sur le trottoir, en face de la boutique du marchand de chaussures, la fausse infirmière dit au limier :

— Patron, tandis que vous parliez à la pipelette, j'ai repéré quelque chose de pas ordinaire.

— Ah ! ah ! dis toujours.

— Voilà. J'ai vu passer, près de moi, un bonhomme coiffé d'un chapeau mou rabattu sur le front, les yeux cachés derrière une paire de lunettes noires, les joues et le menton garnis d'une longue barbe roussâtre qui lui donnait un aspect sinistre... même que j'ai cru un moment que c'était Landru qui était revenu sur la terre pour fonder un grill-room à l'usage exclusif des vieilles demoiselles en mal d'amour.

— Ensuite ? pressait le détective.

Météor racontait :

— Après avoir dirigé un rapide regard vers la loge de la concierge, il a continué son chemin d'un pas rapide, et il est entré dans un petit pavillon qui se trouve au fond de la cour.

Saisissant le bras de son secrétaire, Chantecoq, que ce récit semblait vivement intéresser, s'écria :

— Comment y est-il entré ? A-t-il sonné ?... A-t-il ouvert la porte avec une clef ?

— Je n'ai pas pu m'en rendre compte, déclarait Météor, car, bien qu'il fît encore jour, étant donné que l'homme à la barbe rousse me tournait le dos, je n'ai pas pu contrôler la façon dont il s'y prenait pour pénétrer dans la maison.

— C'est dommage ! ponctuait le roi des détectives... mais nous ne perdrons rien pour attendre...

Et il scanda :

— Sais-tu qui demeure dans ce pavillon ?

— Philippe Potier ?

— Alors, ce serait lui, l'homme à la barbe rousse ?

— Bien que la concierge vienne de me dire que ce soir, vers cinq heures, il était en train de claboter, il y a quatre-vingt-dix-neuf chances sur cent pour que tu aies deviné juste.

« D'ailleurs, nous allons nous en assurer.

Tous deux regagnèrent la voûte.

Chantecoq se dirigea vers la loge.

La concierge se tenait sur le seuil, en observation...

Le limier lui demanda :

— Cette dame est-elle rentrée ?

— Pas encore !

Et, devenue fort aimable, Mme Fleur proposait :

— Entrez donc, m'sieu et dame... vous êtes en plein *coulant d'air*... vous allez attraper un chaud et froid.

Elle ouvrait toute grande sa porte, lorsqu'un cri lui échappa :

— Mme Heurtelin !

La ménagère en question venait d'apparaître sous la voûte.

C'était une petite personne sèche, maigriotte, noirâtre, à l'œil vif, intelligent, et dont les allures nerveuses, le nez pointu et les lèvres minces ne dénotaient pas précisément un aimable caractère.

Elle portait à la main un filet à provisions qui renfermait une bouteille enveloppée dans un morceau de journal.

— Madame Heurtelin, annonçait la concierge en s'avançant vers elle, il y a là quéqu'un qui vous de mande.

Mme Heurtelin lança vers le faux docteur et la pseudo-infirmière un regard méfiant et déjà hostile.

Chantecoq, aussitôt, intervenait :

— Je suis le docteur Ramey, je suis envoyé par le patron de M. Potier, M. Avrillé, qui m'a demandé de venir voir ce dernier et d'amener avec moi une infirmière.

D'un ton bref, Mme Heurtelin répliquait :

— Je regrette, monsieur, mais vous ne verrez pas M. Potier.

— Pourquoi ? questionnait le détective.

— Parce qu'il a interdit sa porte à tout le monde.

— Même à un docteur ?

— Encore plus qu'à tout autre.

— Et pour quelle raison ?

— M. Potier ne croit pas à la médecine.

— C'est une opinion que tout le monde, madame, n'est pas contraint de partager.

— En tout cas, c'est la sienne... déclarait sèchement Mme Heurtelin, et, après tout, il est bien libre de son corps.

Le limier observait, non sans sévérité :

— Voilà une théorie, madame, qui pourrait vous conduire très loin et peut-être même à travers des chemins qu'il vous serait désagréable de traverser.

La concierge, qui paraissait entièrement gagnée à la cause du « docteur », approuvait ces paroles par d'énergiques hochements de tête.

Quant à Mme Heurtelin, nullement intimidée par l'attitude comminatoire de son interlocuteur, elle reprenait de sa voix acidulée :

— Moi, je fais de mon mieux... Ce n'est tout de même pas ma faute si M. Potier ne veut pas se laisser soigner.

— Prenez garde, appuyait le détective.

« Tout à l'heure, vous avez dit à Mme la concierge que M. Potier était au plus mal.

— *En train de claboter...* précisait Mme Fleur.

« Ça, vous me l'avez dit, ma petite, vous ne pouvez pas le nier.

— Je l'ai dit, reconnaissait la femme de ménage... Et après ?

— Mais, c'est très grave, s'exclamait le policier...

« Comment ! voilà un homme, qui, de votre propre aveu, est peut-être à l'agonie, et vous le laissez seul !...

Mme Heurtelin, de plus en plus aigre, ripostait :

— Il faut tout de même bien que je m'occupe de mon mari et de mes enfants !

— Soit ! mais vous auriez pu prier quelqu'un de rester auprès de ce malheureux.

— Je me suis offerte, déclarait la concierge, mais on n'a pas voulu de moi.

Mme Heurtelin se défendait :

— Puisque M. Potier ne veut voir personne !

Chantecoq ripostait :

— Il est des cas où l'on a le devoir de passer outre aux exigences des malades, surtout lorsque leur vie est en danger.

— C'est ce que je lui ai dit ! affirmait Mme Fleur... mais elle est tellement têtue !

La femme de ménage se rebiffait :

— Je vous prie de vous mêler de ce qui vous regarde.

— Et moi, je vous engage à être polie.

— Je suis polie, c'est vous qui ne l'êtes pas.

Coupant court à la querelle qui commençait à s'allumer entre les deux commères, et risquait de finir on ne sait comment, Chantecoq s'écriait :

— Oui ou non, voulez-vous me conduire jusqu'auprès de M. Potier ?

— Non ! répliquait la ménagère, avec une

opiniâtreté que l'on sentait irréductible.

— Alors, menaçait le faux médecin, vous allez me forcer de m'adresser au commissaire de police.

La concierge, qui, décidément, ne semblait guère la porter dans son cœur, éclata :

— Vous avez raison, monsieur le docteur, car c'est comme qui dirait une séquestration.

« Dans l'*immeube*, et même dans tout le quartier, tout le monde dit que c'est la moricaude — c'est comme ça qu'on appelle la personne — qui chambre M. Potier pour le gruger et profiter de son héritage.

— Vous n'êtes qu'une denrée... un choléra... clamait Mme Heurtelin, en rage.

Et elle allait s'élancer sur la concierge, lorsque Chantecoq la saisit par le bras et la cloua net sur place.

Et sur un ton qui n'admettait pas de réplique, il martela :

— Ce n'est pas en insultant les gens que l'on se défend d'une accusation qui m'a tout l'air des plus justifiées.

« Vous n'avez qu'une façon de vous disculper, madame, c'est de me mettre immédiatement en présence de M. Potier.

Ces paroles, et surtout le ton avec lequel elles avaient été prononcées, apaisèrent instantanément le courroux de l'irascible mégère.

Elle eut l'intuition qu'elle se trouvait en présence d'une force supérieure, devant laquelle il fallait s'incliner, sous peine d'accumuler sur sa tête des responsabilités qui risquaient de lui coûter fort cher.

Et d'un ton encore revêche, elle fit :

— Venez, puisque vous l'exigez... Moi, je m'en lave les mains !

Et elle s'en fut vers le pavillon, suivie par le détective et son secrétaire.

Quitte à laisser brûler sa soupe à l'oignon, Mme Fleur resta sur le pas de sa porte.

Elle était tellement curieuse de savoir comment tout cela allait tourner, qu'il lui fallut faire un très rude effort sur elle-même pour ne pas accompagner les visiteurs, ce qui ne l'empêcha pas de s'écrier, d'un air triomphant :

— C'est égal, je l'ai bien possédée, la petite mère... et si M. Potier en réchappe, il pourra dire que c'est grâce à moi.

Arrivés devant le pavillon, qui se composait, au rez-de-chaussée, d'une antichambre, d'une salle à manger et d'un bureau de petites dimensions, et au premier étage d'une chambre à coucher assez grande, d'un cabinet de toilette et d'un débarras, Mme Heurtelin prit dans la poche de son tablier une clef qu'elle introduisit dans la serrure de la porte d'entrée, qui céda aussitôt.

— Monsieur, madame, dit-elle au prétendu docteur et la non moins prétendue infirmière, si vous voulez vous donner la peine d'entrer au salon... je vais monter jusqu'auprès de M. Potier, car il faut tout de même le préparer à votre visite...

— C'est inutile, refusait le détective qui semblait n'avoir qu'une confiance très relative dans la bonne foi de la femme de ménage.

Se tournant vers son secrétaire, il ordonna :

— Constance, demeurez là avec Madame...

Et il s'élança dans l'escalier, dont il gravit prestement les marches.

Au sommet, il se trouva dans un étroit couloir, sur lequel donnait une seule porte, que Chantecoq ouvrit sans hésiter, et pénétra dans une pièce meublée simplement, mais proprement, et qui ne ressemblait en rien à une chambre de malade.

On n'y voyait, en effet, aucune fiole de médicament, aucun bol à tisane.

Comme la nuit commençait à tomber, Chantecoq tourna le commutateur et aperçut, dans un lit qui formait le fond d'une alcôve, dont les rideaux étaient à moitié tirés, Philippe Potier, pelotonné sous ses couvertures, et la tête à moitié enfouie dans son oreiller.

— C'est vous, madame Heurtelin? articula-t-il d'une voix geignarde.

— Non, déclarait Chantecoq, en s'avançant vers lui, je suis le docteur Ramey.

— Le médecin du patron ! fit le secrétaire de l'industriel, d'une voix qui paraissait beaucoup plus trembler de crainte que de fièvre.

Chantecoq reprenait :

— M. Avrillé m'a demandé d'aller voir comment vous allez.

— Mieux ! beaucoup mieux ! répliquait Potier avec un peu plus de netteté.

— Nous allons voir ça ! fit le faux médecin.

— Docteur, priait l'auteur du *Fils de Salammbô*... ne vous donnez pas cette peine... Je vous le répète, cela va beaucoup mieux.

« Demain, j'espère bien sortir un peu et reprendre mon service dans quelques jours.

« Vous remercierez M. Avrillé de l'intérêt qu'il veut bien me porter. Cela ne m'étonne pas de sa part... Il est si bon !

— Bien, très bien ! ponctuait le détective... M. Avrillé, j'en suis sûr, sera enchanté des bonnes nouvelles que je vais lui communiquer...

« Mais dites-moi, monsieur Potier...

— Docteur ?...

— Comment se fait-il que votre femme de ménage ait raconté à la concierge que vous étiez à l'agonie ?

Sans paraître le moindrement démonté par cette question, le secrétaire de l'industriel riposta :

— Ça ne m'étonne pas de la part de Mme Heurtelin... C'est une très brave femme... mais elle est d'un caractère naturellement exagéré.

« Je lui avais recommandé de dire encore aujourd'hui que je n'allais pas bien... Sans cela, un tas de gens se seraient crus obligés de venir prendre de mes nouvelles, et cela m'aurait beaucoup fatigué... et puis, j'aime tant ma tranquillité, lorsque je suis bien portant, qu'à plus forte raison j'y tiens lorsque je suis malade.

Tandis que Potier parlait, Chantecoq l'examinait avec son attention perspicace d'observateur et d'analyste auquel n'échappe jamais nul détail...

Au premier abord, cet homme présentait un type d'une banalité courante.

Il n'était ni beau, ni laid, ni bête, ni intelligent... Il représentait l'employé ordinaire dans toute sa banalité.

« Mais, par instants, une lueur étrange, qui s'allumait dans son regard, pour s'éteindre aussitôt, une légère palpitation des narines, un imperceptible battement des paupières, un furtif frémissement des lèvres, n'étaient pas sans indiquer que le secrétaire de M. Avrillé devait être animé d'une vie intérieure en contradiction absolue avec ses apparences physiques.

Chantecoq remarqua aussi qu'il s'exprimait avec une grande maîtrise de lui-même, qui prouvait clairement que, non content de se tenir sur ses gardes, il avait dû, d'avance, préparer soigneusement sa ligne de conduite ainsi que son langage.

Et il se dit en lui-même :

— M. Avrillé est certainement un très grand industriel, mais c'est un bien mauvais psychologue.

« Comment ne s'est-il pas aperçu, au bout de quinze ans, que ce Potier, qu'il proclame un brave garçon, dévoué, modeste, honnête par excellence, n'était que le plus fieffé des hypocrites et, à coup sûr, le plus madré des coquins ?

Maintenant, en effet, le siège du détective était fait.

Pour lui, il n'y avait pas l'ombre d'un doute, le bandit qui avait tapé à la machine les lettres anonymes, toutes les quatre, était devant lui.

Ce malade, qui se cachait dans ses couvertures, était fort bien portant et ne faisait que continuer, devant celui qu'il prenait pour le docteur Ramey, la comédie qu'il avait montée de toutes pièces en vue de se ménager, en cas de grabuge, un indiscutable alibi.

Mais si rusé fût-il sous son aspect bonasse et même hébété, il n'était pas de taille à lutter contre le détective extraordinaire qui, tout doucement, sans en avoir l'air, était en train de le cuisiner, ou plutôt de le mijoter à petit feu. Et non moins placidement que son adversaire, avec lequel il se préparait à jouer comme un chat qui s'amuse avec une souris, Chantecoq reprenait :

— Je suis très satisfait, monsieur Potier, de tout ce que vous me dites...

« Cependant, permettez-moi de vous recommander de ne pas commettre d'imprudence...

« M. Avrillé tient beaucoup à vous, et il serait désolé que, par excès de zèle, vous risquiez une rechute qui pourrait être grave... Car c'est bien une pneumonie que vous avez eue...

— Mon Dieu, je n'en sais trop rien, déclarait le secrétaire.

— Qu'avez-vous éprouvé ?

— Depuis deux ou trois jours, je me sentais une sensation de chaleur, de malaises, des maux de tête, des courbatures. J'étais fiévreux, je toussais beaucoup, lorsqu'un matin, en me levant, je me suis senti pris d'un grand frisson, je grelottais, je claquais des dents... je me recouchai, et j'eus beaucoup de peine à me réchauffer.

« Quand ma femme de ménage m'eut fait prendre plusieurs tasses de tilleul très chaud, je me suis mis à transpirer... j'avais la tête en feu... je toussais de plus en plus, j'étouffais, j'avais un point très douloureux dans le thorax... Bref, ça n'allait pas du tout.

— Vous avez envoyé chercher un médecin ?

— Non, répliquait Potier, je m'excuse de ce que je vais vous dire, mais je me suis toujours soigné tout seul.

« J'ai simplement demandé à ma femme de ménage de me mettre des ventouses dans le dos et des cataplasmes sinapisés sur la gorge et sur la poitrine... J'ai pris quelques cachets de quinine, bu beaucoup de boissons chaudes, observé une diète presque absolue et, comme vous le voyez, cela s'est passé tout seul.

« Si je suis resté au lit encore aujourd'hui, c'est uniquement par précaution... car je n'ai plus du tout de fièvre.

— Vous en êtes sûr ?

— Absolument.

— Avez-vous pris votre température ?

— J'ignore entièrement l'usage du thermomètre.

— C'est un tort... Il se peut très bien que vous ayez encore un mouvement fébrile, car, d'après ce que vous venez de me dire, vous avez eu justement, sinon une forte pneumonie, mais tout au moins ce qu'on appelait autrefois une fluxion de poitrine.

« Et il n'y aurait rien d'étonnant que, tout en allant mieux, vous ne soyez encore astreint à certaines précautions, d'autant plus que, somme toute, vous ne vous êtes soigné que très superficiellement.

« Voulez-vous me donner votre bras ?

Cette fois, Potier eut un mouvement d'hésitation...

Chantecoq fit, en souriant :

— Cela ne vous engage pas à grand chose.

Le secrétaire de M. Avrillé, craignant sans doute d'indisposer un médecin qui possédait la confiance et l'amitié de son patron, sortit de sous les couvertures dans lesquelles il était enroulé, un bras qui n'était pas précisément celui d'un athlète.

La manche de la chemise de nuit, relevée jusqu'au coude, permit même au limier de constater qu'il était d'une certaine maigreur.

Avec une gravité toute professionnelle, le sosie du docteur Ramey saisit entre le pouce et l'index de sa main gauche le poignet de son interlocuteur, en même temps qu'il tirait de son gousset un superbe chronomètre en or... Et l'œil rivé sur le cadran, il se mit à compter mentalement les pulsations.

Bien que Potier commençât à s'inquiéter de l'insistance que le soi-disant praticien mettait à l'examiner, il ne se doutait pas de l'habile traquenard dans lequel celui-ci était en train de le faire tomber.

Une minute après, le détective qui s'était composé une figure préoccupée,, s'écriait :

— Eh bien, mon garçon, j'ai bien fait de venir ! Vous avez un pouls terrible. Vous devez me faire au moins 39.6.

— Je vous assure, docteur, que je n'ai pas du tout cette impression, protestait le secrétaire qui, à présent, laissait percer le vif ennui que lui causait l'intervention de celui qu'il continuait à prendre pour le médecin de son patron.

Et perdant le sang-froid qu'il avait jusqu'alors merveilleusement gardé, il ajouta :

— Je ne comprends pas, je n'ai pas mal à la tête, je n'éprouve aucun malaise, je me sens même faim...

— Allez toujours !

— Je suis sûr, docteur, que vous vous trompez...

— Cependant, j'ai la prétention de connaître mon métier.

— Et moi, je sais ce que je ressens.

— Il arrive souvent que des gens bien portants se croient très malades, et que des gens très malades se croient bien portants.

« Allons, laissez-moi vous ausculter.

— M'ausculter ! répéta Potier, en se reculant instinctivement vers la muraille.

— Vous ne voulez pas ?

— Non, docteur, je ne veux pas.

— Pourquoi ?

« Allons, parlez !...

— Docteur...

— Répondez-moi donc franchement que, si vous refusez de me montrer votre dos, c'est parce que vous craignez que je m'aperçoive qu'il ne porte aucune trace de ventouses.

— Mais, docteur...

— Le moment est venu de jouer franc jeu, monsieur Potier.

« Lorsque vous me dites que vous allez mieux, vous mentez.

— Moi, je mens !

— Effrontément... et pour la raison bien simple, c'est que vous n'avez jamais été malade.

— Moi !

— Monsieur Potier, vous êtes un coquin... Un coquin assez adroit, j'en conviens, beaucoup plus adroit même qu'on ne saurait se l'imaginer, puisque vous avez réussi à duper l'homme généreux et loyal qu'est M. Avrillé. Cet homme a été votre bienfaiteur... Il vous a fait une situation de tout repos, plus qu'honorable... Non content de vous assurer des appointements que vous avez thésaurisés, — ça, c'était votre affaire, — au point qu'aujourd'hui vous devez être à la tête d'une petite fortune qui vous permettrait de vivre sans rien faire, M. Avrillé vous a traité en ami, vous a admis dans son intimité et n'a jamais manqué l'occasion de vous être utile ou agréable.

Potier qui, avec une inquiétude sans cesse grandissante, se demandait où voulait en venir son interlocuteur, répliquait nerveusement :

— Docteur, je ne sais pas pourquoi vous me dites toutes ces choses. Je sais tout ce que je dois à M. Avrillé, et vous n'avez pas besoin de me le rappeler.

« Laissez-moi vous dire que je suis lié à lui par une reconnaissance qui ne finira qu'avec moi-même et que jamais je ne saurai trop le lui prouver.

— Pas possible ! s'exclama Chantecoq d'un ton tellement ironique que Potier en tressaillit d'angoisse.

Malgré tout, il voulut tenir tête à celui que, maintenant, il en était sûr, était venu chez lui non pour le secourir, mais pour l'attaquer.

Et, nettement agressif, il s'écria :

— Laissez-moi vous dire, monsieur, combien je suis surpris du rôle que vous jouez auprès de moi.

— Vous le serez encore bien davantage lorsque vous m'aurez vu le jouer jusqu'au bout, ripostait le limier qui ne quittait plus des yeux sa proie.

Mais l'auteur du *Fils de Salambô*, qui, tout en flairant le danger qui le menaçait, était encore bien loin d'en soupçonner l'étendue ainsi que l'imminence, s'écriait presque avec violence :

— Lorsque M. Avrillé saura la façon dont vous vous êtes acquitté de la mission dont il vous avait chargé, je doute, monsieur, qu'il vous en félicite.

Se redressant d'un seul mouvement et terrassant d'un seul coup son adversaire par un de ces regards perçants avec lesquels il savait si bien désarmer ses adversaires, le roi des détectives lançait d'une voix métallique qui vibra à l'oreille du secrétaire déjà à demi effondré :

— Lorsque M. Avrillé saura que Philippe Potier l'a honteusement trahi, que, profitant des grandes libertés et de toutes les facilités qui lui étaient accordées par un patron trop confiant, il a fait installer dans le cabinet de travail de celui-ci un microphone qui communiquait avec son bureau afin de pouvoir l'espionner tout à son aise, lorsqu'il saura d'une façon certaine que c'est lui qui a tapé à la machine, chez lui, sous son toit, quatre lettres anonymes qui avaient pour but de jeter le trouble dans sa maison, de le frapper dans sa femme et sa fille, dans son honneur et dans ses plus nobles affections, lorsqu'il saura enfin que, pour des raisons que vous allez me dire, soudoyé par des gens dont il faudra bien que vous me donniez les noms, vous avez cherché à déshonorer de la plus infamante des accusations un jeune aviateur, le capitaine Jacques Morel, qui venait précisément de se couvrir de gloire, eh bien, monsieur Potier, si M. Avrillé ne vous casse pas les reins, c'est qu'il aura dépassé en charité feu saint Vincent de Paul lui-même.

« Hein ! mon bonhomme, vous ne vous attendiez pas à celle-là !

— Docteur !... Docteur !... bégayait le misérable.

— Ne m'appelez plus docteur, s'écriait le limier, en arrachant sa fausse barbe et sa perruque... Je suis Chantecoq !...

— Le roi des détectives ?

— Lui-même !...

« Et maintenant, mon garçon, bien que vous soyez au lit, il va falloir me casser le morceau... *tout le morceau !* sinon, j'ai l'ordre de vous remettre moi-même entre les mains de la justice.

— Et si je parle ?

— Si vous dites la vérité, précisait Chantecoq, ce qui n'est pas tout à fait la même chose, je suis à même de vous déclarer que vous bénéficierez d'une indulgence que pourtant vous ne méritez pas.

A ces mots, Philippe Potier, qui était devenu d'une pâleur extrême, fit d'une voix tremblante :

— Monsieur Chantecoq, je vais tout vous dire... mais promettez-moi que l'on aura pitié de moi. J'ai tant souffert depuis un an surtout...

— Dites toujours, ordonnait impérieusement le détective.

« Après, on verra.

XI

LES « CONFESSIONS » DE PHILIPPE POTIER

— Monsieur Chantecoq, reprenait le secrétaire de M. Avrillé, si vous voulez savoir la vérité, beaucoup mieux que si je vous la racontais moi-même, voulez-vous voir l'obligeance d'ouvrir cette armoire et d'y prendre sous une pile de serviettes que vous trouverez à gauche, un cahier cartonné.

Croyant flairer un piège, le détective répliquait :

— Je préférerais que vous me remettiez vous-même ce cahier.

— Soit, déclarait Potier.

Il sauta à bas de son lit... Il était en bras de chemise, mais il avait conservé son pantalon.

Il se dirigea vers l'armoire d'un pas résolu, l'ouvrit et en retira un cahier volumineux relié en gris qu'il tendit au détective en disant :

— C'est le journal de ma vie... depuis un an... Vous pouvez en prendre connaissance.

Chantecoq s'empara du manuscrit. Il se composait d'une centaine de feuillets écrits à la main en caractères tellement fins, tellement serrés, qu'il eût fallu presque une loupe pour les déchiffrer.

En tout cas, la lecture de ces pages révélatrices eût demandé un temps considérable.

Or, si Chantecoq était l'homme des décisions promptes, il était également celui des réalisations rapides.

Tout en conservant devers lui le cahier que son interlocuteur venait de lui donner, il fit :

— Je vais l'emporter chez moi, afin de le lire tranquillement, à tête reposée.

« En attendant, je vais vous poser quelques questions auxquelles, dans votre intérêt, vous m'entendez, monsieur Potier, *dans votre intérêt*, vous ferez bien de me répondre sans hésitation et en toute franchise.

— Je vous le promets, s'engageait Philippe, sur lequel le roi des détectives exerçait déjà un formidable ascendant.

Chantecoq attaquait :

— Tout d'abord, vous allez me dire quels sont les gens qui vous ont dicté ou simplement inspiré les quatre lettres anonymes qui contenaient contre Jacques Moret les plus mensongères accusations.

— Personne ! répliquait Potier.

— Alors, vous n'auriez pas de complice?

— Je n'en ai jamais eu.

— Et c'est vous seul qui avez machiné toute cette histoire ?

— C'est moi.

— Je ne vous crois pas.

— C'est pourtant la vérité.

— Alors, ordonnait Chantecoq, sur un ton qui n'admettait pas de réplique, finissez de vous habiller afin que je puisse vous emmener au commissariat de police.

— Monsieur Chantecoq, je ne dirai pas autre chose au commissaire de police que ce que je viens de vous déclarer :

« *Je n'ai pas eu de complices.*

« J'ai agi seul... je vous le jure.

— Dans quel but ? questionnait le limier, convaincu cette fois que Potier lui disait la vérité.

— J'étais amoureux ! avouait douloureusement le secrétaire.

— D'une étoile... oui, je sais, scandait Chantecoq.

— Oui, d'une étoile, répétait tristement l'accusé.

Le détective insinuait :

— Cette étoile est bien Mlle Avrillé, n'est-ce pas ?

— Oui, monsieur, balbutiait Potier en baissant la tête.

Chantecoq, qui, maintenant, tenait en main le fil de toute l'intrigue ourdie par ce singulier et dangereux personnage, continuait d'une voix tranchante :

— Et c'est parce que vous vous êtes figuré à tort ou à raison que Mlle Avrillé aimait Jacques Moret que vous avez ourdi toutes ces machinations contre ce malheureux aviateur ?

— Hélas ! oui, monsieur.

— Je saisis très bien votre plan. Vous avez cherché à faire croire à Mlle Martine que Moret était amoureux de sa mère.

— C'est cela.

— Et quand vous avez vu que cela ne prenait pas, vous avez écrit tour à tour à l'amie du lieutenant, Moret, et à Mlle Avrillé...

« Vous avez même combiné un certain coup de téléphone de cette dernière à l'aviateur.

— C'est Mlle Avrillé qui a téléphoné elle-même... affirmait le secrétaire.

— En ce cas, s'exclamait le détective, elle serait votre complice ?

— Elle !... jamais !... protestait Philippe avec une énergie farouche.

Voulant pousser jusqu'au bout les choses, le limier insistait :

— Il n'est pas possible qu'il en soit autrement.

— Je vous jure, monsieur Chantecoq...

— Vous voulez la sauver parce que vous l'aimez.

« C'est évidemment très chevaleresque...

« Avouez donc plutôt que vous n'avez été qu'un agent d'exécution au service de cette jeune fille qui, furieuse d'avoir été dédaignée par Moret, a voulu se venger de lui.

A ces mots, Potier eut un sursaut de révolte... Et, se redressant, indigné, il s'écria :

— Inutile, monsieur, de plaider le faux pour savoir le vrai...

— Hé ! là ! doucement, ne vous emportez pas !

— C'est que je ne puis vous entendre, sans bondir, accuser cette jeune fille...

« On voit bien, monsieur, que vous ne la connaissez pas...

« Elle est la plus pure et la plus noble que j'aie jamais connue.

« Elle est au-dessus de toute attaque, à l'abri de tout soupçon.

« Elle est innocente, je vous le jure ! innocente, innocente !...

— Alors, s'exclamait le limier, pourquoi me racontez-vous que c'est elle qui a téléphoné à Jacques Moret ?

— Parce que c'est la vérité.

— Je ne comprends pas.

— Mlle Avrillé ne s'est pas doutée qu'elle accomplissait cet acte.

— Sans doute allez-vous prétendre que c'est vous qui le lui avez suggéré.

— Parfaitement !

— Après l'avoir hypnotisée ?

— C'est cela même.

— Ah çà ! monsieur Potier, s'exclamait Chantecoq, qui tenait à tout prix à pousser son adversaire jusque dans ses derniers retranchements, est-ce que vous avez l'intention de vous moquer encore longtemps de moi ?

— Monsieur Chantecoq, répliquait Philippe, avec une sorte de désenchantement beaucoup plus impressionnant que ne l'eût été une indignation violente... Vous avez bien tort de vous figurer qu'en ce moment je cherche à vous duper.

« Il est regrettable que vous n'ayez pas pu prendre connaissance de ce cahier que je vous ai remis, c'est-à-dire de mes « confessions ».

« Vous eussiez appris comment, moi, l'enfant de l'Assistance publique, n'ayant jamais eu de famille, ignorant de qui j'étais né, d'où je venais, j'avais toujours été préoccupé, dès mon jeune âge, de résoudre le problème de mes origines.

« Dès que je gagnai assez d'argent, j'achetai des livres ; je me livrai à l'étude des sciences occultes... J'entrai en relations avec différents cercles d'études, distinguant bientôt les farceurs, des gens sérieux, m'attachant à ceux-ci et fuyant ceux-là.

« Je parvins bientôt à acquérir des connaissances assez étendues en cette science beaucoup moins empirique que l'on veut bien le dire et qui repose au contraire sur des données scientifiques certaines, je dirai même absolues.

« Je m'y passionnai à un tel point que je lui consacrai tous mes instants libres...

« Mais je ne voulais pas que M. Avrillé l'apprît...

« C'est un esprit très réaliste, que M. Avrillé et j'avais peur qu'il ne se moquât de moi.

« Je lui fis croire que j'employais mon temps à écrire des tragédies pour la Comédie Française et l'Odéon.

« Il n'en était rien... Seules, les études psychiques absorbèrent entièrement mon temps, et je dois dire aussi, mon argent...

« On vous a peut-être raconté, monsieur Chantecoq, que j'étais avare. C'est une erreur... Si j'étais riche, je serais très généreux... Croyez-moi.

« Mais les travaux que j'avais entrepris m'entraînèrent à des dépenses considérables et je n'ai jamais reculé devant aucun frais en vue d'apprendre ce que je voulais savoir.

« *Je voulais savoir*, monsieur Chantecoq... *J'ai su !*

A mesure qu'il parlait, la physionomie naturellement insignifiante de Philippe Potier s'était entièrement transformée...

Ses yeux, agrandis, lançaient d'étranges lueurs... son front s'auréolait d'une sorte de reflet mystique et sa bouche, entr'ouverte, dessinait une sorte de sourire fait à la fois d'amertume et d'extase.

On eût dit un personnage évadé à la fois des contes d'Hoffmann et des romans de Balzac.

Chantecoq songea :

« A présent, j'en suis absolument convaincu, il me dit la vérité... Ce garçon est plutôt un demi-fou qu'un criminel.

« Quoi qu'il en soit, il est infiniment curieux. »

Et tout haut, il reprit :

— Qu'avez-vous su, monsieur Potier ?

Celui-ci répliquait :

— Que j'étais le fils naturel d'un châtelain des environs de Saumur et d'une femme de chambre attachée à son service, et que ceux-ci, d'un commun accord, plutôt que de s'embarrasser du gêneur que je pouvais être pour eux, avaient décidé de m'abandonner.

« J'ai même pu découvrir leurs noms à tous deux.

— Vous êtes allé les trouver ?

— Oui, monsieur Chantecoq.

— Que vous ont-ils dit ?

— Ils ne pouvaient plus me parler...

« Mon père reposait dans le magnifique caveau seigneurial de ses ancêtres...

« Quant à ma mère, je n'ai pu retrouver sa tombe.

« Abandonnée par son séducteur, elle avait roulé de bas-fonds en bas-fonds... Elle était morte à l'hôpital et on l'avait jetée à la fosse commune.

Une rougeur fiévreuse colora soudain les pommettes de Philippe.

Chantecoq reprit gravement :

— Mieux eût valu pour vous ne pas vous occuper de sciences si dangereuses, car vous eussiez ignoré à jamais cette grande tristesse, et, en pareil cas, le doute vaut encore mieux que la réalité.

— Vous avez raison, monsieur, déclarait Potier. A ce moment, j'aurais dû brûler tous ces livres, renoncer à ces séances de spiritisme dont j'étais l'adepte assidu à ces expériences si souvent répétées qui avaient fait de moi un hypnotiseur de premier ordre.

« Je ne voudrais pas, monsieur Chantecoq, vous faire un cours à ce sujet, car je comprends que vous ayez hâte d'en arriver à la fin de mes *confessions*, qui sont appelées à jeter une clarté aveuglante sur l'affaire que vous êtes chargé de débrouiller, et, par-dessus tout, à établir l'innocence absolue de Mlle Martine.

— Parlez ! invitait Chantecoq, très intéressé par la mentalité de cet individu, qui ressemblait si peu aux coquins auxquels il donnait habituellement la chasse.

Sans exaltation, mais avec un accent de conviction qui n'eût pas permis, même à l'esprit le plus incrédule, le plus sceptique, de suspecter sa bonne foi, Potier, parti pour livrer entièrement tous ses secrets, poursuivait :

— Ainsi que l'a défini Braid, le grand savant, qui s'est spécialisé dans ces si délicates questions : « *L'hypnotisme est un état particulier du système nerveux.* »

« Et c'est ce même Braid, puis l'illustre professeur Charcot, dont je suis le fervent disciple, qui ont introduit dans la science l'étude des phénomènes connus de toute antiquité et laissés jusque-là aux mains des empiriques (1).

Chantecoq interrompait :

— N'est-ce pas ce Charcot qui a classé le magnétisme en trois catégories de phénomènes ? la léthargie, la catalepsie et le somnambulisme ?

— Parfaitement, monsieur Chantecoq. Je constate avec plaisir que vous avez des notions très précises sur la question.

— Je m'en suis occupé, en effet, afin de me documenter... Un détective ne doit-il pas être renseigné, non pas sur tout, car ce serait impossible, mais sur le plus de choses possibles.

« Continuez donc !

Encouragé par la compréhension que lui témoignait son interlocuteur, Philippe reprenait :

— Vous savez peut-être aussi que la qualité prédisposante que doit posséder le sujet que l'on veut endormir, est la *simplicité* d'esprit.

— Cela, je l'ignorais, déclarait le détective.

Philippe développait :

— Par *simplicité d'esprit*, ne croyez pas que je fasse la moindre allusion à ce que l'on est convenu d'appeler un *simple d'esprit*.

« Non ! l'expression plus juste serait une « âme limpide », c'est-à-dire dénuée de toute tendance à la complication, à l'entêtement, à la méfiance ; en un mot, une âme telle que celle de Mlle Avrillé.

— J'ai compris, ponctuait le limier.

Potier déclarait :

— Je m'étais pris à l'aimer d'un amour d'autant plus insensé qu'il était impossible.

« Alors, une tentation m'obséda.

« Ce fut, après avoir conquis sur elle un grand ascendant magnétique, de lui suggérer l'idée de m'aimer.

« Mais je me dis bientôt que, quand bien même parviendrais-je, contre toute vraisemblance, à lui inspirer pour moi un tendre sentiment, jamais ses parents ne m'accorderaient sa main, mais qu'ils me chasseraient même ignominieusement de sa présence et que je perdrais ensuite la joie qui me fût permise : celle de l'adorer en silence.

Il se tut... Des larmes roulèrent sur ses joues.

Chantecoq respecta son silence qui, d'ailleurs, fut de brève durée, car, quelques secondes après, il recommençait :

— La tentation continua à m'obséder, et, bientôt, malgré que je m'en défendisse avec toute l'énergie dont j'étais encore capable, un projet criminel se forma en moi : celui de suggérer à Mlle Avrillé l'idée de se donner à moi...

« Il faudrait, bien entendu, que les siens m'accordassent sa main ! C'était abominable !... Aussi, ma conscience a-t-elle fini par l'emporter sur ma passion.

« *Ce crime, que je pouvais commettre*, je ne m'en suis pas rendu coupable !

« Hélas ! sans m'en rendre compte, j'ai fait pire, peut-être... c'est-à-dire ce que vous savez, et je n'aurai pas assez de toute ma vie pour m'en repentir.

Potier se cacha la tête entre les mains.

Un sanglot secoua ses épaules.

« Je ne me trompais pas, se dit Chantecoq, c'est bien un demi-fou. »

Puis, il fit à haute voix :

— Alors, c'est vous qui avez suggéré à Mlle Avrillé de téléphoner à Jacques Moret ?

— Oui, monsieur Chantecoq.

Le détective objectait :

— Je croyais que, pour soumettre un sujet au magnétisme, il fallait qu'il le vou-

(1) Tous ces détails scientifiques sont empruntés à la Nouvelle Encyclopédie de Médecine et d'Hygiène du docteur Pierre-Louis Rehm.

lût, ou tout au moins qu'il fût persuadé qu'on pouvait le magnétiser.

Sans le moindre embarras, Philippe répliquait :

— Cette théorie a fait loi pendant longtemps, puis elle a été déclarée fausse par le professeur Bernheim, de l'école de Nancy, qui, à la suite d'observations faites dans des conditions telles qu'elles doivent être admises comme aussi véridiques que concluantes, a déclaré qu'un sujet pouvait très bien s'endormir en dehors même de la présence de l'expérimentateur.

— C'est-à-dire par *télépathie*, soulignait le limier.

— C'est cela même, approuvait Potier... D'ailleurs, il n'y a pas plusieurs sciences psychiques, ainsi qu'on le prétend encore si faussement...

« Il n'y en a qu'une où tout se tient et où chaque phénomène n'est qu'un dérivé du phénomène principal.

— C'est fort possible, admettait Chantecoq, mais revenons aux faits.

— J'y arrive, déclarait le secrétaire. Sans doute, voulez-vous connaître le fin mot du véritable drame qui s'est déroulé dans la nuit du 6 au 7 juin dernier dans la chambre de Mlle Avrillé ?

— Je suis fixé à ce sujet, affirmait le détective.

— Permettez-moi d'en douter, répliquait le coupable.

Et il ajouta :

— Peut-être vous figurez-vous que je me suis camouflé en aviateur, que je me suis ingénié à copier les traits de Jacques Moret ?

— Je reconnais, faisait Chantecoq, que je me suis livré à cette hypothèse. Mais, maintenant que je connais vos facultés d'hypnotiseur, j'ai changé d'avis.

Philippe crut remarquer une certaine ironie sous les dernières paroles qu'avait prononcées le limier et il se reprit aussitôt avec vivacité.

— Je crains, monsieur Chantecoq, que vous ne soyez pas entièrement convaincu que je vous ai dit toute la vérité.

« Voulez-vous que je vous donne tout de suite une preuve que je ne vous mens pas.

« Eh bien, ce matin, rien que par la force de ma volonté, transmise directement à Mlle Martine, j'ai réussi à plonger celle-ci dans un état cataleptique absolu dont je l'ai fait sortir cet après-midi, vers trois heures, toujours par le même procédé.

« Si cela ne vous suffit pas, voulez-vous que je suggère à Mlle Avrillé...

— Cela me suffit, interrompait le roi des détectives.

— Alors, s'écriait Potier, vous admettez que, par la suggestion, soit pendant l'hypnose, soit même à l'état de veille, j'ai pu, chez Mlle Avrillé, détruire toute espèce de liberté, de personnalité, de volonté, et en faire, ainsi que l'a si bien dit le professeur Dgerine, une véritable automate, obéissant fatalement et aveuglément à l'ordre donné, et cela dans n'importe quel domaine.

— Je l'admets d'autant mieux, accordait Chantecoq, que, puisque Mlle Avrillé n'a pas un seul instant trempé dans ce complot, c'est la seule explication vraisemblable qui puisse être donnée à la scène qui s'est déroulée dans sa chambre et à laquelle nous venons de faire allusion.

Et, maître absolu de la situation, l'illustre limier s'écriait :

— Résumons-nous.

« Ainsi donc, vous avez suggéré à Mlle Avrillé de voir apparaître chez elle, à trois heures du matin, un aviateur masqué.

— C'est cela.

— Vous lui avez ordonné de se bâillonner, de se ligoter et de se frapper elle-même.

— Parfaitement, avec la crosse d'un revolver que je lui ai suggéré de cacher ensuite sous son matelas et qui doit s'y trouver encore.

— Puis, toujours sous l'action directe de votre volonté, Mlle Avrillé s'est laissée glisser en bas de son lit où vous l'avez maintenue en état d'hypnose jusqu'au lendemain matin.

« Auparavant, vous aviez pris la précaution de déposer dans le studio de Mlle Martine un bracelet-montre que le capitaine Moret avait perdu au cours du bal que M. Avrillé avait donné quelques jours auparavant.

« Et, afin de faire croire que le jeune aviateur s'était introduit chez Mlle Martine par escalade, vous avez jeté la nuit, dans le jardin de l'hôtel, une échelle de corde que votre patron avait donnée au capitaine Moret et que vous avez pu dérober d'autant plus facilement qu'en votre qualité de secrétaire particulier de M. Avrillé, il vous était plus facile qu'à tout autre de pénétrer dans le hangar où elle était enfermée.

Potier se taisait et se contentait d'opiner de la tête.

Chantecoq continuait :

— Il n'y a plus qu'à liquider cette histoire de microphone... Ce n'est pas bien difficile.

« Vous vouliez entendre ce qui se disait dans le bureau de votre patron au sujet de Mlle Martine ?

« Vous n'étiez pas sans savoir qu'elle avait suscité autour d'elle de nombreux soupirants et, au cas où un mariage aurait été décidé, vous en auriez été averti, tout de suite, afin d'organiser contre le futur fiancé de cette jeune fille une intrigue aussi diabolique que celle que vous avez ourdie contre celui que vous croyiez aimé par elle, c'est-à-dire le capitaine Moret.

« Ah ! vous êtes un grand misérable !

— Je le sais ! s'écriait Philippe... mais j'étais fou d'amour...

« La pensée que Mlle Martine pouvait être un jour la femme d'un autre me rendait capable de tous les méfaits, de toutes les infamies.

« Peut-être cette passion effrayante qu'il m'était impossible de refréner et surtout le fait qu'ayant su m'emparer corps et âme de cette jeune fille, j'ai eu la force de lutter désespérément contre cette effroyable tentation, me vaudra-t-elle vis-à-vis de vous, monsieur, et de ceux qui sont appelés à me juger, le bénéfice des circonstances atténuantes ?

Et il ajouta :

— Maintenant, monsieur, accordez-moi quelques minutes. Le temps de m'habiller et vous pourrez me conduire au commissaire de police.

— Un mot encore, observait Chantecoq.

— Dites, monsieur.

Le limier précisait :

— Avant de venir vous trouver, j'avais déjà fait une enquête dans l'hôtel particulier de M. Avrillé et je m'étais rendu compte que vous pouviez entrer dans votre bureau et en sortir sans que votre patron s'en aperçût.

« Mais, n'ayant pas eu le temps de contrôler entièrement la distribution de la maison, je serais désireux que vous me révéliez le chemin que vous preniez pour ne pas rencontrer de domestiques ?

— C'est bien simple, expliquait le secrétaire de M. Avrillé.

« Ainsi que vous avez pu le constater, mon bureau avait une porte qui donnait sur un couloir de service.

« Dans ce couloir, s'amorçait un escalier qui conduisait directement à la chaufferie.

« Je m'étais procuré une clef qui ouvrait une porte donnant directement sur l'allée de service et comme j'avais toujours sur moi une fausse barbe et une paire de lunettes noires, avant de sortir je me les adaptais de façon à ne pas être reconnu si je me trouvais tout à coup en face d'un domestique...

« Mais cela ne s'est pas produit.

— Qu'eussiez-vous fait en ce cas ?

— Je n'en sais trop rien ! répliquait Philippe.

« Il est probable que je me serais sauvé comme un malfaiteur ou bien que j'aurais...

je n'ose y penser... Il y a déjà assez de honte sur moi.

— Cet après-midi, reprenait Chantecoq, lorsque je me trouvais dans le cabinet de travail de M. Avrillé, vous étiez bien dans votre bureau ?

— Parfaitement, monsieur Chantecoq.

— Vous avez donc entendu tout ce qui s'y est dit.

— Tout !

« Prévoyant, d'après le tour que prenait la conversation, que vous alliez certainement perquisitionner dans mon bureau, je me suis esquivé par la voie ordinaire.

« Par un soupirail qui donne sur le petit jardin en façade, je vous ai vu partir... Alors, je suis revenu dans mon bureau.

« Constatant qu'il n'y avait plus personne dans le cabinet de M. Avrillé, j'ai vite tapé à la machine la lettre qui avait trait à vous.

— Vous étiez singulièrement audacieux ! s'écriait le détective... Car M. Avrillé pouvait rentrer brusquement, entendre le bruit de la machine...

— Non, il n'aurait rien entendu, affirmait le secrétaire.

« La porte de communication est capitonnée d'une double épaisseur de liège.

« D'ailleurs, j'avais poussé le verrou.

— Décidément, se disait Chantecoq, cet enfant de l'Assistance ou plutôt ce fils d'un hobereau et d'une femme de chambre était autrement doué que ne le pensait son chef.

« Heureusement qu'il avait gardé en lui quelques bons sentiments, sans quoi cette jeune fille était perdue.

Mais, désireux, comme toujours de ne rien laisser dans l'ombre, Chantecoq reprenait :

— Encore une question, monsieur Potier, ce sera la dernière.

— Je suis là pour vous répondre, déclarait l'homme traqué qu'était l'amoureux de Martine.

Chantecoq reprenait :

— La jalousie que vous inspirait le capitaine Jacques Moret, vous ayant conduit à commettre un véritable crime, comment se fait-il, lorsque vous avez appris que Mlle Avrillé était fiancée au capitaine Alban de Monthermé, que vous n'ayez pas cherché à ourdir contre ce dernier une nouvelle intrigue ?

Toujours avec la même précision, Potier reprenait :

— Parce que je savais que Mlle Martine ne l'aimait pas, qu'elle n'avait songé à lui que par dépit et qu'il était infiniment probable et même certain qu'au dernier moment et peut-être même avant, elle refuserait de l'épouser.

« D'ailleurs, aurais-je eu l'intention d'entreprendre quelque chose contre cet officier, cela m'eût été extrêmement difficile.

« Il m'a suffi, en effet, de surprendre la conversation que vous aviez eue cet après-midi avec M. Avrillé, pour me rendre compte que j'allais avoir en vous un adversaire contre lequel je n'étais pas de taille à lutter.

« Je ne me trompais pas, puisque le soir même vous m'avez découvert.

« Je suis vaincu, je n'ai plus qu'à me soumettre et à expier.

Chantecoq réfléchit pendant quelques secondes... Puis, posant sa main sur l'épaule du misérable qui eut la sensation que c'était la main de la justice qui, suivant une vieille expression, s'appesantissait sur lui, il fit avec gravité :

— Regrettez-vous ce que vous avez fait ?

— Oui ! fit le secrétaire en baissant la tête.

— Bien vrai ?

« Allons, regardez-moi.

Potier releva le front...

Timidement, ses yeux se dirigèrent vers ceux de Chantecoq, qui parurent lancer comme une double flamme.

Cette fois, ce fut l'hypnotiseur qui parut être hypnotisé.

— M. Chantecoq, fit-il, je me suis ressaisi, j'ai été fou, oui c'est cela, tout à fait fou, mais pendant que vous me parliez, je sentais ma raison revenir... A présent, je l'ai retrouvée toute... Et il n'y a plus en moi que le désespoir et le repentir du mal que j'ai causé.

« Voilà pourquoi je vous dis : j'ai mérité un châtiment...

« Quel qu'il soit, je m'y soumets d'avance. Faites de moi ce que vous voudrez.

Le roi des détectives, à présent, ne doutait plus... Il était devenu le maître absolu de cette volonté qui avait si bien su capter celle de Mlle Avrillé sans que celle-ci, d'ailleurs, en eût le moindrement conscience.

Sur un ton d'autorité déjà moins sévère, le limier déclarait :

— Je veux bien croire en vos remords, mais si vous voulez me persuader de leur sincérité, il ne me suffit pas que vous acceptiez sans révolte de subir la peine que vous méritez, il faut encore que vous m'aidiez à réparer le mal que vous avez causé.

— Monsieur Chantecoq, reprenait Philippe, je vous ai remis *Mes Confessions* écrites et qui corroborent les aveux que je vous ai faits.

Et sur un ton un peu mystérieux, il ajouta :

— Si je venais à disparaître, la divulgation de ce document suffirait amplement à éclairer tous ceux qui ont pu croire à la culpabilité du capitaine Moret.

— D'accord, admettait le roi des détectives, mais l'œuvre de réhabilitation ne sera pas complète. Il y aura une autre victime, c'est le capitaine de Monthermé.

— Comment cela ? interrogeait Potier.

— Vous venez de me dire que Mlle Avrillé ne l'épouserait que par dépit et que peut-être même, au dernier moment, elle refuserait d'être sa femme.

— C'est mon avis, et à cela il n'y a pas de remède.

— Si ! ponctuait énergiquement le limier.

Et avec une expression de pitié, profondément humaine, Chantecoq poursuivait :

— Je vais vous demander, je ne l'ignore pas, un très cruel sacrifice, celui de faire pour un autre ce que vous n'avez pas su faire pour vous.

— J'ai compris, s'écria Philippe, devenu livide. Vous voudriez que je suggère à Mlle Martine d'oublier Moret et d'aimer Monthermé.

— C'est cela.

— C'est effrayant ce que vous me demandez là.

— C'est le seul moyen dont vous disposiez pour effacer à tout jamais les effets de vos manœuvres criminelles.

« Si vous obtenez ce résultat, non seulement votre conscience n'aura rien à vous reprocher, mais vous avez ma parole, et tous ceux qui me connaissent vous diront que je ne l'ai jamais donnée en vain... Oui vous avez ma parole que le silence absolu se fera sur cette affaire, que la justice n'en sera pas saisie et que l'on vous donnera les facilités d'aller refaire ailleurs, où bon vous semblera, une existence où il vous sera permis, non pas seulement d'oublier, mais encore d'espérer.

« Maintenant, répondez-moi.

— Je vous l'ai déjà dit, monsieur Chantecoq, bien que les conditions que vous imposez à mon rachat moral soient pour moi infiniment douloureuses, je les accomplirais volontiers si j'étais sûr de pouvoir les remplir...

« Mais je crains que tous mes efforts soient vains.

« Laissez-moi vous dire : si lorsque je plongeais Mlle Avrillé en état d'hypnose, je n'ai jamais songé à en profiter moi-même — et c'est la seule page propre de mon atroce roman — je ne vous cacherai pas que je me suis évertué à lui suggérer de ne plus aimer Moret.

— Qui sait si vous n'y êtes pas parvenu.

— J'en doute.

— Qui sait si, le fait qu'elle ait, pour ainsi dire, offert sa main à Monthermé n'a pas été déterminé, non point par le dépit, mais au contraire, par une transformation subite de ses sentiments provoquée par votre influence magnétique.

Achevant de mettre à nu son âme ravagée, Philippe s'écriait :

— Je ne lui avais pas commandé d'aimer personne, et tout me porte à croire au contraire qu'elle aime toujours Jacques Morel et qu'Alban de Monthermé lui est indifférent.

— Il faut qu'elle l'aime ! insistait Chantecoq... pour leur bonheur à tous deux et aussi pour le repos de votre conscience.

— Alors, vous voulez ?

— Je vous le demande.

— Ah ! monsieur Chantecoq... vous aviez raison de me dire que vous alliez m'imposer un cruel sacrifice... car j'aime encore Mlle Martine, que dis-je, je l'adore à en mourir et vous voulez que ce soit moi qui la jette dans les bras d'un autre !...

« C'est au-dessus de mes forces !... que dis-je, des forces humaines !

Avec un accent d'une noblesse magnifique, le roi des détectives s'écriait :

— Il ne doit rien exister au-dessus des forces humaines quand il s'agit de réparer le mal que l'on a causé.

Et il ajouta :

— En ce moment, vous avez à choisir entre une existence de honte et de misère ou une vie honnêtement et sincèrement rénovée.

« N'hésitez pas ! choisissez la bonne route et comptez sur moi pour vous aider à la trouver et au besoin, pour vous tendre la main si vous vous sentiez chanceler.

— Eh bien, soit ! s'écriait Potier, entièrement désarmé.

Et se précipitant tout à coup à genoux devant un fauteuil, il se plongea la tête entre les mains et il demeura là, prostré, immobile, concentrant sa pensée et son fluide sur un même objectif.

Au bout de dix minutes, il se releva... Son visage était inondé de sueur... Ses yeux brillaient d'un éclat surnaturel et sa bouche crispée s'entr'ouvrait pour laisser expirer le souffle haletant qui soulevait sa poitrine.

D'une voix brisée, il fit :

— J'ai fait ce que j'ai pu, mais je ne sais pas si j'ai réussi.

« Je l'ai vue, elle était encore dans son lit... Elle souriait doucement aux siens... et il m'a semblé l'entendre dire, très doucement :

— Est-ce qu'Alban viendra ce soir...

Moi, c'est tout ce que je puis vous dire... c'est tout... c'est...

Ces derniers mots s'étranglèrent dans sa gorge...

Et fermant les yeux, il chancela.

Le limier n'eut que le temps de le saisir et de le retenir dans ses bras vigoureux.

Il le fit asseoir dans le fauteuil où il demeura anéanti.

Chantecoq s'en fut vers la porte et appela d'une voix forte :

— Mademoiselle Constance !

— Me voilà, fit la voix de Météor.

A peine avait-il prononcé ces mots qu'il surgissait dans la chambre.

Le roi des détectives, lui désignant Potier, qui avait perdu la notion de ce qui se passait autour de lui, fit d'un air satisfait :

— Tout va bien, il a avoué... J'ai même en mains toutes les preuves qu'il était le seul coupable !... Bref ! succès sur toute la ligne.

— Moi aussi, patron, déclarait la fausse infirmière, je n'ai pas perdu mon temps.

« Pendant que vous étiez ici en pleine action, j'ai cuisiné la femme de ménage, et elle a fini par m'avouer que M. Potier lui avait remis cinq cents francs pour qu'elle raconte partout qu'il était gravement malade et pour empêcher les gens de pénétrer chez lui.

— Ce dont je n'avais jamais douté, conclut le limier, mais enfin tu n'as pas perdu ton temps puisque cela t'a permis d'exercer tes petits talents de société.

« Mais notre journée n'est pas terminée...

« Il faut que je file tout de suite me démaquiller et que je me rende ensuite chez les Avrillé.

« Toi, tu vas rester auprès de ce malheureux... Je n'ose plus dire de ce misérable qui, après toutes les émotions qu'il vient de traverser me paraît, cette fois véritablement très mal en point.

« Tu veilleras sur lui et tu le soigneras de ton mieux... Je repasserai ici vers minuit... Je verrai alors ce que j'aurai à faire.

— Entendu, patron.

— Alors, à tout à l'heure.

Chantecoq allait s'éloigner, lorsqu'il fit :

— Ah ! j'oubliais... Avec tout cela tu n'as pas dîné...

— Et vous, patron ?

— Moi non plus d'ailleurs... mais ça n'a pas d'importance.

— Nous n'en souperons que mieux, conclut Météor.

« L'essentiel est que la besogne soit faite

— Et elle l'est ! appuya le roi des détectives.

XII

QUE L'ON POURRAIT PRESQUE INTITULER « ÉPILOGUE »

A l'heure où se déroulait la scène que nous venons de décrire, un petit dîner intime réunissait chez Marie-Louise Thomery, la maîtresse de la maison, le capitaine Moret, et le capitaine Monthermé !

La joie se lisait sur leurs visages.

Le terrible malentendu qui avait risqué d'endeuiller à jamais un si bel amour et une si juvénile amitié, n'était-il pas entièrement dissipé, puisque le capitaine de Monthermé était venu dans l'après-midi annoncer à son camarade que désormais M. Avrillé partageait sa propre conviction en l'innocence de celui qui avait été si injustement accusé.

Moret, enchanté, avait absolument tenu à ce qu'Alban revint avec lui à Paris, et fit lui-même à son amie le récit des événements véritablement extraordinaires auxquels tous deux avaient été mêlés.

Après avoir rendu compte de sa mission à M. Avrillé, et pris des nouvelles de Martine qui allait de mieux en mieux, Monthermé avait rejoint Moret et Marie-Louise et ceux-ci l'avaient décidé à partager leur repas.

Au café, Alban qui, au cours du repas, avait tout raconté à la jeune femme, s'écriait :

— Maintenant, je suis tranquille, la vérité tout entière ne tardera pas à être connue, grâce à ce merveilleux détective qu'est Chantecoq.

— L'essentiel, déclarait Moret, est que ce nuage abominable soit dissipé.

— Allons, vous ne m'en voulez pas trop, demandait Monthermé à son camarade.

— Moi, vous en vouloir ! protestait Jacques. D'abord, je n'ai jamais su ce qu'était la rancune... et puis on avait accumulé de telles charges contre moi que si j'avais été à votre place, c'est-à-dire le fiancé de Mlle Martine, j'eusse agi comme vous, et je me demande même si j'aurais fait preuve d'autant de modération et de calme.

— Maintenant, reprenait Marie-Louise, je n'ai plus qu'un désir, c'est que Mlle Avrillé soit convaincue qu'elle a été victime d'une hallucination.

« Je serais si désolée qu'il existât en elle la moindre arrière pensée.

— N'ayez pas cette crainte, rassurait Alban...

« Jusqu'à présent, ses parents, sur les conseils de leur médecin, n'ont encore rien voulu dire...

« Ils ont préféré attendre, afin de lui mettre sous les yeux la preuve décisive, irréfutable, de son erreur.

— C'est très sage, approuvait Moret.

« L'essentiel est qu'elle soit persuadée que je suis un honnête homme...

« N'est-ce pas, Marie-Louise ?

Les deux amants échangèrent un regard qui révélait toute l'harmonie de leurs âmes et toute la tendresse de leurs cœurs.

Monthermé s'écriait :

— Quel crime c'eût été, mes amis, de détruire un bonheur tel que le vôtre.

— Oui, c'est vrai, reconnaissait Jacques, nous nous aimons tellement.

— Rends-moi la justice, s'écriait Marie-Louise que je n'ai jamais douté de toi...

— C'est vrai, ma chérie ! s'écriait le jeune aviateur avec élan.

« En me donnant cette nouvelle preuve d'amour, la plus immense de toutes, tu m'as épargné la plus grande douleur qui aurait pu m'atteindre... c'est-à-dire la preuve que tu n'avais plus confiance en moi.

Et s'adressant à Monthermé, il fit avec une subite mélancolie :

— Vous, mon ami, vous allez avoir la joie profonde d'épouser celle que vous aimez...

« Je voudrais que vous disiez à Marie-Louise combien elle a tort de refuser le nom que je veux lui donner, uniquement par scrupule qui n'est qu'un excès de délicatesse... oui, simplement parce qu'elle craint que mes parents ne s'offusquent de me voir légitimer une union que notre mutuel amour a déjà consacrée.

Marie-Louise reprenait-il en souriant :

— L'amour n'est-il pas à la fois le meilleur prêtre et le meilleur maire qui soit au monde.

— Certes ! approuvait Monthermé, mais vous me permettrez de vous parler franchement ?

— Je vous en prie.

— Nul plus que moi ne respecte l'union libre, lorsqu'elle est telle que la vôtre, empreinte de cette dignité, de cette exemplarité d'existence que n'offrent pas toujours les ménages réguliers.

« Mais, Jacques, ainsi que moi, nous appartenons, je ne dirai pas à la même caste — ce mot est devenu trop désuet — mais à une corporation, c'est-à-dire l'armée, où la tradition, encore plus que le règlement a des exigences contre lesquelles il est bien difficile de se rebeller.

« De plus, voilà Moret devenu mieux qu'un homme du jour, c'est-à-dire une célébrité, et dut sa modestie s'en offusquer, je dirai même une gloire nationale.

« Il va donc de plus en plus être obligé de paraître en public, d'assister à des fêtes, à des réceptions, à des banquets, à des cérémonies officielles où il aurait le droit d'amener sa femme, mais pas sa compagne.

« Vous avez dû déjà vous apercevoir, chère madame, qu'en dehors de son service qui l'absorbe beaucoup, il existera encore d'autres causes de séparation dont vous ne pouvez tous les deux que souffrir...

— Comme c'est exact ! approuvait Moret.

— Si je vous dis tout cela, reprenait Alban, ce n'est nullement pour me mêler de ce qui ne me regarde pas, mais c'est parce que je suis convaincu que si rien ne peut vous séparer, tout au contraire, doit vous réunir davantage et qu'un mariage d'amour tel que le vôtre est un événement trop magnifique et trop rare pour que vous ne lui permettiez pas de se réaliser.

Marie-Louise répliquait :

— Je mentirais... mon cher capitaine... si je vous disais que je suis d'un avis contraire au vôtre. Mais ainsi que je l'ai déjà dit tant de fois à Jacques, je ne veux pas être cause, entre sa famille et lui, d'une brouille que je redoute par-dessus tout.

— Tout peut très bien s'arranger, s'écriait Moret... et dès qu'ils te connaîtront, je suis sûr qu'il ne leur faudra pas une heure pour leur faire abandonner leurs préjugés.

— C'est mon avis, affirmait Monthermé.

— Cependant, objectait Marie-Louise, Jacques ne peut pas me présenter aux siens lui-même.

— Evidemment, scandait Alban, mais il y a un autre moyen de les attendrir.

— Lequel? interrogeait fiévreusement Jacques.

Le chef de l'escadrille des *Hirondelles* précisait :

— Vous m'avez présenté à vos parents, qui m'ont réservé le meilleur accueil et m'ont témoigné depuis ce jour une très flatteuse sympathie.

« Voulez-vous me permettre d'aller les voir et de leur dire tout le bien que je pense de votre compagne?

— Oh! oui, s'écriait Moret.

— Capitaine... murmurait Marie-Louise, les larmes aux yeux... n'oubliez pas que je suis divorcée...

— Je sais dans quelles conditions. Elles sont à votre honneur...

« Nulle femme, ici-bas, n'est obligée de jouer le rôle de martyre...

« Je ne veux pas vous raconter tout ce que je dirai à M. et Mme Moret... Sachez seulement que ce sont vos deux cœurs qui parleront par l'intermédiaire du mien.

Marie-Louise cédait.

— Maintenant, je n'ai plus d'objection à vous faire ; car avec un avocat tel que vous, capitaine, la cause est gagnée d'avance.

Jacques Moret, se levant, tendit ses deux mains à son ami et lui dit :

— Mon cher Alban, je vous devrai la réalisation de mes plus belles espérances, et cela je ne l'oublierai jamais!...

Comme il prononçait ces mots, la sonnerie du téléphone retentit.

Jacques Moret s'en fut à l'appareil, qui se trouvait dans l'antichambre.

Quelques secondes après, il revenait en disant :

— Monthermé, c'est vous que l'on appelle...

Monthermé s'en fut prendre le récepteur. M. Avrillé était à l'autre bout du fil et lui lançait ces mots :

— Mon cher ami, je commence par vous dire que le docteur Ramey sort d'ici, qu'il a trouvé Martine on ne peut mieux, et j'ajouterai que ma fille m'a exprimé son désir de vous voir le plus tôt possible.

« Renouvelez encore l'expression de toute ma sincère amitié au capitaine Moret, et excusez-moi auprès de lui si je vous réclame avec autant d'insistance.

Le chef de l'escadrille des *Hirondelles* regagna la salle à manger :

— Bonnes nouvelles, j'espère, fit Jacques.

— Très bonnes, répliquait Alban. Vous me pardonnerez, madame, si je vous demande la permission de me retirer plus tôt que je le pensais ; ma fiancée voudrait me voir et il m'est bien difficile, surtout en ce moment, de ne pas me précipiter vers elle.

— Précipitez-vous, autorisait Marie-Louise avec un délicieux sourire. Plus que tout autre, ne méritez-vous pas d'être heureux. n'êtes-vous pas la bonté même?

— Oui, allez, mon cher ami, reprenait Jacques en appuyant fraternellement sa main sur l'épaule de son camarade.

La jeune femme faisait observer :

— Maintenant, j'espère bien que vous n'allez pas vous dire vous. Deux frères qui ne se tutoient pas, ne sont pas deux frères.

— Une fois de plus, tu as dit la vérité, s'écriait Jacques Moret, joyeusement.

Et s'adressant à Monthermé, il scanda :

— Maintenant mon vieux, j'espère que tu viendras très souvent nous voir.

— En attendant, ripostait le fiancé de Martine, je t'invite demain à déjeuner avec ta femme, bien entendu...

Une chaleureuse accolade étreignit les deux jeunes gens, tandis que Marie-Louise, doucement émue, souriait à travers ses larmes de joie et d'espérance.

. . . .

Lorsque M. de Monthermé se présenta à l'hôtel des Avrillé, le valet de chambre le conduisit immédiatement dans le cabinet de travail de l'industriel.

Celui-ci lui dit aussitôt, le visage épanoui :

— Je viens de recevoir un coup de téléphone, très laconique d'ailleurs, de Chantecoq, qui me déclare que Potier a fait les aveux les plus complets et que, loin d'être ainsi que je le pensais un instrument entre les mains de mes ennemis, il a agi sans l'instigation, ni le secours de personne.

« Chantecoq ajoute qu'il prend seulement le temps de se démaquiller et qu'il viendra ici dans très peu de temps nous donner de vive voix les détails complémentaires.

« Je l'attends donc, car il ne saurait tarder.

« Croyez-vous que ce n'est pas inouï !

« Ce Philippe Potier, ce garçon en qui j'avais toute confiance...

« Je me demande à quel mobile il a bien pu obéir.

« Surtout par quel moyen il a pu réaliser des actes aussi extraordinaires.

« Peut-être était-ce un fou que j'avais chez moi ?

« D'ailleurs, inutile d'épiloguer, puisque je vais être fixé très promptement.

« Tandis que j'attends Chantecoq, mon cher Alban, vous pouvez monter près de ma fille. Vous la trouverez avec sa mère, et nul plus que vous, j'en suis sûr, ne se réjouira de la retrouver souriante et délivrée de l'affreux cauchemar qui avait assombri la douce clarté de sa vie.

Monthermé ne se le fit pas dire deux fois et se rendit à l'appartement de Martine.

Celle-ci, ainsi que l'avait annoncé son père, se trouvait avec sa mère, non plus dans sa chambre, mais dans son studio.

Elle était à demi étendue sur un divan. Son visage avait repris son expression habituelle, toute de sérénité et de charme.

En apercevant son fiancé, elle eut un cri d'allégresse et, se levant, elle s'en fut vers lui, l'accueillant avec un regard profond et tendre que Alban de Monthermé ne lui connaissait pas.

— Que je suis heureuse de vous voir, lui dit-elle d'une voix tremblante d'émotion.

— Et moi, répliquait l'aviateur, en portant à ses lèvres la main que lui tendait la jeune fille.

— Si vous saviez combien je suis heureux, moi aussi, de constater que les vilains nuages qui assombrissaient votre front ont disparu comme sous la baguette magique d'une fée.

— Oui, c'est vraiment prodigieux, appuyait Mme Avrillé, c'est un véritable miracle.

« Le docteur Ramey, qui est venu la voir ce soir, n'en revenait pas lui-même. Il ne savait à quoi attribuer cette véritable résurrection.

« Mais, moi, plus perspicace que lui, j'ai trouvé...

Et l'adorable femme qu'était encore la belle Antoinette fit en enveloppant sa fille et Alban d'un regard tout vibrant de la plus touchante des maternités :

— C'est l'amour...

Et tout en souriant, elle se retira après avoir envoyé un baiser à sa fille.

Alors, attirant contre lui la jeune fille qui ne cessait de le contempler, Monthermé s'écria :

— Oh ! oui, n'est-ce pas, nous nous aimons ?...

Gravement, presque avec solennité, avec une sorte d'accent mystique qui donnait à ses paroles un accent encore plus pénétrant, Martine reprenait :

— Oh ! oui, Alban, nous nous aimons... Et ma mère a raison de dire que c'est notre amour qui m'a arrachée à l'étreinte persistante du mauvais rêve que j'avais vécu la nuit passée.

« Il faut que je vous dise... Ce soir, vers

huit heures et demie, il s'est passé en moi quelque chose d'incroyable.

« Tout à coup, je me suis sentie comme galvanisée physiquement et moralement, et puis, tout apaisée...

« Vous savez, n'est-ce pas, quelle haine j'avais vouée à Jacques Moret, et combien je souhaitais, je voulais qu'il expiât le crime qu'il avait commis, le mal qu'il m'avait fait... Eh bien, tout à coup, il m'a semblé qu'une voix me murmurait à l'oreille :

— Vous vous êtes trompée à son égard. Ce n'est pas lui que vous avez [illegible]

« C'est un autre, un misérable qui, en ce moment, souffre toutes les douleurs de l'enfer, en même temps que tous les remords qui peuvent assaillir un coupable en ce monde.

« Mais oubliez, ne pensez plus qu'à celui qui vous aime, à celui que vous aimez, à Alban de Monthermé ; c'est avec lui que vous devez faire votre vie. C'est lui et lui seul qui saura conduire vers le bonheur vos deux cœurs faits pour battre l'un contre l'autre et pour s'unir, pour s'aimer toujours en une communion perpétuelle de sentiments.

« Ne pensez plus au cauchemar évanoui, vivez dans votre rêve réalisé ; aimez votre fiancé comme il vous aime, et ce sera pour vous, comme pour lui, la plus durable des félicités.

Tout en pressant doucement la main de Monthermé, la fille de l'industriel continua :

— A ce moment, j'ai compris combien je vous adorais, oui, beaucoup plus que je le pensais, que je ne le croyais moi-même !...

« Je suis à vous, Alban, à vous pour toujours, car je sens, comme me l'a dit la voix mystérieuse, que nos existences vouées l'une à l'autre ne vont plus faire qu'une, et c'est cela que je voulais vous dire dès ce soir !...

— Ma bien-aimée, murmurait le jeune officier.

Lentement, il inclina la tête vers la jeune fille, qui, chastement, lui offrait ses lèvres, et au contact des siennes, Alban comprit, ou tout au moins crut comprendre, que c'était lui qu'elle avait toujours aimé.

Ainsi Philippe Potier avait fait mieux que de tenir sa promesse à Chantecoq, de tout mettre en œuvre pour assurer le bonheur de celle qu'il avait tant aimée. Il était arrivé à chasser de son cœur un amour impossible et lui faire fleurir, tout rayonnant, celui qui répondait en ce moment d'une façon aussi absolue à l'admirable passion qu'elle avait inspiré au meilleur des hommes.

Pendant ce temps, Chantecoq, qui n'avait rejoint M. Avrillé que très peu de temps après le départ de Monthermé, expliquait à l'industriel la scène qu'il avait eue avec Philippe Potier.

Le père de Martine écoutait le détective avec émotion et tristesse. Quand Chantecoq eut terminé son récit, M. Avrillé s'écria :

— Cet homme, je devrais l'exécrer, le haïr, puisqu'il a failli saccager mon foyer et briser à jamais la vie de mon enfant. Eh bien, je ne m'en sens pas le courage.

Chantecoq reprenait :

— Oui, à vous comme à moi, il vous inspire de la pitié.

« Certes, il a commis un crime abominable, qui aurait pu avoir des conséquences affreuses, irréparables. Mais sa responsabilité m'apparaît bien atténuée. Les grands coupables, ce sont ce père, cette mère, qui l'ont abandonné tout jeune. Mais ils reposent tous les deux dans la tombe. Laissons tranquilles leurs mémoires, cela ne servirait à rien de les réveiller dans le silence de leur tombeau.

« Maintenant, monsieur, ma tâche est terminé ; il ne me reste plus qu'à vous remettre ce cahier, c'est-à-dire les confessions de votre secrétaire.

« Je viens de les parcourir en chemin, elles sont décisives, et je suis sûr que, lorsque Mlle votre fille en aura pris connaissance, elle ne songera plus à incriminer le capitaine Moret.

— Monsieur Chantecoq, répliquait l'industriel, il me reste maintenant à vous remercier, du fond de mon cœur paternel, pour le service inoubliable que vous m'avez rendu. Vous avez accompli, en quelques heures, un véritable miracle. Et cela avec un entrain, une bonhomie, et j'ajouterai une intelligence et une bonté admirables.

« Je vous dois mieux que beaucoup, je vous dois tout, je ne l'oublierai pas, d'aucune manière ; mais, avant tout, bien que vous n'aimiez pas que l'on vous pose des questions, voulez-vous cependant me permettre de vous en adresser une?

— Je vous en prie... Dix, cent, si vous voulez...

— Non, une seule.

Et le père de Martine articula :

— Monsieur Chantecoq, voulez-vous être mon ami ?

Spontanément, le roi des détectives répliquait :

— Je l'étais déjà !...

Tous deux échangèrent une chaleureuse poignée de main.

On frappait à la porte.

— Entrez ! fit Florent.

La porte s'ouvrit, laissant apparaître le valet de chambre Cyprien, qui, l'air étonné, annonçait :

— Monsieur, c'est l'infirmière qui est revenue, et qui demande à parler à M. Chantecoq.

— C'est mon secrétaire, définissait le limier.

— Qu'il entre ! ordonnait le maître de la maison.

Météor-Constance apparut, le bonnet de travers, le tablier à moitié détaché et la figure littéralement bouleversée.

— Patron, fit-il, il vient de se passer quelque chose d'effrayant.

— Quoi donc? interrogeaient simultanément l'industriel et le détective.

— M. Potier est mort... révélait Météor.

— Cela ne m'étonne pas, dit Chantecoq, je l'avais laissé dans un si piteux état... Il devait être cardiaque, et il aura succombé à une rupture d'anévrisme.

— Pas du tout, protestait Météor. Voilà comment les choses se sont passées :

« Après votre départ, il m'a demandé d'aller dans une crémerie de la rue Lepic lui chercher un peu de lait. Comme il semblait très calme, j'ai cru pouvoir déférer à son désir.

« Mais ce que je m'en mords les doigts, patron !... En effet, lorsque je suis revenu, et pourtant je n'avais pas traîné, j'ai trouvé mon bonhomme suspendu au bout d'une corde qu'il avait attachée au piton de la suspension de la salle à manger.

« Vite, j'ai appelé, mais avant d'appeler personne, j'ai fait tout ce que je pouvais pour le ranimer : tractions rythmées, etc..., etc... Mais je t'en fiche !... Il n'a pas bougé, il était déjà mort depuis un moment.

« Alors, j'ai appelé au secours et je suis parti, sous prétexte d'aller chercher un médecin.

« Je me suis débiné. Déjà, la femme de ménage me regardait d'un mauvais œil ; un peu plus, j'ai cru qu'elle allait m'accuser d'avoir assassiné ce malheureux.

« Ah ! patron, patron, vous pouvez m'attraper, car j'en ai fait, une rude gaffe, de l'écouter et de le laisser tout seul ; jamais je ne me pardonnerai cela, et la preuve, c'est que, moi qui aime tant le lait, je n'en boirai plus jamais une goutte de ma vie.

— Allons, calme-toi, insistait Chantecoq, ce n'est pas ta faute... Ce malheureux était bien décidé à mourir. Je l'avais vu dans ses yeux, et rien n'aurait pu le faire changer de décision.

« Monsieur Avrillé, si vous le voulez bien, je vais m'occuper, d'accord avec vous, de faire enterrer convenablement ce malheureux, dont la mort tragique est le point final de cette tragique aventure.

— Je vous remercie, monsieur Chantecoq. Maintenant, je n'ai plus qu'un désir : c'est que le silence se fasse complètement sur tout ce qui vient de se passer ici.

— Soyez rassuré, nul ne parlera, et maintenant rappelez-vous que, si jamais ce que vous supposiez arrive, c'est-à-dire que vos ennemis vous attaquent de nouveau sournoisement, hypocritement dans l'ombre, comme ils l'ont déjà fait, votre ami Chantecoq sera toujours là pour vous défendre...

— Et moi aussi, crut devoir ajouter Météor, que l'indulgence de son patron avait entièrement rasséréné.

— Maintenant, fit Chantecoq, en s'adressant à M. Avrillé, je vous demande la permission de nous retirer, car mon secrétaire et moi, nous n'avons pas encore diné...

— Voulez-vous qu'on vous fasse servir ?

— Non, merci, j'ai promis à Météor de l'emmener souper dans un endroit où l'on s'amuse.

« Seulement, auparavant, il faut qu'il aille changer de costume, parce que je ne voudrais pas que, demain, le bruit courût que j'ai fait la bombe avec une infirmière.

A ces mots, Météor se gonfla les joues, puis s'écria :

— Patron, il faut que je vous dise quelque chose. Aujourd'hui, vous avez battu votre record. En six heures, vous avez débrouillé l'affaire la plus difficile que j'aie jamais connue !

Six semaines après, un double mariage unissait le capitaine Moret et Marie-Louise Thomery, d'une part, et le capitaine de Monthermé et Martine Avrillé de l'autre, et Chantecoq, qui assistait à la cérémonie, put se dire :

« Allons, je crois que voilà un ciel bleu que j'ai réussi à débarrasser de ses nuages. »

FIN

Les Grands Romanciers populaires sont tous édités dans

LE LIVRE NATIONAL

(Collection rouge)

En Vente partout :
Librairies, Kiosques, Gares et tous Marchds de Journaux

Pour les envois effectués directement par la Maison d'Éditions, il y a lieu d'ajouter au montant de la commande 0 fr. 45 (France) ou 1 fr. (Étranger) par volume pour frais de port. Il n'est jamais fait d'envoi contre remboursement.

Éditions JULES TALLANDIER
75, Rue Dareau, PARIS (XIVe)

EXTRAIT DU CATALOGUE

Série à 2 fr. le volume

Édouard ADENIS
527. Le Don d'un Cœur.
528. Le Secret de Jacqueline.
584. Robert Macaire.
585. Femmes de Robert Macaire

Paul d'AIGREMONT
405. La Reine de l'Or.
496. Le Martyre de Nadine
572. Tragique Amour.
573. L'Heure terrible.
610. Les deux Marquises.
611. La Médaille d'Argent
626. Vierges de France.
627. Fille de Lorraine.
628. Suprême Victoire.
659. Le Secret de Régis.
669. Le Serment de Claire.
671. Mère et Martyre.
672. Le Mensonge de la Tombe.

Marcel ALLAIN
618. L'Amour chemine.
629. La Surprenante Aventure.

Gérard de BEAUREGARD
644. Malgré l'Amour.

Gabriel BERNARD
586. L'Abeille d'Or
529. La Fee de l'Empereur.

Arthur BERNÈDE
592. Fleur d'Ajonc.
653. Le Miracle des Cœurs.

Jacques BRIENNE
687. La Sonneuse de joie.
588. Annie et Doria.
645. Christiane.
646. L'Amour avait raison.

Ar. BRUANT
351. Aux Bat' d'Af
642. L'Epouse Vierge.
643. L'Héroïsme de Mildah.

Henri CAIN
636. Rosette Floréal.
637. Les Chevaliers de la Reine.

Francis CERDAN
571. L'amour parle plus haut.

Paul DARCY
562. Chercheuse d'Amour.
602. Les Briseurs de Rêves.
622. Si tu ne m'aimes plus.
647. Tu n'as pas su m'aimer.

Pierre DELCOURT
589. Cœurs brisés.

Alexandre DUMAS
654. Les Louves de Machecoul.
655. La Louve Blessée.

Émile GABORIAU
648. Les Esclaves de Paris.
649. Le Secret des Champdoce.

Paul de GARROS
583. Après le Bonheur.

J. de GASTYNE
556. Noble... et baudit.
609. Une Vengeance terrible.

Henri GERMAIN
539. La Fauvette du Faubourg
540. Le Calvaire d'Yvonne.
600. Bonheur fragile.
601. Fiançailles de Germaine.

Jean de LA HIRE
658. La Fille du Bourreau.

Marie de LA HIRE
544. Le Cœur en émoi.
638. Cœurs Fidèles.

H. KEROUL et G. LEFAURE
581. Les deux Petiotes.
682. La petite Duchesse.

Henriette LANGLADE
541. D'un Cœur à l'autre.
625. Le Secret d'une Femme.

E. M. LAUMANN
542. Tragique Amour de Lucile de Launay.
543. Le Fils de Cartouche.
577. Le Roman d'un Mousse.
603. L'Enfant de Paris.

Pierre MAEL
533. Les Lurons de la Jeanne.
534. Julia la Louve.
593. Eva et Lilian.
594. Le Cœur et l'Honneur.

H.-J. MAGOG
550. Il suffit d'aimer.
580. Héritière aux beaux yeux.
615. Visage d'Ange, Cœur de Démon.

Marc MARIO
442. Mariage in Extremis.
443. L'Amour de Liette.
665. Ame de Démon.

Maurice MARIO
632. Un Cœur qui s'égare.

Jules MARY
240. Les nuits d'Irlande.
445. Paradis perdu.
446. Après les larmes.
553. Le Roman d'une Figurante
566. Blessée au Cœur.
567. Les Amours de Collivet
604. La Marquise Gabrielle.
605. Le dernier baiser.
616. Le Secret sous la Terre.
617. La Tombe sans nom.
639. Un Héritage d'Amour.
640. La Conquête de son mari.
657. La Fiancée d'un Juge.
670. Les Amours du Grand Lauriot.

Charles MÉROUVEL
536. L'Affaire de Fontaine aux Bois.
537. Roman d'une honnête fille.
592. La Roche Sanglante.
607. Damnée.
608. Grands Noms, Grands crimes.
623. Ville Maudite.
624. Martha.
668. Misère et Beauté.
669. L'Une ou l'Autre.

Léon MIRAL
650. Le Chemin d'une passion.

Xavier de MONTEPIN
486. La Joueuse d'Orgue.
487. La Petite Marthe.
656. L'Amour des Femmes.

Jean-Louis MORGINS
568. Princesse Martha.

Marcel PRIOLLET
523. Rossignolette.
661. Les Veuves Blanches.

G. de RAULIN
641. Jean de France.

Gaston-Ch. RICHARD
436. Josiane.
437. La Revanche de Roland.
505. La Cigogne d'Argent.
506. Le Châtiment d'Ortrude.
535. Pour sauver la Reine
560. Le Roi maudit.
561. Sous le manteau royal.
632. Rosario, danseuse espagnole.
662. Les Trois Rivales.
663. Le Piège d'Amour.

Léon SAZIE
575. La Martyre blonde.
576. L'Aurore du bonheur.
633. Le Pouce Fatal.
634. La Belle Dangereuse.

Jean SCAVERT
635. La Robe qu'elle ne mettra pas.

P. SÉGONZAC
538. Le Mousquetaire Bleu.

Georges SIM
621. Les Cœurs perdus.

Georges SPITZMULLER
336. Sanglante Richesse.
370. Chevalier Arc en Ciel.
526. Mimosa.
547. Reconquise.
612. Le Miroir fleuri.

Frédéric VALADE
427. Les Chauffeurs du Nord
428. L'Ange qui pardonne.
590. Gilka la Bohémienne.
591. Génie la blonde.
664. Esclavage d'Amour.

Charles VAYRE
595. L'Enigme d'Amour.

VAYRE et FLORIGNI
244. Clera Spada.
245. Trois Amoureuses.
479. L'Amour qui espère.
480. La Vengeance de Flora.
530. Sans-sol.
531. Caprice Royal.
559. L'Amoureuse équipée.
619. Aimée d'un Prince.
620. Le Serment de Jacqueline
667. Pour l'Amour de Monna.

Maxime VILLEMER
548. Trop Tard.
569. La Buveuse d'or.
570. Bluette et Bérengère.
613. Femme sans cœur.
614. Maudite
651. Sans Asile.
652. Seuls au monde.

René VINCY
499. Le Bonheur qui passe.
500. Le Mariage de Chérie.
529. Les Tendres.
563. Le Silence du Sang.
564. Fort comme la haine.
574. La Veuve-Enfant.
606. Lèvres jointes.
630. Tu Souffriras.
631. La Main du malheur.
660. Maîtresse de son Cœur.
666. Le Lendemain des Tendresses.

Michel ZÉVAGO
90. Le Fils de Pardaillan I.
90 bis. — — II.
148. La Reine Isabeau.
149. Le Pont de Montereau.
186. Le Pré aux Clercs.
187. Florinda la Belle.
325. La Reine d'Argot.
326. Primerose.
349. La Grande Aventure.
350. La Dame en blanc, la Dame en noir.
508. Marie-Rose I.
509. Marie-Rose, II.
551. La Fin de Pardaillan.
552. La Fin de Fausta.

Imp. Mauchaussat, 16, rue François-Guibert, Paris, XVe 12 — 1928

www.ingramcontent.com/pod-product-compliance
Lightning Source LLC
LaVergne TN
LVHW020324230826
846091LV00003B/766
9782329209654